〈삼규쌤의 교단에세이〉

사람,
한 사람 한 사람

- 행복으로 가는 길

국학자료원

나는 이 글을

이 땅의 아이들과

아이들의 꿈과

아이들을 사랑하는 모든 분께

바친다

한 사람, 사람 한 사람

– 행복으로 가는 길

김삼규 지음

사람이 해야 할 유일한 것은
자기가 무엇인가를 생각하는 것이다.

—마이스터 에크하르트(Meister Eckhart)

〈배웅〉

선생님은 여행을 좋아하셨습니다. 학창 시절 책을 읽으며 떠나는 그곳
은 언제나 다채로움이 가득했습니다. 이청준 작가가 그린 소록도가 나
오는 당신들의 천국부터, 박태원 작가가 소개하는 청계천의 천변풍경
까지. 우리는 놀랄 만큼 매혹적인 세계를 자주 다녀왔습니다. 여행은
지루하게 반복되는 일상의 방향을 제시해주기도 했습니다. 선생님은
희망을 짓기 위해 묵묵히 물레를 돌리는 간디가 되는 법과, 모든 이와
함께 더불어 숲으로 사는 법을 가르쳐주시기도 했습니다. 함께 한 수업
은 학교를 떠나 세상과 삶을 마주하는 멋진 시간이었습니다.[1]

선생님을 떠올리게 하는 풍경이 또 한 가지 있습니다. 유독 비가 내리는
날이면 창밖을 자주 내다보셨습니다. 그럴 때면 목소리를 가다듬고 교
과서 대신 계절을 읽게 만드셨습니다. 언젠가 대입 수학능력시험 문제
로 가득한 참고서를 내려놓으면서 하셨던 말씀이 기억납니다. "여러분

---

[1] 이청준의 '당신들의 천국', 박태원의 '천변풍경', 김종철의 '간디의 물레', 신영복의
'더불어 숲'.

의 인생을 그저 문제풀이로만 채우지 마십시오. 우리의 영혼을 살찌우는 건 이런 게 아닙니다." 어느덧 직장인이 돼버린 저는 아직도 그날의 말씀을 되새기곤 합니다. 지독한 일상이 시험문제같이 느껴질 때마다, 선생님의 목소리가 가슴속에 메아리치곤 합니다. 고개를 들어 하늘을 보고, 계절에 물드는 수목을 관찰하는 습관이 생긴 것도 그즈음입니다.

이 책에는 그런 꿈과 사랑의 메시지가 모두 담겨 있습니다. 선생님께서 교단에 바치신 열정을 고스란히 담은 글이 엮여있습니다. 책을 천천히 읽으면서 저는 까까머리 고교시절, 교탁 앞 첫째 줄에 앉았던 학생으로 되돌아가는 느낌을 받았습니다. 영혼에 깊게 새겨진 가르침은 쉽게 바꿀 수 없듯이 생생한 기억이 떠올랐습니다. 더불어 책을 통해 인생에 단 한 명뿐인 스승님의 순수함을 다시 깨닫게 되었습니다. 아름다운 생각들이 흩어지지 않도록 손수 모아주신 선생님께 다시 감사 인사를 드립니다.

선생님께서 정든 교정을 떠난다니 제자로서 아쉬움이 많습니다. 수많은 학우의 소중한 은사님이자, 오랜 벗이 늘 계셨던 학교가 허전할 것 같습니다. 하지만 이번에는 선생님이 새로운 여행을 준비하시는 것이라 믿고 응원해야겠습니다. 그리고 언젠가 그 길을 따라가는 제자들을 위해 새로운 수업을 준비하고 계시리라 여깁니다. 문득 제가 사회생활을 준비하며 방황할 무렵 직접 보내주신 출사표 같은 글이 떠오릅니다. 먼 길을 떠나시는 선생님을 위해, 그리고 이 책을 읽는 모든 분에게 드리는 배웅으로 여기에 옮겨보려고 합니다.

> "지금은 긴 인생의 여정을 차분히 천천히, 사려 깊게 준비할 시간이
> 다. 인간은 살아온 오래된 과거의 길을 되돌아보며 갈 길을 찾기도
> 한다. 당장 눈앞의 보이는 것만 보려 하지 말거라. 긴 인생의 여정을
> 그려보고 상상하는 지혜로운 안목을 터득하기 바란다. 멀리 길을 떠
> 나는 자는 서두르지 않고, 멀리 떠날 채비를 잘해두는 일을 먼저 하
> 는 법이다."

우리 모두 인생을 거대한 시험이 아닌, 여행으로 여기면서 살았으면 좋
겠습니다. 지난 수십 년의 수업을 제자들과의 여정으로 여기셨던 선생
님의 말씀처럼 말입니다. 이 책을 읽는 모든 분이 지나가는 풍경과 계
절도 즐길 수 있는 삶을 살았으면 좋겠습니다. 우리가 바뀌어 버린 계
절의 풍경을 너무 쉽게 잊는 것이 아닌지 기억해야겠습니다. 그리고 때
로는 빗소리와 거기에 섞인 흙냄새까지 음미할 수 있는 삶을 살도록 노
력해주시길 바랍니다. 이 수업 도중에도 가끔씩 함께 눈을 감고 그려주
셨으면 좋겠습니다. 너무 서두르지 말고 천천히 말입니다. 선생님의 멋
진 여행이 그치질 않고 계속되길 바랍니다.

JTBC 기자
최 규 진

〈인간다움〉

누구에게나 눈을 감으면 떠오르는, 미소 짓게 하는 학창시절이 있다. 일본의 작가 온다 리쿠는 <황혼녘 백합의 뼈>에서 '인간은 망각의 동물'이라고 하였다. 눈앞에서 실체가 사라지면, 기억도 금세 사라진다고 하였다. 그러나 우리의 학창시절은 눈앞에서 사라졌지만 힘들었던 기억은 온데간데없고, 좋은 기억, 좋은 추억만이 나의 곁에 남아 나를 이따금 행복하게 한다. 돌이켜 생각해보면 나에게도 그런 학창 시절이 있었다. 철은 없었지만 친구들과 무엇을 해도 마냥 즐겁기만 했던 그 시절. 그때가 바로 삼규쌤을 만났던 고등학교 1학년 시절이다. 말끔한 정장 차림의 삼규쌤의 구수한 사투리 섞인 쩌렁쩌렁한 목소리는 나의 기억에 아직도 생생하게 남아있다.

삼규쌤은 시를 좋아하셨다. 삼규쌤은 우리를 사랑하셨다. 삼규쌤은 우리를 믿으셨다. 그리고 기다려주셨다.

영문도 모르고 좋은 대학을 가기 위한 대학입시라는 목적만을 향해 달려가고 있는 우리에게 영혼을 불어넣어 주셨다. 학업에 지친 우리의 고

단함을 달래줄 수 있는 시를 읽어주시기도 하셨다. 특히 인생에 관한 이야기를 많이 해주셨다. 인간이 성장하고 성숙하는 과정에서 누구를 만나고, 어떤 이야기를 듣고, 어떤 경험을 하느냐는 매우 중요한 것이다. 그런 측면에서 내가 학창시절에 삼규쌤을 만날 수 있었던 것은 큰 행운이었다. 중년이 되고 나서야 뒤늦게 깨달았지만, 나를 키운 건 팔할이 삼규쌤이었다고 해도 과언이 아닐 것이다. 학창 시절 우리에게 주셨던 사랑과 관심, 수시로 들려주셨던 많은 이야기가 질풍노도의 시기를 지나는 우리에게 인생의 중요한 선택과 방향을 정하는 밑거름이 되었다. 그 덕분에 훌륭한 사회인으로 성장할 수 있었다.

4차 산업혁명시대를 맞이하여 너무나도 빠르게 변화하는 세상에 뒤처지지 않기 위하여 우리는 바쁘게 새로운 것을 지속적으로 습득하며, 경쟁이라는 두 글자에 매몰되어 살아가고 있다. 조금 더 높은 곳으로, 조금 더 많은 부를 소유할 수 있는 곳으로 가기 위해 보이지 않는 외로움과 두려움 속에서 사투를 벌이고 있다. 곧 AI가 보편화되고, 모든 환경이 스마트해지는 세상이 오려 한다. 첨단기술의 발전에 힘입어 다양한 지식을 습득하고 능력을 배양하는 것은 지극히 당연하고 쉬운 일이 되어가고 있다. 그러나 그에 대한 반대급부로 우리는 인간성을 잃어가고 있는 안타까운 현실에 놓이게 되었다. 이러한 세상에서 우리에게 진정으로 필요한 것과 우리가 지켜야 할 것은 바로 인간다움일 것이다. 감히 말하자면, 아이러니하게도 최첨단 기술로 무장된 미래를 살아갈 우리 아이들의 가장 큰 경쟁력은 인성과 태도가 될 것이라고 생각한다.

삼규쌤이 올해를 끝으로 36년간의 교단생활을 마감하신다. 앞으로는 선생님의 수업을 학생들이 들을 수 없다는 생각에 먹먹하기도 하다. 그러나 다행스럽게도 긴 시간 동안 학생들과 함께 하면서 느끼시고, 공유하신 귀한 생각을 책을 통해 함께 나눌 수 있는 기회를 주셨다. 삼규쌤의 책은 격변의 21세기를 살아갈 우리에게 필요한 영혼의 안식처가 될 수 있을 것이다. 이 책에서는 인간다움을 찾아갈 수 있는 길을 제시하고 있다. 한 장, 한 장 책장을 넘기면서 나도 모르게 고개를 끄덕이며, 영혼을 정화시키고 있는 나를 발견하였다. 요즘의 아이들을 가르치고 있는 나에게 방향성을 제시하고 있는 주옥같은 글이다. 나는 지금 아이를 키우는 부모가, 학생을 가르치는 선생이 되어 있다. 이 책은 30여 년 전 고등학교 교실에 앉아 수업을 듣던 학생으로서, 지금은 아이를 키우고 있는 부모로서, 교단에서 학생들과 함께 하고 있는 동료로서, 나와 같은 시대를 살아가고 있는 많은 이들에게 공감과 반성의 기회를 제공할 것이다.

나는 지금 삼규쌤의 수업을 듣고 있다. 나의 영원한 쌤, 앞으로 더욱 빛날 삼규쌤의 일상을 진심으로 응원한다.

경남대학교 경영학부 교수

이 인 태

〈교육과 사람, 자연을 노래한 교단의 시인을 생각하며〉

- 교정에서 36년, 이제 새롭게 노래하는 영원한 시인 김삼규님의 수상집에 바칩니다.

김삼규 선생님은 교정의 자연과 학생들 한 사람 한 사람을 가슴에 품고 살아온 36년 여정의 결실을 여기 '삼규쌤의 교단에세이'에 고스란히 담아 세상에 내놓으셨다. 여기 모인 한 편 한 편의 글에는 우리 모두를 '변화와 성장'으로 이끌어주는 영적인 울림이 있다. 또 나는 이 수상집 한 쪽 한쪽을 넘길 때마다 내 안에 있는 '나'를 일깨우는 생동하는 '힘'을 느꼈다. 시인이면서 아이들을 키우는 선생님의 고뇌와 꿈과 사랑이 녹아 흐르기 때문이다. 한편 선생님께 교정은 자연과 교감하는 조화로운 시적 영감의 무대였고, 교단은 교육과 철학, 문학을 넘나들며 가르치고 배워온 울림 터였음을 글 곳곳에서 오롯이 느낄 수 있었다. 교단의 모든 선생님들과, 학부모들, 그리고 무엇보다도 공허한 자신의 삶을 한 톨 한 톨 채워가는 아이들에게는 선생님의 수상집이 큰 의미와 새로운 방향이 될 것으로 확신한다.

내 기억 속의 선생님은 먼저 국문학을 전공하고 올곧게 문학의 길을 걸어온 학자이시다. 일찍이 '장만영 연구'로 대학원에서 학위를 받으셨고 문학을 실증적이면서 동시에 심미적 안목으로 연구한 감성적 지성의 면모를 갖춘 분이시다. 어떻게 보면 선생님의 장구한 교단의 삶은 이러한 학구적 열정 위에 세워진 큰 숲이 아닌가, 생각한다. 아니, 시인 내면에 본래부터 잠재된 창조적 본성의 뿌리가 든든하게 버티고 있어서 선생님의 노래로 꽃을 피우지 않았을까, 하는 생각도 든다.

그리고 선생님은 무엇보다도 '균형 잡힌 미학'의 교육자이며 철학자이시다. '균형 잡힌 미학'이라는 낯선 수식어가 선생님께는 가장 잘 어울리는 분이시다. '시시콜콜 받아 적게 하여 주입하는 식으로 문학을 공부하면 안 된다.' '오히려 문학을 가르치는 교사는 말을 아끼고 아이들이 문학의 진수를 느낄 때까지 기다려야 비로소 아이들의 감수성이 살아나며, 그것이 제대로 된 문학 교육이다.' 강조하신다. 제발 아이들 스스로 깨어날 수 있도록 놓아두라고 하신다. 이러한 '선하고도 따뜻한 방목'의 교육관이야말로 선생님이 얼마나 인간 본성의 자유와 계발 가능성을 무한히 신뢰하였는가를 그대로 보여주는 대목이다.

특히 선생님은 감성이 빠진 메마른 지식을 한사코 경계하신다. 변화하는 시류를 보되, 그 밑을 지탱하고 있는 인간의 자연성과 본질적인 가치를 잊어서는 안 된다는 것이다. 그리고 자연의 숲과 하늘을 향한 눈빛을 간직해야 한다고 자주 말씀하신다. 이것은 각박한 탁류의 세태 속에서 아이들의 영혼을 순수하고 따뜻한 행복의 세계로 안내하려는 선생님의 확고한 소신에서 비롯된 것임을 수상집 곳곳에서 역력히 알 수 있다.

위기의 교육환경에서도 교육의 본질적인 원형을 찾고자 하는 김삼규 선생님의 노래는 결코 경직된 프레임에 얽매이지 않는 영혼의 자유를 구가한다. 그리고 특정한 사상, 종교, 교육관에 얽매이지 않고 자유와 행복의 열린 길로 아이들을 이끌어가려는 예지와 활달함이 글 속에 담겨 있다. 선생님의 글에는 소요음영하는 노장사상과 기독 신앙의 영성적 깨달음과 붓다의 명상과 루소의 자연주의 철학마저 녹아있다. 통섭의 가르침이 아닐 수 없다.

선한 노래는 뭇 노래들을 불러 모은다고 하지 않았던가? 김삼규 시인의 깊은 사유와 통찰이 담긴 '삼규쌤의 교단에세이'가 새로운 변화의 기폭제가 되고, 우리 모두가 행복한 삶의 길로 나아가는 시발점이 되기를 기대해본다. 교정을 떠나면 이제 선생님은 영원한 시인으로서 새 삶의 노래를 다시 부르실 것이다. 지금까지 수많은 제자를 창조적인 삶의 주인공으로 키워내신 그 열정으로 다시 많은 이들에게 새로운 일깨움의 노래를 들려주실 것이다.

이 한 권의 수상집에 오롯이 담긴 김삼규 선생님의 삶에 대한 사랑과 지혜를 많은 사람이 공유하여 깊은 행복을 맛보길 진심으로 소망한다.

－한국열린사이버대학교 통합치유학과 특임교수

이 성 권

〈유리구슬, 맑은 영혼, 소년, 순수함…〉

유리구슬, 맑은 영혼, 소년, 순수함…

이 세상에 태어나 당신의 딸로 살아가면서 당신을 바라볼 때마다 가장 먼저 떠오르는 말들입니다. 어찌 보면 모두 하나의 이미지로 귀결되는 말들이지만, 아버지는 구름 한 점 없는 청명한 가을 하늘같은 분이십니다.

교단에 계시는 내내 새벽 일찍이 일어나 학교로 향하던 아버지는 아침마다 자식들에게 메시지를 전하셨습니다. 때로는 새벽이슬 맺힌 꽃을, 또 어떤 날은 푸른 하늘을 담아서…

아버지는 늘 저희에게 말씀하셨습니다. "자연을 가까이 바라보고 사랑하는 사람이 되렴…" 그런 아버지 덕분에 봄에는 파릇한 새싹들을 들여다보고, 여름에는 울창한 나무들 사이에서 울려 퍼지는 매미들의 합창에 귀 기울이며, 또 가을에는 수북이 쌓인 낙엽을 밟으며 깊은 사색에 빠져보기도 하면서, 겨울에는 옷을 입지 않은 앙상한 나뭇가지들 틈에서 저물어가는 한 해를 돌아볼 수 있었습니다.

평생을 교육자로 살아오신 아버지는 과연 교육이란 무엇인가에 대해 늘 깊이 고민하셨습니다. 그리고 그 답을 찾아가는 과정에서 저희에게 '교육은 사람을 경작하는 것'이라고 일러주셨습니다. 당신의 그 생각들을 담아 수십 년에 걸쳐 '교단일기'를 써 내려가신 것입니다.

'이 세상에서 가장 긴 여행은 머리에서 마음, 마음에서 발까지의 여행'이라고 신영복 작가는 말합니다. 그런데 아버지 덕분에 머리에만 머물던 나의 시선이 어느새 마음으로 내려와 누군가를 이해하고 품을 수 있게 됐으며, 이제는 그 발로까지 이어져 그 사랑을 실천할 수 있는 용기가 생겼습니다.

'무엇을 보고, 무엇을 읽느냐'의 중요성을 끊임없이 심어주셨던 아버지는 저희가 초등학생 때부터 책과 신문 읽는 습관을 길들여주셨습니다. 그리고 그것이 무엇이든 저희에게 도움이 될 내용이 조금이라도 있으면 그것을 인쇄하여 다양한 읽을거리를 제공해주셨습니다. 진정한 앎의 자양분을 저희에게 떠먹여 주신 아버지였지요. 아마 교단에서는 수많은 아이들에게 어쩌면 저희에게보다 더 큰 애정과 따스한 관심을 전하셨을 것입니다.

이 책을 읽는 누군가가 행복해지길 바라는 마음으로 쓰셨다는데, 저희들이 아버지를 만나 하루하루가, 매 순간이 행복이었던 것처럼 분명 '삼규쌤'을 만난 아이들도 가슴 벅찰 만큼 따뜻한 인생의 한 페이지를 갖게 되었을 것이라고 믿습니다.

밤이 늦도록 쓰고 지우고를 반복하며 작업하시던 모습… 이 책을 만날 그 '한 사람'을 위한 아버지의 각별한 마음이 느껴집니다. 딸로서가 아니라, 이 시대를 살아가는 한 청년으로서 정말 고맙습니다.

아나운서
김 인 후

교정에서 만난 수많은 '당신들'

당신들의 얼굴과 이름이 떠오른다

지금, 내가 하는 일은 바로 당신들을 생각하는 것이다

당신들, 우리 아이들은 나의 존재 양식이요, 존재의 집이다

우리 아이들은 나의 하늘에 반짝이는 별이다

나의 길 건너가는 노둣돌이다

36년 동안 교정에서 만난 천千의 얼굴, 천千의 이름은

한 사람 한 사람이 나와 이어진 숭고한 연결점이다

교정의 새들과 꽃과 나무, 하늘과 구름과 사계절 또한

나의 소중한 당신들이다

그래서 이 글은 수많은 당신들을 향한 나의 고백이요, 헌사獻詞다

교정의 당신들이 내게 준 감동의 울림을 적었으므로

나는 기꺼이 '당신들'에게 이 글을 바친다

이 글은 짬짬이 '당신들'과 교정에서 나눈 허물없는 대화요, 그들에게

들려주고 싶은 간절한 담론이며, 그들을 향한 나의 진실과 고백이다.

나는 매일 읽고, 느끼고, 깨달은 것을 생각날 때마다 적었다. 그때마다 가장 맘에 걸리는 것은 꿈이 없이 맹목盲目의 길을 가는 우리 아이들이었다. 따라서 이 글을 쓰는 내내 나는 우리 아이들과, 아이들을 당신의 목숨처럼 아파하는 이 시대 학부모와 미래의 고등학생을 키우며 안절부절못하는 젊은 아빠, 엄마들이 떠올랐다. 그리고 이 나라 교육에 관심을 가진 수많은 '어른들'을 생각하였다. 특히, 이 나라 교육환경에서 살아갈 나의 아들과 며느리와 딸, 그리고 3살이 되어가는 어린 손자가 마음에서 떠나지 않았다.

서둘러 나는 감히 말하려 한다. 아이들이여, 행복이 열리는 길로 우리 함께 가자, 행복에 이르는 길을 찾자, 당당히 외치고 싶다. 행복이 열리는 길은 '읽는 힘 _ 생각하는 힘 _ 글 쓰는 힘'을 키우는 일이다. 교육은 우리 아이들에게 책을 '잘 읽는 힘'을 키워 '생각하고 글 쓰는 힘'을 애써 연마해주는 일이다. 그 길은 사람이 많이 가지 않는 좁은 길이요, 한산한 길이다. 그러나 어려서부터 '읽는 힘 _ 생각하는 힘 _ 글 쓰는 힘'을 키워주면, 우리 아이들은 행복이 열리는 길로 틀림없이 나아갈 수 있다. 책을 잘 읽고, 생각하며, 글 쓰는 습관을 어려서부터 몸과 맘에 배도록 길들여주는 일이 바로 그 길이다. 나는 우리 아이들과 학부모 한 사람 한 사람을 붙잡고 그들이 승복할 때까지 설득하고 싶다.

나의 36년 교단생활에서 얻은 체험적 인식의 결론은 '읽는 힘 _ 생각하는 힘 _ 글 쓰는 힘'을 키워주는 일이 우리 아이들 교육의 반석盤石이 되어야 한다는 것이다. 현재의 교육상황에 대한 고뇌와 아이들 교육에 대한 명철한 신념과 비전을 품은 사람이라면 장황한 설명을 하지 않아도 금방 공감할 것이다. 그러므로 이 세 가지의 '힘', '읽는 힘과 생각하는 힘과 글 쓰는 힘'은 우리 아이들을 평생토록 행복하게 지켜주는 가장 견고한 근육이 될 것이다.

그러나 이 아름다운 길을 선뜻 가려는 사람이 많지 않다는 것이 문제다. 오늘날 명문대 입시 위주의 교육과 '속도와 경쟁'이라는 유용성만을 추구하는 현실에서는 우리 아이들이 이 좁은 길을 구태여 고수하지 않아도 되기 때문이다. 그래서 이 행복에 이르는 길은 아무나 갈 수 있는 길이 결코 아니다. 많은 사람들이 이 길을 선망하지만 우선 쉽고 편리한 눈앞의 결과만을 집착하기에 누구나 쉽게 이를 수 없는 좁은 길이요, 낯선 길이 되어버렸다. 그러나 이 낯선 길로 들어가기를 힘써야 한다. 왜냐하면 이 길만이 우리 아이들을 행복으로 인도할 수 있는 가장 확실한 길이기 때문이다. 사실, 결코 가기 어려운 길이 아니다. 다만 많은 아이들이 가지 않는 한산한 길일 뿐이다. 그러나 '읽고 _ 생각하고 _ 글 쓰는 길'이 우리 아이들을 항구적인 행복의 문으로 인도하는 길임을 명심할 일이다. 어려서 책을 잘 읽는 습관과 생각하고 글 쓰는 습관을 키워주면 우리 아이들의 발산적사고發散的思考와 자화력自化力은 저절로 생성될 것이기 때문이다. 그러면 평생 이 '힘'이 우리 아이들의 인생을 굳건히 받쳐줄 것은 분명하다.

사실, 십수 년 전 한 졸업생이 깨알 같은 글씨로 적은 메모 노트 4권을 전해주지 않았다면, 나는 이 글을 도저히 쓸 수 없었을 것이다. 이 학생은 나의 수업을 들을 때마다 틈틈이 내가 학생들에게 들려준 쓴소리, 단소리, 여담 등을 노트에 적어놓았던 것이다. "선생님께 제가 드릴 졸업 선물입니다." 정말 뜻밖의 이 귀한 선물을 받아 읽어보면서 깜짝 놀랐다. 내가 이렇게 많은 얘기를 하였다니, 믿어지지 않았다. 선생님께서 수업시간에 틈틈이 들려준 교과서 밖 이야기가 하도 좋아서 메모하였다는 나의 좋은 친구. 그 후, 나는 틈틈이 그 노트의 메모를 풀어서 정리하였는데, 그 글이 A4 용지 수천 쪽에 이를 정도니 이 책에 수록한 내용은 극히 그 일부인 셈이다. 나의 친구는 메모한 내용을 통해 지적 호기심을 확장하였고, 선생님이 소개한 책을 거의 다 섭렵하여 학창시절

일백여 권이 훌쩍 넘는 독서목록을 작성할 수 있었다고 했다.(이 학생은 어떻게 되었을까. 졸업하여 명문대(?)에 진학하였고, 모두가 선망하는 길을 가고 있다. 글을 잘 쓰는 '작가'이기도 하다.)

나는, 교육의 본질은 한 사람, 한 사람을 길러내는 일이라 생각한다. 공부만 잘하는 '머리만 큰' 단 '한 사람'보다는 (도덕적으로) 인품과 덕성을 갖춘 아이, (정서적으로) 소박한 감탄과 연민의 감성을 품은 가슴 따뜻한 아이, (심미적審美的으로) 사물의 아름다움을 찾으려는 심미안을 지닌 아이, 인정을 나눌 수 있는 이타적인 아이로 키우는 일이 교육이어야 한다고 생각한다. 장자는 이를 이리화정以理化情, 도道나 이치理致를 머리가 아닌 가슴으로 느끼도록 가르치는 일이라 했다. 머리로 아는 것은 엄밀한 의미에서 완전한 이해가 못 되기 때문이다. 그러나 아쉽게도 전반적인 교육환경은 오직 눈앞의 실리와 대입의 유혹에 경도되고[2] 말았다. 게다가 우리 청소년의 이성과 윤리의 올바른 성장을 저해하는 지나친 물질만능주의의 뜨거운 욕망이 식을 줄 모른다. 교육의 본질적인 것을 방기한[3] 기성세대의 몰인식과 우리 사회의 변하지 않는 낡은 관행은 청소년의 영혼까지 위협하고 있다. 교육의 본질적인 것과 비본질적

---

2) 경도(傾倒) ① 기울어 넘어짐. ② 기울여 담긴 것을 다 쏟음. ③ 마음을 기울여 사모하거나 열중함.
3) 방기(放棄) 내버리고 돌아보지 아니함. • 직무를 ~ 하다.

인 것의 선후先後, 경중輕重을 헤아리려 않고, 교육의 중심이 되는 것과 주변적인 것에 대한 성찰이 부족한 것도 큰 문제가 아닐 수 없다.

그러나 우리 아이들 영혼의 근력을 강화해주는 것들은 눈에 잘 보이지 않는다. 그래서 자칫 소홀히 하기 십상이다. 철학적 담론이 그렇고, 자연, 관계, 역사, 문학, 그리고 정의와 남을 배려하는 마음, 우주와 생명의 본질 등 크고 아름다운 말들이 다 그렇다. 우리는 이 눈에 보이지 않는 '큰 말'의 벼리와 그물을 견고하게 엮어주는 일이 교육의 숭고한 사명임을 잊지 말아야 한다.

우리는 행복하기 위해서 살아간다. 나는 <삼규쌤의 교단에세이—사람, 한 사람 한 사람 I , II > 두 권을 읽은 여러분 모두가 조금이라도 더 행복해지기를 원한다. 이 책이 행복에 이르는 길이 되고, 아이들 '교육'을 풀어가는 실마리가 되기를 소망한다. 조심스럽게 말씀드릴 수 있는 것은, 이 책을 읽으면, 우리 아이들을 어떻게 키울 것인가, 에 대한 나름 지혜를 얻게 될 것이다. 또 우리 아이들은 자기 극복과 상승의 '읽는 일과 생각하는 일과 글 쓰는 일'을 연마하는 데 선택과 집중이 얼마나 중요한가를 알게 될 것이다. 한편 이 글이 미완未完일지라도 여러분이 마음을 열어 잘 읽어주면 나의 부족함이 메꿔질 것이라 믿고 스스로 다독이며 감히 이 책을 세상에 내놓는다. 다만, 나의 글이 자녀들 교육에 목마른 누군가에게 달콤한 한 알의 물방울이 될 수 있다면 나에게는 이보다 더 큰 보람은 없을 것이다.

우리 아이들은 마땅히 사랑받아야 할 존귀한 존재이다. 그러므로 우리 아이들을 행복의 문으로 인도하는 교육을 해야 한다. 이 시대 모든 학부모와 우리 사회의 어른들은 아이들을 어려서부터 잘 키워야 하고, 우리 아이들은 잘 자라야 한다. 늘 반짝이는 생기를 더하여 찬란한 별이 되어야 할 유일무이한 존재이기 때문이다. 여러분 모두의 나날이 행복이 열리는 문으로 나아가는 길이 되기를 간절히 기원한다.

하늘이 보이는 교정 골방에서
김 삼 규

차 례

Chapter II

자연의 길, 사람의 길, 교육의 길   69

Chapter III
우리가 해야 할 것은 무엇인가를 읽고 생각하는 것이다

Chapter IV

언어의 힘, 말의 힘

Chapter I

교육은 자화력自化力을 키우는 일이다

농부는 타작한 뒤에 마당에
콩 하나 팥 하나가 있을 때
그걸 집어서 모은다.

그 작은 콩 하나 팥 하나 속에
우주 전체의 힘이 들어 있는 것이다.
만남이 거기 들어 있고, 생명이 있다.

좁쌀 한 알 속에도 우주가 있다.

―장일순, <나락 한 알 속의 우주>에서

01

문제는 '자화自化의 힘'이다

자화력自化力은 스스로 알아서 변화하는 힘을 말한다. 교육은 아이들의 자화自化의 토양을 비옥하게 하는 일이다. 아이들이 스스로 알아서 변화하는 힘(자화력自化力)을, 스스로 외부 상황과 세계를 잘 인식하고 그에 대응하는 힘을 키워주는 일이 교육이 나아갈 궁극의 방향이라 생각한다. 이를 위해 부모가 가정에서 반드시 해야 할 일을 나름 말해보고자 한다. 우리는 아이들을 잘 키울 수 있다. 우리 아이들에게 자화의 힘을 키워주는 일을 해야 한다.

나를 용서해 주기 바란다. 이 글을 써야만 하는 절실한 나의 마음을 아량으로 이해해주길 당부 드린다. 그만큼 다급한 문제다. 나의 교단 경험을 통해 얻은 몇 가지 큰 발견 가운데 하나는, 아이들 교육의 99.9%는 부모에 의해 좌우된다는 점이다. 어찌 서둘러 말하지 않을 수 있겠는가. 나는 수십 년 교단에서 읽을 줄 모르고, 생각할 줄 모르고, 글 쓸 줄 모르는 많은 아이들을 보면서 얼마나 안타까워했는지 모른다. 그동안 아이들에게 쏟은 수많은 교육적 투자가 어디로 갔단 말인가. 우리 아이들에게 남아있는 것이 거의 없었다. 학원 가고, 문제풀이 공부하고, 시험 공부하고, 등수 오르면 좋아하고. 무의미하게 기계처럼 반복하는 순환은 심한 허망함만 남는다. 늘 부모와 아이들의 기쁨과 행복은 궁색하기 그지없다. 아이들에 대한 믿음이 없다. 아이들의 교육에 관한 확신이 없다. 그럼 어떻게 할 것인가? 아이들이 어릴 때 과연 무엇부터 해야 할까? 아이들 교육에 있어 가장 중요한 것은 무엇일까? 우리 아이들이 왜 이 지경이 되어버렸을까? 늘 고뇌하며 보낸 36년 교단 경험에서 나름 얻은 깨달음과 그 극복 방법을 조심스럽게 말하지 않을 수 없다.

첫째, 어떤 조건도 없이 순실한 사랑을 아끼지 않고 제공하는 것.
사랑이 없는 교육 열정과 부모의 욕망만을 채우려는 교육적 추구는 자녀를 피곤하게 한다. 때로는 자녀를 빗나가게 하며, 자녀를 불행하게 만든다. 부모와 자식이 서로를 진정으로 이해하고 공감하는 관계와 소통의 흐름이 있어야 한다. 사랑을 전제하지 않는 자녀 교육은 그 어떤 결실도 없다. 교육은 결코 돈으로 되지 않는다. 학원을 많이 보내면 기계적으로 변한다. 공부하는 기술skill만 늘어난다. 자화력을 상실한다. 그렇기에 부모의 뜨겁고 지속적이며 지혜로운 창의적 노력이 절대 필요하다.

둘째, 일상의 모든 일에 부모가 모범을 보이는 것.
말보다 행동은 더 큰 교육적 힘을 갖는다. 말을 많이 하면 자녀에게 실수하기 마련이다. 자녀에게 꼭 필요한 것이면 자녀에게 요구하기 전에 부모가 직접 보여줘야 한다. 자녀는 99.9% 가정에서 부모를 통해 형성된다. 부모에 의해 만들어진다. 한 번 만들어진 아이들의 생각과 습관과 인성과 도덕은 평생 바뀌지 않는다. 이것을 외부의 '교육적 힘'으로 어떻게 길들일 수 있겠는가.

부모가 집에서 책을 보고, 신문을 보고, 부드러운 말을 하면, 그리고 밥상머리에서 타인을 칭찬하고, 불평불만을 얘기하지 않으며, 긍정의 말을 많이 하면 아이들도 부모의 삶과 언어습관을 그대로 닮는다. 그리고 자녀가 밤늦도록 책상에 앉아 공부하고 있으면 부모 중 한 사람은 반드시 거실이나 서재에 앉아 책을 보거나 자녀를 위한 학습 자료를 만들면서 자녀와 동행해야 한다. 저절로 되는 일은 결코 없다. 올바른 투자(?), 영양가 있는 투자(부모의 헌신적인 관심과 동행)를 해야 한다. 부모의 생각이나 태도가 먼저 변해야 한다. 부모의 사랑은 맑고 순수해야 한다. 또 부모만의 깊은 철학이 있어야 한다. 자녀 교육의 본질이 무엇인가에 대한 나름의 답을 갖고 있어야 한다. 눈앞의 유용성을 앞세우거나, 세상 물정을 따라 세속화하면 자식 농사 그르친다. 눈앞의 점수에 일희일비하면 큰 아이로 키울 수 없다.

셋째, 대화를 통해 본질적인 것을 인식하도록 아이를 순치馴致하는 것.4) 아이들에게 사소하고 하찮은 것을 얘기하면 잔소리가 된다. 궁극적인 것, 큰 것을 심어주면 함량이 큰 사람, 큰 포부를 품은 그릇이 큰 사람으로 자란다. 왜 공부를 하고, 왜 책을 읽어야 하는가, 그 본질적인 것을 인식하도록 '잔소리'해야 한다. 아이들의 자화력은 창조적인 활동으로

---

4) 순치(馴致) ① 짐승을 길들임. ② 목표로 하는 상태에 차차 이르게 함.

이어진다. 자아 상승의 의지는 분명한 방향성이 있어야 한다. 막연하게 "공부해라, 공부 잘 해야지, 학교 점수 올려라, 좋은 대학에 가라." 하지 말고 이보다 훨씬 원대하고 본질적인 것을 강조해야 한다. 그리하였을 때 분명한 목표를 갖게 되고 그곳을 향해 스스로 정진한다.

교육은 자화의 힘이다. 아이들 스스로 알아서 변화하는 힘을 갖는 것이 중요하다. 교육은 자화의 틀, 자화의 힘을 아이들에게 키워주는 일이다. 그러면 아이들 스스로 공부한다. 부모가 애타며 걱정하지 않아도 된다. 그래야 우리 아이들 스스로 자신이 만든 '집'에서 자신만의 '인생'을 살 수 있다. 무조건 남을 흉내만 내는 인생을 살지 않아야 한다. 이 길이 행복이 열리는 길이요, 행복의 문으로 들어가는 길이다.

(20200904. 삼규쌤의 '교단 일기'에서)

02

자연과 노니는 교육

봄날 청춘의 교정은 눈물 나도록 정겨운 감탄의 물결이다. 이 봄날 봄을 호흡하며 봄과 하나가 된다는 것을 생각하면 가슴 벅차다. 한 점 한 점, 수많은 생명의 뿌리와 나무가 모여 숲을 이루듯 한 사람 한 사람의 노드(접속점)[5]로 연결된 선들이 사람의 동산을 이루는 이 봄날의 신묘한 은유와 상징을 보면, 교정의 봄날은 아름다운 축제의 장이다. 사람과 자연의 뗄 수 없는 조화와 상생의 맺음을 이렇듯 생생히 보여주는 것이 어디 또 있으랴.

자연이나 봄만큼 아름다운 글이 없다. 말이 없어도 수많은 말을 하는 봄의 언어, 봄의 빛과 소리, 주객일여主客一如[6], 만물일여萬物一如[7]의 세

---

5) 노드(node) 데이터 통신망에서, 데이터를 전송하는 통로에 접속되는 하나 이상의 기능 단위. 주로 통신망의 분기점이나 단말기의 접속점을 이른다.

6) 주객일여(主客一如) 불교의 유심론(唯心論)은 우주의 본체를 정신적인 것으로 보며, 물질적인 현상도 정신적인 것의 발현으로 이해한다. 즉 '자아'와 '자아 밖의 모든 존재'(아소我所)는 마음의 행위, 곧 인식에 의해 만들어진 하나의 허상이라는 것이다. 그러므로 이 세계의 실재하는 존재는 단지 마음 하나라는 것이다. 결국 '마음'과 '마음에 의해서 그려지는 대상'은 같은 것이며 그것은 하나의 마음이라고 부를 수 있으니 이를 주객일여(主客一如)라고 한다.

7) 만물일여(萬物一如) 노자의 <도덕경>은 너와 내가 사실은 같은 한 사람이라 이야

계다. 아이들의 웃음소리, 꽃들이 피는 소리, 초목의 웃음소리가 조화로운 대우주의 울림이다. 우리 아이들이 꽃을 보고 웃을 수 있다면, 우리 아이들이 새의 노래를 들으며 화답할 수 있다면 교정은 사람과 자연이 온통 하나가 될 것이다. 이 축제의 봄을 누릴 수 있는 가슴을 품은 아이들이 어찌 절로 공부하지 않겠는가. 어찌 그 마음에 부드러운 감성이 싹트지 않겠는가.

> 하나의 울림, 하나의 화음, 축제의 꽃이 필 것이다. 자연과 더불어 노니는 일, 준동하는 자연의 흐름을 읽고 봄의 길에서 봄의 자연을 공감하는 일은 작은 소우주인 인간이 자연과 대지와 하나 되는 가장 신성한 긍정의 자유정신이라 하였다.(니체)

봄과 우리가 하나로 흐르는 일은 대지大地의 인간을 향한 가장 거룩한 뜻일 것이다. 행복을, 영원을 꿈꾸는 이 배움터 우리 아이들이여, 어서 돌아와 봄의 환희, 봄의 울림에 화답하여라.[8] '자연의 길'에서 멀어지지 않는 것이 '사람의 길'을 가는 것이니까. 그대는 러시아 '톨스토이 학교'를 들어본 적 있는가. 우리 아이들이 자연 속에서 노니는 삶을 배우는 것이 교육의 출발이라 믿고 그 믿음대로 교육한 학교를…

(20210424. 삼규쌤 '교단 일기'를 적다)

기한다. '구름이 곧 고와(古瓦)이고, 고와가 곧 구름이다. 둘은 두 사람이면서 한 사람이다. 이 세상 모든 사람이 전부 한 사람이고 모든 생명체가 전부 하나의 생명체이다. 내가 나무이고 나무가 나이다. 나와 부처가 남이 아니다. 부처가 나이고 내가 부처이다'는 사상.
8) 화답(和答) ① 시(詩)나 노래에 대해 맞받아 답함. ② 상대의 말이나 행동에 대해 알맞은 언행으로 답함. 환호에 ～하다.

03

선善한 방목放牧9)의 교육

'설명이 많은 교육'은 아이들의 통찰과 상상의 힘을 키워주지 못한다. 서두르지 않고 아이들 곁에서 느긋하게 지켜보며 기다려주는 일이 우리가 할 수 있는 최상의 일이다. 아이들이 어떤 대상과 현상을 보고 스스로 오래 생각할 수 있도록 여유를 주는 일은 아이들 교육의 가장 중요한 출발이다.

오늘날 우리 아이들은 타인에 의한 과도한 배움과 가르침에 노출되어 있다. 심지어 아이들 스스로 되새김질하여 배운 것을 음미하고 소화할 여유마저 없다. 그래서 요즘 우리 아이들은 '탈'이 자주 난다. 과잉의 가르침에 중독된 아이들과 외부에서 주입해준 정보에 맹목적으로 의존하는 아이들, 자기만의 새로운 대안을 만들지 못한 채 수렴적사고收斂的思考에 길들어진 아이들이 넘쳐나고 있다. 즉, 스스로 소화하는 능력이 떨어진 아이들이 많다.

---

9) 방목(放牧) 소 · 말 · 양 등의 가축을 놓아 기름.

대부분의 아이들은 스스로 생각하고, 스스로 판단하고, 스스로 세계와 만날 기회를 갖지 못하고 지낸다. 아이들을 잘 가르쳐 보겠다는 교육의 명분으로 무조건 쏟아붓는 열정과 교육적 투자가 밑 빠진 항아리에 물 붓듯이 헛된 수고로 끝나고 마는 일이 허다하다. 오히려 지나칠 정도로 풍요로운 교육의 기회와 아이들을 잘 가르쳐 보려는 열정이 우리의 귀한 아이들을 머리 큰 '고급스러운 바보'로 만들고 있는 것이다. 참으로 안타까운 현실이 아닐 수 없다.

세계는 다양한 움벨트10)를 가진 존재로 구성되어 있다. 우리 아이들도 모두 천차만별의 변별성을 지닌 오묘한 생명체인데, 그 고귀한 천부적 잠재성을 드러내고 발산할 수 있는 어떤 교육적 배려도 제공받지 못한 채 본연의 '나'를 찾을 기회를 잃고 있다. '나'를 잃어버린 아이들, 주체적 자아로 스스로 설 수 없는 아이들, 우리 교육의 비극이 아닐 수 없다. 우리는 얼마나 더 많은 것을 잃어야 잃어버린 것들의 소중함에 눈뜨게 될까.

---

10) 움벨트(Umwelt) <동물과 인간 세계로의 산책>을 집필한 야곱 폰 웩스쿨(1864~
   1944)은 동물이 경험하는 주변의 생물 세계를 나타내기 위해 '움벨트(Umwelt)'라
   는 개념을 만들어 냈다. 그는 모든 생명체에 의해 동시에 동일하게 경험되는 세계
   는 존재하지 않는다. 이는 모든 생명체가 각기 다른 '움벨트'를 가졌기 때문이라고
   말한다. 생명을 지닌 모든 존재는 서로 다른 '움벨트'로 살고 있다. 그러므로 우리
   는 나와 다른 세계(사람이든, 동물이든, 식물이든)를 이해하기 위해 그 세계에 다가
   갈 때면 조심스럽게 서서히 다가가야 한다. 나의 생각을 비워야 한다. 그러려면 인
   내와 침묵은 필수적이다. 서로 다른 '움벨트'를 가졌기 때문이다. 나의 생각이나 관
   점을 고수하면 다른 세계를 결코 이해할 수 없다.

오늘날 우리 아이들을 병들게 하는 가장 심각한 병인은 못 배워서가 아니라, 지나치게 많은 교육이 그 원인이다. 다시 말하면, 교육의 과잉 공급과 틀에 박힌 기계적 교육환경이 아이들을 무기력하게 만들고 있다. 모든 살아있는 것들은 자연의 흐름에 따라서 성장하고 변화하는데, 우리 아이들은 저절로 자라고 스스로 자신을 키워갈 기회를 갖지 못한 채 학창 시절을 보내고 있다. 우리 아이들이 그들만의 '눈'을 가질 수 있도록, 자신의 촉수와 감성으로 다양한 세계와 만날 수 있도록, 그리고 아이들이 스스로 상상하고 판단할 수 있도록, 아이들이 타고난 천성을 발현할 수 있도록 선善한 방목放牧을 하는 기다림 교육이 필요한 때이다.

문학, 특히 시나 소설을 읽고 감상하는 일은 청소년들에게 매우 중요하다. 글 읽는 힘을 키우고 감성의 문을 열어주는 일은 문학이 최적이다. 문학 수업은 아이들 스스로 시나 소설을 읽고 감상하여 심층의 의미를 상상하도록 이끄는 일인데, 이 문학 수업을 통해 아이들의 감성과 생각하는 문이 열리기 때문이다. 그러나 오늘날 우리 교단의 문학 수업은 평가에 얽매여 교사는 아이들에게 감상할 틈을 주지도 않고 작품에 대해 설명하고, 아이들은 교사의 설명을 받아 적고 외운 다음 문제를 풀이하는 것으로 문학 수업은 끝이 나고 만다. 틈을 내서 책을 읽도록 유인하는 일은 거의 불가능하다. 심지어 국어, 문학, 독서 시간에도 오직 '수학 문제풀이'에만 몰입한다. 이를 아파하는 아이들도 선생도 없다. 책을 읽히려는 교사도 거의 없다. 교육현장의 평가(객관식 오지선다형의 중간, 기말고사에 의한 평가)는 우리 아이들의 '읽는 힘'과 '생각하는 힘'을 키울 기회를 박탈한 가장 두려운 장벽이다.

진정한 문학 수업은 소설이나 시를 가르칠 때, 교사는 아이들에게 무엇을 말하지 않을 것인가를 고민해야 한다. 아이들이 스스로 느끼고 상상하고 발견할 때까지 기다려주는 일을 먼저 해야 한다. 교사는 학생들이 문학작품을 읽는 안목을 갖도록 작품에 대한 다양한 질문을 준비하고, 학생은 작품을 혼자서 읽고(소설은 교과서에 수록한 것이 아닌 소설 원작을 구입해 전편을 반드시 다 읽어야 함.) 교사가 제시한 질문에 답을 고민하고 서술해보는 시간이 필요하다. 교사는 상세한 설명보다는 말을 아끼고, 느리게, 서두르지 않고 아이들의 감상안이 열릴 때까지 기다려줘야 한다.

무엇보다 교사의 인내와 방목의 가르침이 중요하다. 배울 기회를 많이 갖지 않은 아이들이, 교사의 친절한(?) 설명을 듣지 않고 스스로 읽은 아이들이 더 많은 것을 상상하고, 생각하고, 발견한다는 역설의 진리는 놀랄 일이 이미 아니다. 아이들의 시간을 빼앗는 교육은 아이들을 망친다. 아이들이 조금 늦더라도 스스로 읽고 감상하도록 묵묵히 참고 기다려주는 일이 부모와 교사에게 급선무다.

(20121027. 삼규쌤의 '교단 일기'에서)

04

하브루타_유태인 교육의 힘은 자화력이다

'하브루타'는 '대화'와 '토론'을 중심으로 이뤄지는 유태인의 탈무드 교육을 말한다. 유태인은 탈무드 교육인 하브루타 수업을 통해 해마다 노벨상 수상자 30%와 경제 의학 문학 과학 분야의 세계적인 석학을 다수 배출하고 있다. 유태인의 하브루타 수업은 오늘날 '유태인의 힘'의 기반인 자화력을 키워주는 교육이다.

3~5명이 한 팀(조)을 이뤄 교사가 부여한 주제와 담론에 대해 끊임없이 팀원끼리 '대화'하고, '질문'하고, '토론'하여 자발적 문제 해결 과정을 이끄는 학습 형태이다. 가정에서는 아빠가 일찍 집에 귀가해 <탈무드>에 관한 질문을 만들어 가정에서 대화와 토론을 주도한다.(이때를 위해 아빠와 엄마는 아이들의 질문과 그에 대한 대답을 위해 탈무드나 다른 책을 미리 탐독해둔다.)

온 가족이 모두 참여하여 한 책을 읽고 난 후, 저녁 식탁에 둘러앉아 아이들과 질문하고 대답하는 토론식 대화를 이어간다.(이때 엄마는 가족들이 즐길 음식을 미리 준비하여 주말 가족 모임을 축제로 이끈다.)

이것이 유태인의 '하브루타' 교육이다.(그러므로 유태인의 교육은 '가정교육＋
학교교육'이다.) 이때 학교 교사나 가정의 아빠는 질문을 다양하게 제시할
뿐, 결코 답을 말해주지 않는다. 아이들 스스로 문제를 해결하기 위해
혼자 궁구하고 탐색하도록 부모는 긴 호흡으로 아이들을 기다려준다.
다만 아이의 질문과 호기심과 생각하기를 유도하는 자신의 견해만 얘
기하고 아이들을 믿고 잠잠히 기다린다는 것이다. 이것이 유태인 교육
의 자화력이다.

(20191205. 삼규쌤의 '교단 일기'에서)

05

내가 꿈꾸는 자화의 교육

내가 꿈꾸는 교육은 자화의 힘을 키워주는 것이다. 설명을 많이 하지 않는 기다림의 교육이다.

아이들 스스로 책을 읽고 생각하는 것을 으뜸으로 여기는 교육, 아이들이 혼자 생각하고 상상할 틈이 많은 교육, 객관식 5지 선다형 시험을 통해 평가하지 않는 교육, 평가와 평가의 결과에 목을 매지 않는 교육, 학생의 점수와 등수와 백분율로 등급을 매기지 않는 교육, 소설 한 편을 처음부터 끝까지 학생 스스로 읽게 하는 교육, 시를 학생 스스로 감상하고 질문하는 교육, 학생들이 자신이 읽고 싶은 책을 맘껏 읽을 수 있는 자유로운 교육, 시인이나 소설가나 고귀한 덕망과 인품을 갖춘 사회 인사를 찾아가 학생과 그분들이 나눈 대화의 내용을 중시하는 교육, 대답만 잘하는 머리 큰 아이보다 질문 잘하는 아이를 더 선호하는 교육, 아이를 기다려주고, 믿어주고, 재촉하지 않는 학부모와 교사와 학생이 상생相生하며 꿈을 공유하는 교육, '읽는 힘―생각하는 힘―글 쓰는 힘'의 중요성을 아는 교육, 불후不朽의 고전(명작)을 읽고 탐색하여 지적 사유의 깊이와 인식의 지평을 확장하는 일을 중시하는 교육.

학생이 자신의 큰 뜻, 큰 포부를 이룰 수 있도록 학생의 지적 열망, 자기 상승 의지를 부추기는 교육, 학생이 어려서부터 자신의 꿈의 씨앗을 심고 그 꿈을 가꿔가는 과정을 중시하는 경작의 교육, 자연과 친밀히 공생공존하는 우주의 질서와 유기체의 섭리를 학생 스스로 인식하도록 돕는 통 큰 교육, 학생 스스로 숭고한 인간 평등의 원칙에 눈 뜨도록 가르치는 교육, 나보다 타인의 유익과 관계를 중시하는 것이 더 큰 유익이라고 매일 귀에 박히도록 잔소리할 수 있는 교육, 성공과 경쟁과 돈에 대한 탐심, 이기주의와 매너리즘으로부터 초월하여 영혼의 자유를 누리며 즐기는 노닒의 교육, 입시 위주의 오직 문제풀이보다 책 읽기를 더 선호하는 학교 교육, 교사가 일방적으로 주입하는 교육보다는 '토론—대화'를 통해 학생들이 스스로 만들어가는 교육, 다른 학부모, 옆집 아이들을 좇아가지 않는 교육, '우물 안 개구리'를 우물 밖으로 뛰쳐나오게 하는 교육, 내가 평생 소망한 교육, 내가 꿈꿔온 자화의 교육, 지금은 요원하지만 꼭 이뤄지길 기대하는 나의 꿈, 나의 교육.

이 세상 어디에 교육의 완성이라는 말이 있으랴만, 이 가능성에 대한 탐색과 몸부림이 꽃망울 터뜨릴 봄날에 대한 기다림은 한사코 포기할 수 없다.

(20201204. 삼규쌤의 '교단 일기'에서)

06

진짜와 가짜

아이들 교육에서 어디나 가짜들은 하나같이 가치를 판단하는 기술적인 방법만 가르친다. 세상사는 처세술이나, 인맥을 구축하는 요령이나, 살아가는데 돈 되는 것, 눈앞에 보이는 숫자나 유용한 것들만 가르친다. 명문대나 대기업 들어가는 것만이 '성공'이라고 가르친다. 곧 즉물적 세계만을 믿고 중시한다.

가짜들은 인간과 사물의 본질과 원리에 대해서는 절대 말하지 않는다. 말할 줄 모르며 가르치지 않는다. 그 큰 의의와 놀라운 힘을 외면하기 일쑤다. 본질적인 것보다 비본질적인 것에 더 혈안이다. 오직 눈에 보이는 것, 많은 사람이 좇아가는 것에 쏠리는 경향을 보인다. '머리'를 키워주는 일에만 혈안이다. 아이들의 눈앞의 유익만을 좇아간다. 아이들의 10년, 20년 후의 더 먼 곳을 바라보지 않는다.

가짜들은 아이들을 평생 노둣돌처럼 받쳐줄 '진짜' 좋은 것에 대해 관심이 없다.

(20210726. 삼규쌤 '교단 일기'를 적다)

07

우리는 우리가 '읽는 것'으로 된다

봄을 읽을 틈이 없이 오직 공부(?)에만 몰입하는 이 시대 우리 아이들을 생각하면 맘이 깊이 아려온다. 이 좋은 봄날인데 우리 아이들과 청년들은 봄을 읽으려 하지 않는다. 봄을 느끼려고도 않는다. 차라리 봄을 느낄 새가 없다고 말해야 옳을 성싶다.

나는 36년 교단에서 '읽는 힘'과 '생각하는 힘'을 가장 역설하였다. 아이들에게 '읽는 힘'과 '생각하는 힘'을 키워주는 일이 자화력自化力을 확장하는 일이라 믿었기 때문이다.

독일의 마이스터 에크하르트는 "사람이 해야 할 것은 자기가 무엇을 해야 하는가를 생각하는 것이 아니라 자기가 무엇인가를 '생각하는 것'이다."라고 하였다.

프랑스 작가 플로베르는 "우리의 몸이 음식을 필요로 하듯 정신은 읽기를 필요로 한다. 우리는 우리가 '읽는 것'으로 된다."라고 또 말한 바 있다.

'읽는 힘'과 '생각하는 힘'은 아주 밀접한 유기적 상보관계가 있음을 나는 확신한다. 분명 우리의 존재는 '읽는 것'으로 이루어진다. 우리 아이들은 '읽고 생각하는 것'으로 된다. 위 두 사상가의 잠언은 나만의 눈으로 자신을 에워싸고 있는 세계를 읽으며 나만의 관점으로 세계를 바라볼 수 있는 '읽고 생각하는 힘'이 있어야 한다는 진지한 설득이다. 우리가 읽고 생각하고 질문하는 것들이 바로 우리 자신을 만들기 때문이다. 인간 실존의 핵심을 찌르는 말이 아닐 수 없다. 읽는 힘, 말의 힘, 생각의 힘, 긍정 질문의 힘이 중요한 이유이기도 하다.

이 좋은 봄날, 우리 아이들이 '봄'을 읽고 생각하고 느끼는 초감각의 신비한 체험을 하면 얼마나 좋을까. 우리 아이들과 청년들이 인간 존재의 끝없는 가능성을 꿈꾸고 펌프질하여 사유와 인식의 지평을 확장하며 살았으면 정말 좋겠다.

(20190326. 삼규쌤의 '교단 일기'에서)

08

축제의 환희가 사라져가는 교정

요즘 우리 아이들 주변은 모든 것이 넘쳐난다. 지식도 정보도 참고서도 읽을 책도 많고 많다. 그래서 배움과 앎에 목마를 틈이 없다. 지식 과잉의 시대를 사는 아이들은 배움터인 학교도, 눈떠가는 새로운 앎도 감사와 감동의 대상이 더 이상 아니다.

햇빛이나 물이 귀한 자연의 선물이라는 것을 모르듯이. 가난했던 시절에는 결핍(가난) 때문에 갖지 못한 것을 요즘은 지나친 풍요와 과잉 때문에 오히려 빈곤하게 사는 현실이 되어버렸다. 풍요 속의 빈곤이다. 배움과 앎을 향한 목마른 간절함이 사라져버린 것이다. 학교와 교육 기회는 넘쳐나는데 진정한 교육은 점점 왜소해지고 빈약하게 말라가고 있다.

우리의 교정은 어떠한가. 꿀벌처럼 풍부한 지식의 꿀을 학생들에게 나눠주는 교사도 찾아보기 흔치 않고, 앎에 목말라하는 학생도 찾아보기 힘든 감동과 열정이 시들어가고 있다. 오늘날 '교육'은 더 이상 축제가 아니다. 가르치는 일과 배우는 일은 서로의 마음을 하나로 묶어주는 따뜻하고 행복한 축제여야 한다. 이 환희의 축제가 사라져가는 교정은 참으로 썰렁하다. 오직 대학입시와 내신 성적과 학교생활기록부가 맘몬처럼 우리 아이들의 혼을 몽롱하게 점령하고 만 것이 아닐까.

이젠 스스로 알아서 책을 읽는 아이들의 모습을 좀처럼 볼 수가 없다. 아이들 책가방에 읽고 있는 책이 없다. 읽으려고 가지고 다니는 책이 없다. '책에 길이 있다.' '책에서 나의 멘토를 만난다.'는 잠언을 마음으로 암송하는 친구들을 더 이상 찾아볼 수 없는 세상이다.

36년 교단에서 학생들의 책 읽기에 대한 열정이 급속히 식어가는 온도차를 직접 체감하고 있는 현실은 너무 슬픈 일이 아닐 수 없다. 책을 읽지도 않지만 읽힐 수도 없다. 심지어 책을 읽을 줄을 모른다. 문제는 우리 아이들이 어려서부터 책 읽는 습관을 길들이지 못하고 상급 학년에 올라온 것이다. 아이들 탓이 결코 아니다. 그렇다면 우리 아이들을 이렇게 만든 사람은 누구란 말인가. 제일 먼저 부모다. 그다음은 유치원과 초등학교, 중고 선생님이다. 학원 선생님이다. 그 무엇보다도 넓은 의미의 교육환경, 우리 사회의 교육에 대한 무관심과 물질만능주의 풍조와 대학입시제도와 평가(객관식)와 경쟁이 문제다.

작년, 올해로 이어지는 코로나19 상황은 우리 아이들의 다양한 교육적 공백을 엄청나게 심화할 것인데, 방비할 대책이 없어 마음만 아려온다.

교실에 축제가 사라졌다. 니체는 <즐거운 학문>에서 "사람은 항상 껍질을 벗고 새로워져야 하고 항상 새 삶을 향해 나아가야 한다. 새로운 자아를 만들기 위한 탈바꿈을 평생 멈추지 마라."고 하면서 "자신의 삶을 축제로 만들며 사는 차라투스트라를 보라, 맑은 눈을 가진 어린아이처럼 호기심을 품으라."고 했다. 호기심은 책을 읽어야 열린다.

(20210609. 삼규쌤 '교단 일기'를 적다)

09

보고 싶은 대로 보고, 보이는 그대로 보지 못한다

옛 경전에, 성인은 보고 싶은 대로 보지 않고 보이는 대로 그대로 본다, 는 말이 있다. 곰곰이 생각해보면 이 세상 갈등과 대립과 반목은 스스로 선하다고 믿는 사람들끼리 자신의 생각이나 뜻의 우월함을 지키려고 서로 싸우는 데서 생겨남을 알 수 있다.

내가 보고 싶은 대로만 볼 뿐, 다수의 남들이 보는 대로만 나도 따라서 볼 뿐, 세계를 보이는 그대로 보지 못하는 사람들이, 자기 자신만의 눈으로 사물이나 세계를 보지 못하는 사람들이 부지기수다.[11] 이들은 뉴스를 보고, 신문을 보고 밖에 나와 그것을 앵무새처럼 외워서 떠든다. 마치 자기 자신의 생각인 것처럼. 이들의 대부분은 자신이 듣고 싶은 것만 듣고 듣기 싫은 것이거나 자신이 평소 생각하는 것과 다르면 알려고도 하지 않는 사람들이다. 말하자면 확증 편향의[12] 경향을 보인다.

---

11) 부지기수(不知其數) 그 수를 알 수 없다는 뜻으로, 헤아릴 수 없을 만큼 매우 많음을 나타내는 말.

12) 확증편향(確證偏向) 자신의 신념과 일치하는 정보는 받아들이고 신념과 일치하지 않는 정보는 무시하는 경향.

편견과 고정관념에 사로잡혀 자기와 유사한 의견들만 수용하고 반대의 의견들은 배척하여 심리적인 동요를 스스로 차단하려 한다. 나만의 눈으로 있는 그대로를 보지 못한 사람들인 것이다. 왜 그럴까. 왜 이렇게 되었을까.

'읽고 생각하는' 정신의 근력을 만들지 못하면 늘 넘어지거나 다른 사람의 생각을 좇아 부화뇌동하기 일쑤다.13) 선과 악은 객관적 사실이 아니라, 지극히 한 개인의 주관적 신념이나 기준일 뿐인데, 그 어디에도 절대적 진리 또한 존재하지 않는 것인데, 정신의 근력이 허박한 사람은 자신의 생각이나 앎이 무조건 옳다고 난리다. 막무가내로 타인의 생각이나 주장이 자신의 생각과 다르면 비판하고 반목한다.

스스로 혼자서 세계를 읽을 줄 아는 힘이 없으면 세계나 사물이나 어떤 텍스트를 보이는 그대로 보지 못하고, 자기 자신이 보고 싶은 대로 보려는 어리석은 오류를 범하고 만다. 내가 보고 싶은 것만 보고 다른 많은 것은 보지 못하고 만다. 결국 자신의 '우물 속'에 갇히고 마는 꼴이다. 우리가 늘 스스로 '읽고 생각하는' 부단한 훈련을 해야 할 이유가 여기에 있다. 어려서부터 우리 아이들을 어떻게 키울 것인가에 대한 답이 이렇게 쉬운 데 있다.

---

13) 부화뇌동(附和雷同) 일정한 주견이 없이 남의 의견에 따라 같이 행동함. 뇌동부화.
   • ~하는 무리.

점심 후 교정을 산책하며 초가을 기운을 느낀다. 하늘 심연을 흐르는 기운이 심상치 않다. 플라타너스 우듬지를 흔들어 가을 하늘에 쇼팽의 '야상곡'을 들려줄 소슬바람과 대현동, 큰 고개 넘어올 스산한 바람이 교정에서 조우遭遇할14) 날 머지않았다. 가을 속으로 떠날 채비를 서두를 때가 된 것이다. 이것도 우리를 감싸고 있는 교정의 계절 분위기를 읽고 공감하는 일의 극히 중요한 일부분이다.

이 계절이 가고 오는 자연스러운 흐름을 느끼며 산지 얼마인가. 해마다 이 가을이면 교정의 창망한 하늘을 바라보며 나는 우리 아이들과 '당신들의 천국'과 '어린 왕자'를 읽었다. 올가을 이 두 권의 명작을 만날 생각을 하니 벌써 마음 설렌다. 이 책을 읽을 때가 되면 어김없이 교정의 가을이 깊어가고 있을 때다. 불후의15) 고전을 읽을 가을이 온 것이다.

(20180903. 삼규쌤의 '교단 일기'에서)

---

14) 조우(遭遇) 우연히 서로 만남. 조봉(遭逢). • 적의 복병과 ～하다.
15) 불후(不朽) (주로 '불후의'의 꼴로 쓰여) 썩어 없어지지 않음. 곧 오래도록 없어지지 않음. • ～의 명작을 남기다. • ～의 업적을 이루다.

10

감성적 독서의 힘

청소년 시기는 인지적 독서보다는 감성적 상상력과 생각하는 눈을 열어주는 다양한 독서가 중요하다. 독서의 기능이나 효율, 전략 등, '독서 능력'이라는 스킬skill을 중시하면 우리 아이들은 독서의 참맛을 느끼지 못하고 만다. 정보를 얻기 위한, 보고서를 작성하는 도움을 얻기 위한, 수행평가를 위한 명시적인 목적이 분명한 책 읽기는 독서의 즐거움을 흠뻑 누릴 수 없다.

그런 점에서 청소년에게는 사유와 인식의 깊이와 지적 넓이를 확장하고 인정적인 느린 공감의 여유와 보이지 않는 세계를 천천히 통찰할 수 있는 감성적 독서가 바람직하다고 본다. 책을 자투리 시간으로 읽으려는 학생들, 자투리 시간에 책을 읽히고 싶어 하는 학부모들, 오직 수학 문제풀이를 하고 나서 머리 식힐 때나 잠시 읽는 것으로 독서를 폄훼하는16) 사람들이 있는 한 스스로 '읽고 생각하는 일'은 요원하다.17)

---

16) 폄훼(貶毀) 남을 깎아내리고 헐뜯음.
17) 요원(遙遠, 遼遠) 아득히 멀다. • 민주화는 아직 요원한 듯하다.

우리 아이들에게 마음 놓고 책을 읽지 못하게 하는 대학입시 위주의 교육 전반의 풍조,[18] 무엇보다 어려서부터 가정에서, 저학년 단계에서 '읽고 생각하는' 습관을 길들이지 못하고 성장한 우리 아이들, 생각할수록 안타깝고 심히 마음 아프다.

책은 빨리 읽는다고 결코 좋은 것이 아니다. 책을 잘 읽었다고 말할 수 없기 때문이다. 책은 빨리 읽어도 좋을 책이 있지만, 글의 행간에 한동안 머물러 있고 싶은 마음이 일어나는 느린 책 읽기, 수직의 독서를 해야 할 책이 있다. 그래야 감성적 독서의 힘이 키워진다. 틀림없이 책을 읽고 나서도 다시 그 책에 손이 가는 책이 있다. 자신이 읽은 책을 누군가에게 다시 읽으라고 권하고 싶은 책이 있다. 이것은 우리 아이들이 그 책을 잘 읽었다는 틀림없는 방증이다. 아이들이 이런 체험을 자주 해야 한다.

우리 아이들을 가까이서 지켜보면 기껏 책을 읽었는데도 책을 읽지 않은 아이들과 별반 다름이 없는 아이들이 많다. 책을 읽고 나서도 읽은 책의 내용과 대강을[19] 잘 모른다. 책을 제대로 읽지 못한 아이들이 많은 것이다. 이런 친구들은 어려서부터 읽는 연습을 하지 않아 책 읽는 습관을 길들이지 못했거나, 왜 책을 읽어야 하는가에 대한 분명한 목적의식이 없기 때문이다.

---

18) 풍조(風潮) 시대에 따라 변하는 세태. • 과소비 ~가 다시 고개를 들다.
19) 대강(大綱) '대강령'의 준말. 기본적인 부분. 대충. • ~ 짐작하다.

그리고 부모와 선생님의 강요(?)에 의한 독서, 눈앞의 수행평가와 시험을 위한 단기적 학습효과만 기대한 독서는 아이들에게 책 읽는 흥미와 '읽고 생각하는' 독서 습관을 심화해주지 못한다. 아이들이 건성으로 책을 읽지 않으려면 무엇보다 우리 아이들이 책을 읽는 데 여유가 있어야 한다. '읽고 생각하는' 일은 단순한 문제풀이가 아니기 때문이다. 그리고 한 권의 책에서 하루하루 읽을 분량을 미리 설정해놓고 매일 매일 거르지 않고 스스로 읽는 훈련이 반드시 필요하다. 이 모든 것은 저학년 단계에서 아이의 습관이 되어야 한다는 점이다.

우리 아이들이 스스로 책의 행간 깊은 곳에 차분히 오래 머물러 있는 수직의 독서, 생각날 때마다 읽은 책을 다시 읽어보는 독서, 자신이 읽은 책을 친한 친구에게 권해주고 싶은 독서를 할 수 있어야 한다. 이를 위해 하루면 책을 읽는 데 한두 시간 이상씩 아낌없이 투자해야 한다. 어떤 책을 잘 읽고 나면 틀림없이 아이들의 생각이 풍성하게 우러난다.

그러면 어떻게 되는가. 글을 잘 쓸 수 있고 생각하는 힘이 샘물처럼 솟아오른다. 교단 체험을 통해서 깨달은 나의 보화다. 책 잘 읽고 맥락의 깊은 데까지 파악한 학생은 그 책에 관해 어떤 질문을 요구해도, 어떤 논제를 부여받아도 자기의 생각을 자신 있게 대답하고 서술할 줄 안다. 글을 잘 읽고 생각할 줄 알면 글을 잘 쓸 줄 안다. 36년 교단 경험에서 터득한 가장 확실한 교훈이다.

(20210311. 삼규쌤 '교단 일기'를 적다)

11

교사의 거룩한 소임은 '읽고, 생각하는 힘'을 키워주는 것

바람 끝은 여전히 차갑지만 겨울 여느 때와는 다른 느낌입니다. 봄기운이 밀려오고 있기 때문이겠지요. 새로이 한 해를 시작하는 학교에서는 가장 분주한 3월입니다. 기대와 설렘이 붐비는 신학기입니다.

우여곡절이 잦은 세상살이에서 희망이 있다는 것은 참 좋은 것 같습니다. 오늘 아침 가족들의 배웅을 받으며 현관을 나서는데, 저들이 있어서 참 행복하구나, 저들이 나의 희망이고 행복의 샘이구나, 라는 생각이 출근길을 기쁘고 가볍게 만들어주었습니다. 사실 오늘이 저의 생일인데, 다들 일찍 일어나 저를 배웅하고, 문자를 보내고, 편지를 써서 넣은 선물을 건네고… 새 학기를 시작할 때라 마음이 분주하고 부담이 많은 가운데 고민이 끊이지 않았지만 '희망'이라는 것을 생각하자, 모든 힘든 업무들이 긍정적으로 받아들여지더군요. 그리고 가족과 학교와 우리 선생님들, 그리고 우리 한성 아이들 모두가 나의 희망이고 행복이다, 생각을 하니 출근하는 내내 고마운 마음과 감사의 마음이 물결치는 듯싶었습니다.

지금 우리는 새 학년 새 학기를 맞고 있습니다. 황막한 공교육의 현장에서 교단을 지키는 일이 힘들고 가슴 답답할 때가 많을 테지만, 우리 모두 힘을 내서 희망을 만들어가면 어떨까, 생각합니다. 아이들을 키우는 희망만큼 우리를 들뜨게 하는 일은 없을 테니까요. 더욱이 내가 우리 선생님들께 많은 부담을 드려서 요즘은 마음이 무겁고 선생님들 뵙기가 민망합니다. 다만 우리 아이들에게 조금이라도 알찬 미래를 만들어주고 싶을 뿐, 다른 아무것도 없으니 함께 힘을 모아보시지요. 다 아시겠지만 '읽고, 생각하는 힘'을 신장시켜주는 것은 아이들을 경작하는 교육의 본질적인 소임이어야 합니다. 이 일을 우리 국어과에서 실천해보았으면 하는 바람에서 미력한 제가 이런저런 안을 짜본 것인데 잘 받아 주셔서 고마울 뿐입니다.

우리 아이들은 변화의 가능성이 많은 미래의 소중한 존재입니다. 그러므로 아이들의 기본 실력(읽는 힘)을 길러주는 일은 중요합니다. 우리가 아이들에게 진정으로 다가가면 이들 또한 우리와 발을 함께 맞출 것이라고 믿습니다. 진정한 열린 마음으로, 따뜻하고 푸근한 시선으로 우리 아이들을 바라보면서 희망을 건져 올려보면 어떨까요? 책을 읽고, 소설을 읽는 것이 '읽는 힘과 생각하는 힘'을 키우는 본질적인 학습이라는 것을 수업 틈틈이 강조해주시면 우리 아이들은 순순히 책읽기에 동참할 것이며 자신의 미래에 대한 전망을 갖게 될 것입니다.

저는 다음 주엔 <꽃들에게 희망을>이라는 책과 <행복은 자전거를

타고 온다>를 우리 아이들에게 소개하여 책을 잘 읽는 훈련을 가벼운 마음으로 함께 실천해 나갈 생각입니다. 우리 아이들은 책을 읽지만 읽고 나면 번번이 아무것도 수확한 것이 없는데, 이는 우리 아이들이 책을 잘 읽지 못하기 때문입니다. 어떻게 책을 읽어야 할 줄을 잘 모르기 때문이지요. 시를 읽을 때와 수필을 읽을 때, 소설을 읽을 때는 그 읽는 태도가 달라야 하는데, 그 차이를 잘 모르고 무턱대고 읽는 것입니다. 비문학 텍스트를 읽을 때도 마찬가지입니다. 과학도서와 예술이나 철학책을 읽을 때도 읽는 태도와 방식이 달라야 합니다. 그 길을 지도해 줄 사람이 교사입니다. 앞을 못 보는 사람을 안내하듯이 우리 아이들의 책 읽는 걸음마를 부디 도와주시길 바랍니다.

학기 초인데 우리 아이들과 부드러운 시선으로 만나면서 목도 아끼시고, 스트레스도 잘 다독이면서 행복하게 출발하시길 소망합니다.

2008년 3월 5일. 국어과 김삼규 올림.

(20080305. 삼규쌤의 '교단 일기'에서)

자연의 길, 사람의 길, 교육의 길

삶에서 정말 중요한 것은
당신이 갖고 있는 소유물이 아니라,
당신 자신이 누구인가 하는 것이다.
나는 그 사람이 어떤 사람이냐,
어떤 행위를 하느냐가
인생의 본질을 이루는 요소라고 생각한다.
우리가 가지고 있는 것이 아니라
그것으로 우리가 어떤 일을 하느냐가
인생의 진정한 가치를 결정짓는다.

— 헬렌 니어링, 〈아름다운 삶, 사랑 그리고 마무리〉에서

01

유년기 자연 체험

프랑스 시인이며 비평가인 폴 발레리는 고향 유년의 바다에서 평생을 살았었노라고 자신의 삶을 회고했다. 발레리는 1871년 프랑스 남부 지중해 연안의 작은 항만도시 세트에서 태어났다. 그는 자신의 출생지에 관해 다음과 같이 적었다.

> "세트는 나의 출생지다. 태어나고 싶었던 그런 장소에서 내가 태어났다는 단순한 사실이 나를 즐겁게 한다. 나는 선험적 체험과도 같은 그러한 장소에서 태어났음을 기쁘게 생각한다."

발레리는 바다, 지중해에서 태어남을 큰 축복으로 여겼다. 그의 아버지는 코르시카 태생이며 어머니는 이탈리아 제노바의 명문 출신이었다. 그의 생가는 산 사면에 운하가 흐르는 강과 바다를 향해 서 있었다. 따라서 발레리는 지중해를 아침저녁으로 바라보며 자랐다.

"바다에 관한 나의 어린 시절의 기억은 한이 없다. 나는 내가 물에 도취하고 그와 더불어 빛에 의해 진정한 도취를 맛보았음을 고백한다."

세계적인 명사의 고백을 읽으면, 유년의 자연 체험과 아동기 성장 환경은 전 인생의 아우라가 되기도 하고 전 인생의 수틀에 수놓은 언어와 감성이 되는 것은 어찌할 수 없는 운명인 것 같다. 사람의 길은 결국 자연의 길과 멀어질 수 없는 것 같다는 생각이다.

(20210322. 삼규쌤의 '교단 일기'에서)

02

자연의 길, 사람의 길

'자연의 길'과 '사람의 길'이 멀어지면서 세상의 본래 모습이 사라지고 있다고 걱정하는 사람들이 있다. 이를 두고 노자는 일찍이 머리와 다리로 사는 사람은 많아도 마음과 귀가 없이 사는 자들이 많기 때문이라고 했다.

머리와 다리로만 사는 사람은 귀를 열어 자연의 소리를 들을 수 있는 마음의 여유가 없고, 귀를 열어 자연의 소리를 들을 수 있는 귀가 없다는 것이다. 자연과 노니는 마음, 곧 소요유逍遙遊[1]를 잃고 사는 사람이

---

1) 소요유(逍遙遊) 장자 철학의 핵심을 이르는 말. 사람과 자연의 합일을 지향하는 방식이 물질적인 실행이 아니라 감성과 의미를 추구하는 정신활동이라는 것이다. 다시 말하면 우리의 삶을 무슨 목적을 완수하기 위한 수단인 것처럼 기계적이고 소모적으로 이용해서는 안 된다는 것이다. 그래서 장자는 우리의 인생에 '일'을 권하지 않고 '소풍'을 권장하였다. 일하지 말고 소풍이나 즐기면서 놀라는 뜻이 결코 아니니 오해하지 말기 바란다. 우리는 일과 성공과 출세와 어떤 목적을 이루려는 존재가 아니라는 뜻. 삶 그 자체를 인생의 목적으로 삼으라는 것이다. 이 삶이라는 여행은 무슨 목적지가 따로 있는 것이 아니라, 그 자체가 목적이다. 그러니 이 여행 자체를 즐기라고 말한다. 장자가 말한 '소요유(逍遙遊)'란 바로 이런 의미이다. 인생이란 소풍이다. 무슨 목적이 있어서 우리가 세상에 온 것이 아니다. 장자가 말한 '소요유(逍遙

라는 것이다. 그래서 그들은 분주히 세상을 다리로 돌아다니며 삶의 본질을 외면한 채 출세나, 이름이나, 부와 권세를 위해 산다는 것이다. 머리로는 '나'의 생각과 '나'의 욕심을 채우는 일만 신봉하며 사는 사람이라고 지적하였다.

아마도 노자 선생은, 인간이 머리나 다리가 아닌 마음과 귀를 지니고 살면 순수한 자연의 길에서 멀어지지 않으며 새들의 노래, 꽃들의 미소를 마음으로 들을 수 있다고 믿었던 것 같다. 이는 인간이 '자연'과 온전히 하나로 사는 만물일여의[2] 세계라고 벌써 간파한 사유의 결과다.

(20190408. 삼규쌤의 '교단 일기'에서)

遊)'의 '소(逍)'는 소풍간다는 뜻이고, '요(遙)'는 멀리가다는 뜻이며, 유(遊)자는 노닌다는 뜻이다. 자연의 흐름에 물 흐르듯 순응하며 소풍을 즐기듯 노니는 삶이 소요유의 삶이다. 이 삶은 나의 욕심을 비우고 '나'를 버리는 것이며 이때라야 온갖 세상사의 근심 걱정 탐심에서 벗어날 수 있다고 한다. 이것만이 진정한 소요유의 삶이다. 나를 잊고 나를 비우는 일만이 자연과 하나 되어 무위자연의 행복을 즐길 수 있다는 것이다.

2) 만물일여(萬物一如) 물아일체, 주객일체의 세계, 곧 자연. 소요유의 삶을 통해 도달함.

03

나이를 먹는다는 것

삶보다 죽음을 더 묵상하라. 사람이 천명天命을 다하고 죽어가는 물화物
化를3) 철학자 장자는 자연으로 돌아가는 인간의 가장 아름다운 변화라
하였다. 장자는 시비是非, 선악善惡, 고저高低, 빈부貧富, 귀천貴賤, 장단長
短, 미추美醜 등 나눔이 없는 하나의 세계, 곧 그 어떤 경계도 분별도 없
는 자연(=무위)의 세계로 귀향하는 죽음을 삶과 하나로 사유하며 일생
그의 담론으로 삼았다. 인간이 나이를 먹는 일은 자연으로 더 가까이
다가가는 것이라는 신념을 장자는 고수하였던 것이다. 어른이 어린아
이 같은 단순하고 맑은 본연의 성정을 회복하는 것을 그 변화의 핵심이
되어야 한다고 믿었다.

법정 스님 또한 아름다운 마무리는 처음의 마음으로 돌아가는 것이다.
근원적인 물음, '나는 누구인가' 하고 묻는 것이다. 삶의 순간순간마다
'나는 어디로 가고 있는가' 하고 묻는 것이라고 했다.

---

3) 물화(物化) ① 사물의 변화. ② 사람이 천명(天命)을 마치고 죽는 일.

그런데 어쩌자고 사람들은 어른이 되어가면서 별로 아름답지 못한가. 나이 들수록 소박한 어린아이의 천성을 거의 다 잃어버리는가. 눈뜨면 시비를 논하고, 서로 옳다고 싸우며 편 가르고, 서로를 판단 정죄하려 하고, 소유에 끝없이 집착하며, 편견과 아집의 감옥에서 '우물 안 개구리'로 사려 하는가. 다양한 세계를 부정하려 하고 자신의 굴레에서 벗어나지 못하는가. 어쩌자고 그 소박한 순진무구를 다 부정하려 하는가. 다시 찾으려 하지 않는가.

나이 든 어른이 지혜롭다, 선하다는 말에 은근히 회의가 든다. 나를 포함한 이 세상 사람들은 평생 자아의 아집과 욕망에 예속되어 고달프게 산다. 그 욕망은 죽음에 다다를 때가 되어도 늙어 쇠락할 줄 모르고 점점 더 왕성히 젊어지고 있다.

장자는 인생 연륜이 쌓일수록 하늘과 대지, 나무와 풀을 돌아보는 우리 안의 자연을 되찾아야 한다고 역설한다. '자연'과 더 가까워지는, 천진스러운 어린아이를 닮아가는 변화를 이루라 한다. 지금도 장자는 평생 자신을 얽어매고 있는 낡은 생각과 묵은 습관들로부터 어서 벗어나라고, 자유로워지라고 우리를 설득하려 할 것이다. 아름답게 나이를 먹는 일은 어린아이로 돌아가는 길, 자연의 섭리 가운데로 귀향하는 길이라고 우리를 타이르는 소리가 들리는 것 같다. 그렇다. 자연의 변화는 생명의 질서요, 죽음이 있어 삶은 신비요, 아름다움이다. 죽음이 삶을 받쳐주지 않는다면 어찌 삶이 빛날 수 있으랴. 벨라 타르(Bela Tarr, 1955, 헝

가리 영화 감독)의 '토리노의 말馬'의 서사와 흑백 영상이 떠오른다.

(20210430. 삼규쌤 '교단 일기'를 적다)

04

유년의 나의 고향

한가한 교정을 산책하며 가볍게 철봉과 평행봉을 하고, 봄 햇살과 노니는 초목의 방글거리는 소리를 엿듣다가, 어린 풀꽃의 미소도 스마트폰에 몇 장 담아본다. 풀꽃들도 무심히 지나지 않고 누군가 가까이 다가와 말 걸어주고 웃어주면 좋아할 것이란 생각이 든다.

교정의 봄꽃들이나 가을 단풍과 노을을 볼 때마다 나의 의식의 배면(스크린)은 늘 유년의 고향 정경이 펼쳐지고 탐진강으로 가득하다.

나의 옛집 마당의 호젓한 대추나무와 살구나무, 그리고 한 아름 감나무와 모과나무, 대문 앞 자운영꽃 피어나는 아지랑이 들녘, 푸른 보리밭과 구불구불한 논두렁 길, 유유히 흐르는 탐진강과 은빛 윤슬, 홀로 행인을 기다리는 강 나루터 빈 배, 우두커니 서 있는 강둑 어귀의 키 큰 솟대, 골목 대나무 숲 그늘 우물과 하얀 찔레꽃… 고향의 정경을 그리는 마음은 온통 난만한 봄기운으로 가득할 때가 많다. 애달픔과 그리움이 일렁이기 시작하면 벌써 호젓이 유년의 강둑과 들길을 걸어가고 있는 나를 만난다.

나의 언어와 존재의 집을 지어준 유년의 체험 공간, 고향. 그 어린 유년의 환경은 한 영혼의 낱말의 밭이다. 우리는 그 밭에서 움터나는 말과 생각으로 존재의 집을 뜨개질하여 입고 산다. 유년의 체험이 인생의 수틀에 수놓은 언어와 감성의 무늬라면 유년시절을 어디서 어떻게 살았느냐는 한 존재의 모든 것을 지탱하는 소중한 인생의 하부구조다. 사람과 자연의 관계가 존재 양식의 출발이라면 자연의 길을 따라 이루어지는 '자연 교육'은 그 중요성을 더 이상 말할 필요가 없다.

지금, 이 순간도 꽃 피고 꽃 지는 봄날은 흐르고 있다. 나의 길도 그 흐름 위를 따라가는 나그네의 길이다.

(20210322. 삼규쌤의 '교단 일기'에서)

꽃은 살아서 향기 풍기다

로마의 제왕이 제공한 4륜 마차를 타고 승전의 개선가를 부르며 환호하는 시민들 속으로 달리는 장수. 그의 충복이 외친 "모멘토 모리 momento mori", 그 장수를 호위하는 부하 병사가 연호한 말, "죽음을 기억하라! 죽는다는 것을 잊지 말라!"

그렇다. 사는 일이나 죽는 일은 한 가지인데, 사는 데 골몰한 탓에 죽음을 망각한, 아예 죽음을 전혀 모르는 사람들이 많은 세상 풍조다. 죽음을 외면하는, 아니 죽음을 아예 부정하고 사는 자가 많다. 이는 건강한 삶이 아닐 것이 틀림없다. 죽음과 삶은 인생의 수레를 균형 있게 굴러가게 하는 양축이다. 죽음을 모르는 삶이 어찌 아름다운 인생일 것이며, 삶을 소홀히 한 죽음이 어찌 성스럽고 경건하랴. 죽음을 알면 삶을 더 잘 알 수 있을 것이기 때문이다. 장자는 <장자>에서 삶과 죽음은 결코 나눌 수 없는 하나다. 죽음은 삶의 끝에 오는 것이 아니라, 삶과 죽음은 하나요, 인생 그 자체라고 하였다.

지금, 찬란한 봄은 다시 가고 있다. 하롱하롱 흩날리는 벚꽃, 맨땅에 이미 몸져누운 하얀 목련꽃, 시들어 힘없이 떨어지고 있는 진달래꽃, 우리의 영혼과 심부를 은은하게 소생시킨 라일락 향기. 이 꽃들은 살아서 향기를 풍긴다. 어느 것 하나 영화롭고 고혹적이지 않은 것이 없으나 이 꽃들의 영화는 일순간이다. 그 태생의 아름다움은 오래가지 않아 떨어져 흙이 되고 이내 곧 사라진다. 영원한 것은 없다. 살아서 아름다운 흔적을 남겨야 한다.

영고성쇠[4], 화무십일홍[5]. 인생이나 백합화나 산천초목이나 그 번성하고 쇠잔함은 한결같다. 찰나이다. 아침 안개이다. 피면 지고 떨어지면 사라지는 것은 순리다. 하늘 아래 땅에 뿌리를 두고 사는 존재로서 그 항상恒常을 자랑할 것이 무엇 하나 있단 말인가. 낮아질 일이다. 한없이 겸손할 일이다. 죽고 나서 남는 소문난 이름이 무슨 의미가 있으랴. 죽어서 잘난 사람보다 살아있을 때 향기 나는 삶을 사는 사람이 더 아름다울 것이다. 살아서 자기 자신만의 향기를 발하며 아름답게 사는 꽃처럼 인생을 그렇게 살 일이다.

우주의 시공과 장자의 사유의 안목에서 보면, 인간이나 들풀이나 하루살이의 목숨이 전혀 다를 바 없는 찰나의 존재라는 것이다. 거기에는

---

4) 영고성쇠(榮枯盛衰) 인생이나 사물의 성하고 쇠함이 서로 뒤바뀌는 현상. •~를 거듭하다.
5) 화무십일홍(花無十日紅) 열흘 붉은 꽃이 없다는 뜻으로, 한번 성한 것은 얼마 가지 않아 반드시 쇠해짐을 이르는 말. 세무십년과(勢無十年過). 권불십년(權不十年).

목숨의 경중輕重, 장단長短이 없다는 것을 명심해야 한다. "죽음을 기억하라!" 봄의 광영光榮은 아득한 시간 저편으로 일 점 흔적도 남기지 않고 순간, 곧 사라질 것이다. 이게 자연의 섭리다. 이게 우리의 인생이다.

(20160414, 삼규쌤의 '교단 일기'에서)

06

피는 꽃도 꽃이요, 지는 꽃도 꽃이니

중국 철학자 장자는 사람도 자연의 일부이므로

자연의 법칙인 도道에 따라서 사는 삶을 예찬하였다.

그는 삶과 죽음을 낮과 밤에 비유했다.

사는 것을 '천행(天行, 하늘의 뜻에 따르는 행위)'이라 하고,

죽는 것을 '물화(物化, 자연으로 돌아감)'

혹은 '현해(懸解, 삶과 죽음, 고통과 기쁨을 초월함)'라고 일렀다.

장자는 죽음이란 태어나 자연으로 되돌아가는 것으로

자연스러운 자연의 흐름이라 했다.

따라서 삶에만 매달리고 죽음을 거부하는 태도는

자연의 섭리에서 벗어나는 것이라고 설파했다.

죽음에 대해 생각하기를 기피하거나 두려워하는 일은

인생을 한쪽 발에만 의지하여 걷는 사람처럼 불안하고 비틀거릴 수 밖

에 없다는 것이다.

삶과 죽음은 그 경계를 나눌 수도 없고, 그 시공의 거리를 '여기' 있다, '저기' 있다, 할 수 있는 세계가 결코 아니라는 것이다.

삶이 죽음이요, 죽음이 삶이다.

죽음을 아는 길이 삶을 더 아는 일이다.

삶과 죽음은 하나다, 라는 생각이 장자의 사유다.

죽음이 있어 삶은 신비한 것이요, 아름다운 것임에 분명하다.

스러지는 저녁노을이 그렇고, 어둠을 밝히는 촛불이 그렇다.

이들이 아름다운 것은 순간 사라지기 때문이 아니겠는가.

자신을 태우면서 아름다운 빛을 발하기 때문이다.

만약 삶이 아름답다면 사라지는 죽음이 함께 곁에 있기 때문일 것이다.

그렇다. 죽음은 '여기' 있다 '저기' 있다 할 수 없다.

삶이 죽음이요, 죽음이 곧 삶이다. 죽음과 삶은 하나다.

삶에는 벌써 죽음이 함께 있다는 것을 반드시 기억하기를…

죽음이 삶을 받쳐주지 않는다면 어찌 삶이 빛날 수 있으랴.

꽃 피고 꽃 지듯, 노을이 피고 노을이 스러지듯,

가을 낙엽이 떨어지듯 가는 길. 물 흐르듯 가는 자연의 길.

피는 꽃도 꽃이요, 지는 꽃도 꽃인 것이다.

(20150423. 삼규쌤의 '교단 일기'에서)

07

자연의 길은 곡선이다

자연의 얼굴은 곡선이다. 자연의 성정은 점과 점이 이어진 구불구불한 선의 연속이다. 우리 몸의 피의 흐름이 그렇고, 대지를 흐르는 물의 흐름이 그렇다. 천태만상은 모두 곡선 아닌 것이 없다. 산과 강의 길이 그렇다. 오래된 논두렁과 마을과 마을을 이어주는 길, 집과 집을 이어주는 골목길, 마을에서 들로 가는 길과 마을에서 산으로 가는 길, 강과 강 언덕으로 이어진 모든 길이 곡선이다. 하늘과 산이 만나는 등고선이 그렇고, 하늘과 대지가 만나는 지평선과 하늘과 바다가 만나는 수평선 또한 부드러운 곡선이다. 곰곰이 생각하면 온 자연의 얼굴은 부드러운 곡선 아닌 것이 없다.(직선은 자연의 부드러운 얼굴에 금을 그어놓은, 자연의 부드러운 곡선을 왜곡하여 자연의 얼굴을 부정한 인간의 오만한 폭력의 흔적이다.)

따라서 자연의 구부러진 선을 보면 우리의 시선은 반사적으로 부드러움을 느끼고 자연스러운 미의식을 갖는다. 심지어 살가움과 친밀감마저 느끼곤 한다. 시간이 오래 걸리지 않아도 자연의 아늑한 평화를 느낀다. 유유히 흐르는 유장한 강, 그 옆으로 따라 나 있는 길, 강을 따라 한없이 이어지는 강의 길, 도심 한복판에서 봄의 제전을 펼쳐 보이는 남산 길, 청산도 노란 유채꽃과 청보리가 좋았던 길, 오대산 적멸보궁을 오르는 길, 남녘 강진에서 마량항으로 가는 해거름 해안 길과 다산 초당에서 백련사 가는 동백 숲길, 인간사 인고의 모진 세월까지도 가슴에 쓸어안고 가는 남한산성길, 제주도와 지리산의 둘레길, 고향으로 가는 모든 길들, 7번 국도를 따라가는 동해의 푸른 바닷길, 강화도의 갯벌이 누워있는 해변 길… 우리의 기억과 추억이 어린 길들은 끝없이 이어진 구불구불한 자연의 길이다. 그 길은 우리의 시간이 지나간 흔적이 남아있다. 추억이 살고 있다. 오래된 옛날이 흐르고 있다. 그 길은 자동차가 속력을 더하는 직선의 길이 아니기 때문이다.

곡선의 길은 수수하고 덤덤하기 그지없다. 그 길에서라면 고향집 같은 편안함을 느낄 수 있을 것이다. 그것뿐이겠는가. 그 곡선의 길은 느리게 걸을 수 있어서 삶의 여백과 마음의 여유를 되찾을 수 있다. 인생에 대한 사색과 새로운 희망을 만지작거릴 수 있어서 좋다. 그 길에서는 가슴에 남은 무거운 앙금들조차도 한 걸음씩 발걸음 옮길 때마다 저절로 무너져 내려 마음이 가벼워짐을 절로 느낄 수 있어 마냥 좋다. 부드러운 자연의 곡선이 주는 마음의 여유와 쉼은 삶의 여백을 확장해주기 때문이다.

이렇듯 곡선은 느림과 여유, 그리고 살가움을 지향하는 선이다. 그래서 산과 강을 찾아 걷기를 즐기는 사람은 틀림없이 느리다. 또 여유가 있다. 유상곡수6), 소요음영7), 음풍농월8), 이 사자성어에 깃든 풍미風味와 흥취興趣가 모두 곡선의 느린 길에서 가능한 경지 아니겠는가. 느림을 즐기려는 마음의 여유와 철학이 없다면 산과 강이 이뤄낸 아름다운 곡선의 길을 찾지 않을 것이다. 아니, 마음의 진정한 여유가 있어야 느리게 구부러진 곡선 위에서 밀도 있는 삶과 진실하고 순수한 자연 친화의 친교를 즐길 수 있을 것이리라.

굽이굽이 에돌아가는 길은 더디지만 정겨움이 길 가는 사람과 함께 흐른다. 그 길은 새소리가 흐르고, 도랑물 소리가 흐르며, 들꽃의 미소도 바람 따라 흐른다. 빠르게 움직이는 직선의 길에서라면 위태롭게 그리고 바쁘게 살아야 하기 때문에 마음의 여유를 누릴 수 없다. 길을 가다 말고 걸어왔던 길을 가만히 되돌아볼 새가 없다. 앞만 보고 달려야 하기 때문이다. 꽃 냄새도 맡을 수도 없고, 벌과 나비처럼 이곳저곳을 기웃거릴 틈도 없다. 아름드리 자란 나무를 바라보며 나무가 살아온 시간의 흔적은 얼마나 깊을지, 물 흐르는 소리와 새들의 노래를 통해 자연의 숨결을 맘껏 느낄 수도 없다.

그리고 도시의 직선 길이나 아스팔트의 곧은길에서 나눈 대화에는 맑

---

6) 유상곡수(流觴曲水) 삼월 삼짇날, 굽이도는 물에 술잔을 띄워 그 잔이 자기 앞에 오면 술을 마시며 시(詩)를 짓는 풍류. 곡수연(曲水宴). 곡수유상.
7) 소요음영(逍遙吟詠) 자유롭게 이리저리 슬슬 거닐며 나직이 시를 읊조림.
8) 음풍농월(吟風弄月) 맑은 바람과 밝은 달에 대하여 시를 짓고 즐겁게 놂. 음풍영월. 풍월(風月).

은 진실과 인생의 밀도가 없다. 왜냐하면 빠르게 앞만 보고 달려야 하기 때문이다. 우리의 영혼은 느리디느리게 걸어오는데, 곧은 직선의 길은 우리의 육신을 빨리빨리 오라고 외치고 있기 때문이다. 그래서 직선의 길에서는 말과 행동이 가볍고 건성이며 어디 한 곳에 오래 머물러 있기 어렵다. 말과 행동이 진지하지 못하다. 쫓기듯 살 수밖에 없다. 도시의 아스팔트와 직선의 문명에 익숙한 사람들이, 그리고 자연의 곡선에 대한 경험이 거의 없이 책상에 앉아 '공부'만 하며 자란 아이들이 조급하고 직선적이거나 이기적이며, 다정다감하지 못하고 건조한 것은 모두 이런 이유이다.

그러나, 자연 속 곡선의 구불구불한 길에서는 우리가 소유한 물질의 양이 많든 적든 그와 상관없이 삶에 여유가 있다. 오히려 세상 사람들이 흔히 중요하게 여기는 물질과 권력의 가치들이 어느새 우리의 머릿속에서 다 증발하고 말았음을 알고 참살이가 이런 것이구나! 탄성을 지르기도 한다. 장자가 말한 '소요유逍遙遊'의 노닒을 즐길 수 있는 길은 자연의 길, 곡선의 삶이다. 그 곡선의 길에서는 느리게 가는 달팽이 같은 사색을 즐길 수 있다. 우리의 인생이 백수를 다 누린다고 할 때, 진정으로 나의 삶은 몇 년이나 누리며 살 수 있을까. 으레 바쁜 일상을 미덕으로 알고 '나 요즘 바빠'를 자랑처럼 말하는 현대인들. 바쁘게 일만 하는 사람을 무턱대고 부러워하는 사람들. 바쁘게 사는 일상이 무엇 때문에 바쁜 것인지, 어떻게 살기에 바쁜 것인지 조용히 물어볼 일이다. 참살이는 느린 노닒이다. 느리게 자연의 길에서 즐기는 일이다. 유유자적9),

안분지족10)하는 삶이다.

우리는 어떻게 살아야 할까, 나는 누구일까, 이런 근원적인 질문과도 진지하게 만날 수 있는 길이 강과 산이 있는 구불구불한 느린 곡선의 길이다. 그래서 밀도 높은 추억과 기억을 간직하려면 느림을 사랑해야 한다. 천천히 길 가는 노닒과 느림이 있어야 삶의 여백을 아름답게 색칠할 수 있다. 그 구불구불한 자연의 곡선을 따라 걸어야 하는 이유가 여기에 있지 않을까. 그 길에서는 누구나 굴절되지 않고 변색하지 않은 자신의 본성을 드러낼 수 있을 것이며, 함께 걷는 사람의 부드럽고 담박한 감성을 있는 그대로 만날 수 있을 것이다. 그 구불구불한 느린 곡선의 길에서는 어떤 허울이나 위선이 있을 수 없고, 그 길을 동행하는 사람이라면 서로에게 잘난 척할 필요가 없을 것이다.

만약 그 길을 가는 사람이 사랑하는 사람이라면 둘은 그 길에서 말이 없이도 사랑을 말하고 있을 것이며, 이심전심以心傳心, 염화미소拈花微笑, 불립문자不立文字, 자연스러운 혼융渾融의 일치를 이룰 수 있을 것이다. 사람이 서로를 신뢰하며 관계를 구축해 가는 길은 직선의 길이 아님을 공감할 것이다. 서로의 마음이 머물 수 있는 아늑한 시간과 공간의 여유가 없는 직선이라면 우리가 내뱉는 '말'은 공허한 소음이 되고 말 것이다. 그러나, 곡선의 길은 말이 없이도, 서둘지 않아도 하나가 될 수 있

---

9) 유유자적(悠悠自適) 속세를 떠나 아무 속박 없이 자기 마음대로 자유롭고 마음 편히 삶.
10) 안분지족(安分知足) 편안한 마음으로 제 분수를 지키며 만족함을 앎.

다. 따라서 사랑은, 서로를 알아가는 공감과 이해의 길은 느림과 여유가 있어야 영원으로 함께 갈 수 있다. 언제 어디서나 원하기만 하면 다시 꺼내 볼 수 있는 기억으로 멈춰있는 시간. 그 시간이 흐르는 추억은 곡선의 길이라야 만날 수 있다.

시간은 흘러가면서 쌓인다. 그러나 시간은 어디나 남는 것이 아니다. 느리게 가는 곡선의 길에서라야 시간과 추억은 흐르는 강처럼 깊어지고 맑아진다. 사실, 영원으로 이어지는 기억들은 과거에만 있는 것이 아니다. 지금 이 순간이 가장 확실한 영원으로 가는 길목인 것이다. 느리게 마음의 여유를 찾아서 '느림'과 즐거운 '노닒'의 철학을 실천하면 지난날의 먼 향기까지, 우리가 살아야 할 내일의 설렘까지 모두 다 음미할 수 있을 것이다. 영혼이 따라올 수 있도록 느리게 갈 수 있는 길. 무엇에 쫓기듯 살지 않아도 되는 길. 곡선의 삶, 자연의 길에서 노닒이다.

세계적인 건축가이자 수학자인 스페인 출신 안토니 가우디(1852~1926)는 "자연에는 직선이 없다. 직선은 인간의 선이고, 곡선은 신의 선이다." 는 잠언을 남겼다. 그의 걸작 구엘 공원과 사그라다 파밀리아 성당을 가보고 싶은 마음 뭉클하다.

(20100709. 삼규쌤의 '교단 일기'에서)

08

교정의 비경, 목멱산 노을

새벽 여명의 목면산(남산) 노을은 장관이다. 교정에서 조망할 수 있는 자연의 비경 중 남산의 노을은 한성 비경 중 으뜸이다. 여름에서 가을로 흐르는 시절, 이른 아침 신관 4층 진로상담실 난간에서 바라본 서울 도심의 남과 북을 휘감아 두른 노을은 부활하는 '서울'의 박동이요, 거룩한 하늘의 아침 성찬이다. 어둠의 장막을 걷고 온갖 소음과 먼지와 문명의 잔해를 불태워 정결한 새 아침을 예비하는 도도한 노을의 불길. 저 한강 너머서부터 타오르기 시작한 불길은 걷잡을 수 없는 기세로 번져 남산 일대는 일순간 용광로의 불길처럼 타오른다.

출근길과 동선이 일치한 아들을 학교에 보내고 새벽 일찍 교정의 문을 열고 출근하기를 근 10여 년 넘게 한 덕택(?)에 남산의 일출의 장관을 보는 일은 흔한 일상이 되고 말았다. 그렇지만 작렬하는 노을의 불길은 볼 때마다 감탄과 흥분으로 나의 마음을 종일 충만하게 채워주었다. 특히 가을 남산의 노을은 마치 지리산 촛대봉에서 본 아침노을 장관에 뒤지지 않을 교정의 명승 비경이었다.

나름대로 교정에서 손꼽을 수 있는 두 번째 명승은 안산에서 시작하여 인왕산과 북악과 남산, 그리고 멀리 관악을 아우르는 창망한 하늘이다. 교정을 포근히 안아주는 청명하고 품 넓은 하늘. 사시장철 자연의 무상과 우주 시공의 광대무변을 일깨워준 흰구름 떠 흐르는 진주빛 하늘. 나는 하늘을 바라보며 시혼詩魂을 깨울 수 있었고, 번잡한 일상에서 벗어나 하늘을 보며 넘치는 마음의 부요富饒를 누리는 여유 있는 자가 되었다. 또 하늘을 보며 순수한 어린 동심을 회복할 수 있었고 하늘을 품에 안으면 마음에 샘솟는 묘한 기운을 느꼈다. 마음에 온갖 잡념이 사라졌고, 어두운 생각과 감정을 정화하여 긍정적이고 적극적인 소망 넘쳐나도록 하늘은 나를 부추겼다. 나는 하늘을 볼 때마다, 교정의 우리 아이들도 수시로 하늘을 바라보며 눈앞의 작은 유익보다는 큰 뜻, 큰 포부를 품은 호연지기를 닮기를 늘 기도하였다. 일출의 장관과 고고한 하늘을 기다리고 바라보는 일은 교정에서 보낸 36년 동안 나의 가장 큰 보람이요, 매일매일 꿈꾸며 살 수 있는 나의 기쁨이었다.

'노이즈Noise 이론'을 이야기하는 사람들은 노을의 현상을 과학적으로 설명하기도 한다. 노을이 붉게 타오르는 것은 대기 중에 수많은 먼지를 태우며 발하는 자연현상이라는 것이다. 그렇다. 자연에서나 인생사에서 배울 수 있는 위대한 진리가 아닐 수 없다. 아름다운 것을 진정 아름답게 해주는 것에는 부정적인 것으로 여기는 불순물이 있기 때문이라는 역설逆說의 진리이다. 아름다운 인생의 탄생도, 아름다운 국화의 탄생도, 아름다운 꿈의 완성도, 아름다운 이슬의 탄생도, 아름다운 음악 <운명>의 탄생도, 아름다운 예술의 탄생도, 아름다운 가을의 결실도, 아름다운 천연소금의 탄생도 모두가 시련과 역경과 고난과 같은 숱한 부정적인 장애를 극복한 결과라는 것이다.

'흔들리지 않고 피는 꽃이 어디 있으랴.' 인생의 꿈을 꽃피우기 위해 봄과 여름을 보내고 있는 학창 시절, 이 꿈이 피는 길에는 숱한 고통과 방황과 실패와 좌절과 혼란과 아픔과 진통과 같은 거룩한 때의 흐름이 항상 있었음을 명심할 일이다. 그러므로 인생에서 우리는 이런 부정적인 '노이즈' 상황을 두려워할 필요가 없다. '노이즈'가 있어야 우리 청소년의 가슴은 아름다운 노을이 피어나고 튼실한 열매를 맺을 수 있다. 순간순간의 참기 힘든 고통의 때가 섞이어 위대한 인생의 결실은 여물어 가는 것이다.

(20121115. 삼규쌤의 '교단 일기'에서)

09

일상, 작은 것들의 위대함

작은 것일지라도 소중한 것이 있다. 사실 일상의 사소한 것들이 우리의 행복을 이루는 고귀한 요소라는 역설의 진리를 아무도 부인할 수 없을 것이다.

36년 동안 나의 일상의 때를 함께 해준 것들은 모두가 사소한(?) 것들이었다. 매일 만나는 아이들의 얼굴과 직장 동료와 교정의 초목과 하늘과 구름과 운동장. 그러나 이것들은 나의 하루의 보람과 행복을 구성해온 소중한 큰 것들이었다. 언제 어느 때고 나를 불러주고 나를 기다려준 작지만 위대한 것들. 저 빛나는 작은 꽃망울들, 교정의 수많은 들풀의 작은 눈빛들. 밤사이 슬며시 내린 영롱한 이슬을 덮고 잠을 자는 초목의 꽃잎. 얼마나 교정은 이 작은 것들로 인해 아름다움과 신비로 가득한가. 이 작은 것들이 모여서 소중한 생명의 흐름을 지켜간다는 것을 생각하면 매일의 일상이 절로 감탄이다.

봄비가 내린 후의 아침 교정을 거닐어보라. 정갈한 흙의 감촉이 전신을 흐르는 혈맥처럼 느껴질 것이다. 아이들의 생명을 키우고 지켜내는 지고한 사명을 감당해온 교단의 숱한 날들. 교정의 생명이 있는 모든 것들은 나와 하나가 된 지 이미 오래다. 한 팔로도 안을 수 있었던 벚나무 은행나무 잣나무 느티나무는 이제는 한 아름이 훌쩍 넘는 무성한 그늘을 드리운 거목으로 성장하였다. 세월의 장구한 흐름을 수긍하고도 남는다. 내 인생의 한때를 이들과 함께 보낸 것은 기막힌 인연이다. 기적이다. 기적이 아니라면 불가능한 만남이었다. 나의 존재는 이들과의 관계이니까.

교정의 자연은 있는 그대로 우리 아이들에게 큰 자산이다. 자연은 그 자체로 배움의 터전이요, 위대한 가르침이다. 크고 작음도, 귀하고 하찮음도, 높고 낮음도 없는 공평한 자연, 평등한 얼굴들. 어찌 목숨의 크고 작음이 있으며, 생명의 무게에 그 경중輕重이 있으랴. 그래서 천진무구한 자연이요, 무위의 자연이리라. 영원한 배움의 언어요, 그 어떤 가르침도 자연을 능가할 수 있는 것은 없을 것이다. 자연의 숨은 언어를 읽는 일이 진정한 배움이다. 이 배움으로 충만한 가슴을 소유한 아이들이 사는 세상! 부럽지 않은가.

행복과 자유를 추구하는 마음은 모두가 한결같을 것인데, 행복과 자유를 누리지 못하는 사람들이 많은 것 같아 아쉽다. 그 행복과 자유는 결코 먼 곳에 있지 않다는 생각을 교정의 들풀을 보며 자주 한다. 어제, 오늘, 오월의 하늘은 보기 드문 청정한 심연이다. 우리의 영혼이 잉크를 풀어놓은 하늘 호수라면 얼마나 좋으랴. 오늘, 무엇을 더 바라랴. 지금 이 순간이 나의 행복인 것을.

(20210324. 삼규쌤 '교단 일기'를 적다)

10

꿈꾸는 존재로 산다는 것

꿈은 삶의 땀과 결실을 담는 항아리다. 그 항아리에 담긴 모든 것들이 우리의 삶이요, 인생이다. 꿈의 항아리를 품고 살아야 한다. 꿈, 꿈의 항아리를 가슴에 품고 살아야 우리가 쏟는 모든 열정은 그곳에 고스란히 담겨 풍성한 기쁨의 큰 둠벙이 된다.

반드시 꿈을 품고 꿈을 부화시켜야 한다. 인생은 꿈을 꾸는 자의 것이기 때문이다. 꿈이 없으면 우리의 노력과 열정은 밑 빠진 항아리에 물을 붓는 격이다. 꿈은 인생의 방향이요, 가치요, 의미다. 꽃봉오리다. 꿈을 품고 살아야 한다.

교정의 겨울나무를 보라. 꿈의 씨앗을 품고 삭풍을 참아가며 봄을 기다리는 저 늠름한 고독을 보라. 꽃망울 피워낼 봄을 기다리는 겨울나무. 꿈을 품고 사는 사람은 저 겨울나무처럼 추워도 결코 춥지 않다. 가슴에 꿈을 품고 뜨거운 열정으로 살기 때문이다. 그 꿈이 가득 채워진 항아리를 상상하고 바라보아라. 오늘 흘리는 땀방울이 채워지는 항아리를 상상해 보아라. 하루도 거르지 않고 책을 읽어 고치 속을 나온 나비가 된 꿈을.

'여기'에 있는 나를 '저기'로 옮기려면, 자신의 큰 뜻, 큰 포부를 확장하려면 긴 겨울의 시련을 고독하게 극복해야 한다. 독일 현대 철학의 선구자 니체는 이것을 자기 상승 의지, 자기 초월 의지, 자기 극복 의지, 곧 니체의 화두인 '초월 의지', '위버멘쉬'라고 하였다.

선생님은 수많은 제자를 통해 꿈을 꾸는 존재로 산다. 그러므로 선생님의 가슴에는 수없이 많은 꿈의 항아리가 있다. 다양한 꿈의 향기를 품고 사는 선생님은 행복한 사람이다. 선생님처럼 많은 꿈을 품고 사는 사람은 없다. 선생님은 학생들의 가슴에 꿈의 씨앗을 뿌려 가꾸는 농부이기 때문이다. 밭을 갈아 씨를 뿌리고 퇴비를 하고 물을 주어 제자의 꿈을 가꿔주는 보람이 선생님의 사명이다. 온갖 유혹과 모진 바람을 막아주고 해충의 공격으로부터 꿈을 지켜주는 일을 평생 과업으로 삼고 살아가는 존재가 선생님이다. 아이들의 꿈은 곧 자신의 꿈이기 때문이다. 내가 행복한 삶을 살 수 있는 이유이다.

이렇듯 한 가정에서도 부모는 자식을 통해 꿈을 꾸는 존재로 살다가 또 그 자식의 자식을 통해 새로이 꿈을 꾸는 행복한 존재가 된다. 성스러운 생명에 대한 외경과 꿈의 신비를 감탄하며 산다. 인생의 강은 이렇듯 쉼이 없이 흐르는 꿈을 꾸는 강이다. 그대의 길에 꿈이 꽃피어 흐르기를 기도한다.

(20191212. 삼규쌤의 '교단 일기'에서)

11

오직 대입만 존재하는 교육

아이들이 생각하고 상상할 틈을 주지 않는 교육, 배운 것을 소화시킬 여유가 없는 교육, 받아먹기만 하여 소화 불량의 고통을 호소하지만 그 고통을 외면한 채 강제로 주입만 하는 과잉, 과식의 교육, 평가와 평가의 결과에만 목을 매는 교육, 오직 학교 중간고사와 기말고사에 혼을 빼앗긴 교육, 질문하는 아이보다 대답 잘하는 머리만 큰 아이를 선호하는 교육, 그 대답이 자기의 대답이 아니라 다른 누군가의 앎이나 생각을 전달하는 것에 불과하다는 것을 무심코 지나쳐버리는 교육, 기다릴 줄 모르고 아이를 믿어주지 못하는 교육, 오직 아이들에게만 "공부하라, 책을 읽어라, 꿈을 가져라." 권장하는 교육, 정작 책을 읽지 않고 공부하지 않는 학부모, 기성세대, 학교 선생님들.

아이들에게 부끄러움을 모르는 어른들, 아이들 점수 등급 매겨서 대학에 보내고 나면 할 일 다 했다고 생각하는 어른들, 단순하게 아주 편한 대로 생각하는 어른들의 나태하고 안일한 낡은 생각, 틀에 박힌 이 한

가한 생각이 아이들 인생을 망칠 수 있다는 것을 외면하는 교단의 선생님들, 우리 아이들 교육의 실상에는 눈이 어두운 채 오직 돈에만 혈안인 사람들, 오직 다른 사람과 옆집 아이들만 좇아가는 엄마의 가정교육, 아이들의 인생과 꿈과 적성과 혼을 외면한 교육.

진정한 '교육'의 길이 무엇일까를 고민하지 않는 교육, 대학과 성공과 경쟁과 취업과 돈과 일등만을 최고의 가치로 단정하는 교육, 오직 '대입'만 존재하는 교육, 오직 '대입'을 위해 진정한 '교육'을 포기한 이 땅의 교육.

교학상장敎學相長, 가르치고 배우는 가운데 우리는 더불어 자신을 알아간다는 사자경구를 적어놓고, "머리 좋은 것이 마음 좋은 것만 못하다." 는 옛 잠언을 깊이 묵상하며 답답한 마음을 적어본다.

(20201204. 삼규쌤의 '교단 일기'에서)

12

사람, 한 사람 한 사람

공부 잘해서 서울대 연·고대 가는 아이도 잘한 일이지만 머리 좋아 공부만 잘하는 아이들을 위한 선생은 되지 않으려 했다. 그래서 명문대(?) 많이 합격시키는 것을 별로 자랑하지 않았다. '명문대'라는 말속에는 '비명문대'와 차별하려는 우리 안의 어두운 면이 도사리고 있기 때문이다. 공부 잘하는 소수의 몇 사람만을 위하려 하다가 공부 못하는 다른 많은 존재의 고귀함을 망각하는 바보가 되고 싶지 않았다.

숫자로, 등수로 아이들을 저울질하기보다 한 영혼의 무게는 그 무엇으로도 잴 수 없다는 것을 익히 알고 있기에, 한 사람의 삶의 가치는 경중輕重, 대소大小, 고저高低로 구별할 수 없다는 것을 일찍이 알고 있기에 그 믿음에 순종하며 살아왔다. 오직 경쟁과 점수와 일등만을 최고의 미덕(?)으로 예찬하는 가볍고 '위험한 시대'에 우리 안에 숨은 무성한 차별의 독성을 늘 경계하지 않을 수 없었다. 이 사회의 오랜 관행에 저항하는 일은 당랑거철螳螂拒轍11), 나의 분수를 망각한 어처구니없는 바보스러운 짓이었지만, 그래도 나는 차별과 분별과 나뉨에 맞서려 했다. 지금은 공부를 조금 못할지라도 마음이 곱고 맑은 인간성을 지닌, 따스한 감성과 눈물을 품은 소박한 아이들을 다독여 뒤처진(?) 대학에라도 적재적소에 많이 보내는 일을 더 좋아했다. 가슴 따뜻한 아이들을 더 사랑했다. 아이의 적성과 10여 년, 20년 후의 미래 가치와 어울린다면, 한 사람이라도 포기하지 않고 어디든 아이의 갈 길을 열어주었다. 한 사람이 중요하니까. 사람의 숲은 사람의 얼굴을 지닌 사람이면 그만이니까.

학교 점수와 수능등급으로 매겨지는 인생의 빛과 그림자. 돌이켜보면 36년 나의 교단생활은 아이들에 대한 끊임없는 이해와, 세계와 사회에 대한 통찰과 깨달음으로 이어졌다. 그래서 학교 등수와 생활기록부 내용을 아이들 참 실력이라고, 아이들의 전부라고 단 한 번도 믿고 싶지 않았다. 그런 겉치장에 몰두하는 사람들을 무척 걱정했다. 우리 아이들의 실력을 사람이 만든 편리한 눈금으로 잴 수 없기에, 그렇게 해서도 안 된다고 나는 믿었기에, 아이들이 철들고 눈이 열리면 무한한 잠재력을 발휘할 때가 곧 오니까. 교육은 한 사람 한 사람의 움벨트와 가치를 읽어내는 일이니까. 한 사람의 진정한 실력이나 능력 안에는 인간 됨, 잠재력, 도덕성, 이타심, 소통과 관계의 힘, 배려의 힘 등, 그 어떤 객관식 시험으로도 측정할 수 없는 숨은 자질이 있으니까. 이런 것들은 학교생활기록부에 다 적을 수 없는 것들이니까.

---

11) 당랑거철(螳螂拒轍) 제 분수를 모르고 강적에게 반항함. ≪'장자'에 나오는 말로, 중국 제나라의 장공(莊公)이 사냥을 나가는데 사마귀가 앞발을 들고 수레바퀴를 멈추려 했다는 데서 유래함≫.

우리는 아이들의 훨씬 크고 아름다운 가치를 읽어내려면 한참을 더 노력해야 한다. 때로는 무조건 기다려야 한다. 기다리고 또 기다려야 한다. 인내해야 한다. 성급하게 한 아이를 규정하는 일을 서둘러서는 안 된다. 숲의 동산에 나무들의 차등이 있는가 보라. 그곳은 그 어떤 기준으로도 나무를 평가하여 매긴 등급이 없다.

사람, 작은 한 사람 한 사람이 숲의 소중한 이름들이다. 사람의 얼굴을 가진 숲의 나무들이다. 작은 단 하나의 점의 의미와 가치를 소홀히 하지 않을 때, 그 하나의 점으로부터 시작해서 이뤄진 거대한 숲의 동산은 단단한 하나의 유기체로 결속된다는 것을 더 굳게 믿어야 한다. 그 한 사람 한 사람의 조건 없는 평등한 가치를 늘 잊지 않고 인정하며 살아야 하는 길. 자연의 길, 사람의 길, 교육의 길로 가는 길이다.

(20210617. 삼규쌤의 '교단 일기'를 적다)

13

2020년 오늘, 수능이 끝났다

살얼음판을 밟고 건넌 노심초사한[12] 2020년. 코로나19의 불확실한 초조와 혼돈의 상황에서 이 나라 한 해 가장 큰 과업인 대입 수능이 그런대로 끝났다.

나는 55년 동안 학교만 다닌 셈이다. 초등학교 입학한 후 군대 3년을 제외하면, 해가 뜨고 해가 지듯이 눈 뜨면 학교 가고 학교에서 돌아오고, 방학하고 개학하고, 출근하고 퇴근하는 일을 반복하며 긴 인생을 학교에서만 보냈다. 학생으로서 학교에서 배우며 공부하고, 누군가의 제자로, 다른 누군가의 스승으로 살아온 날이었다. 책만 읽는 바보 서생으로 연구하고 가르치며 보낸 세월이 나의 길이었다. 이 나라 '교육'의 그 물망 안에서 살아온 날들이었다.

이 나라 '교육'에 대한 나름의 회한과 고뇌가 어찌 없겠는가. 때로는 하

---

12) 노심초사(勞心焦思) 몹시 마음을 쓰며 애를 태움. • 거짓이 탄로 날까 ~하다.

고 싶은 말도 많고 글이라도 쓰고 싶은 생각이 태산이지만 말하고 글을 쓴들 무슨 소용이랴. 혼자 답답한 심정 다독이며 지나온 날들이 숱하게 흘러갔다.

우리는 아이들 수능 치러서 대학에 보내고 나면 '교육'의 사명을 제대로 다 마친 것일까? 이런 질문을 해마다 나의 양심에게 물어본다. 대입절차만 마무리하면 교육은 그 공적 소임을 다 한 것인가? 나의 가장 큰 고민이었다. 혼자 맘속으로 하는 말, "교육은 많으나 '교육'다운 교육이 없는 나라, 점점 '교육'이 사라져가는 이 나라 교육."

물론 나의 경험이 단편적이고 주관적이라는 지적을 받을 수도 있을 것이지만, 항상 나의 경험을 인식의 출발로 삼고 오랫동안 교단을 지켜온 나. 나의 생각이 결코 크게 빗나간 것은 아니라는 확고한 신념이 있다. 지금 당장 '교육'의 소생蘇生을 위해 모두가 지혜를 모으지 않으면 이 나라 교육과 우리 아이들 미래는 절체절명의 위기에 다다를 수밖에 없다. 한없이 미욱한 자가 이런 말을 감히 하는 것은 '교육'만큼 소중한 것이 없기 때문이다. 그 이유를 여기서 장황하게 말하지 않아도 모두가 머리로는 더 잘 알 것이다.

나는 대입수능이 치러지는 날이면 16년 전, 나의 아들이 수능 보던 날을 떠올리며 몸서리쳐지는 아픔과 고뇌를 해마다 되풀이한다. 그날 나는, 나의 아들이 수능시험을 응시한 배재고등학교에 아들을 들여 보내놓고 철제 교문 난간에 기대어 한참을 어깨 들썩이며 울었다.

'내가, 아니 우리 아이와 온 가족이 오늘 단 하루, 이날만을 위해 12년의 그 긴 세월을 고군분투했단 말인가? 어디 한눈 한 번 팔지 못하고 살아온 숨찬 날들. 오직 오늘 하루에 의해 아들과 나와 우리 가족의 십수 년의 간절한 노력과 땀의 결과가 좌우되는 가슴 타는 날. 이 땅의 청소년인 아들이 보낸 학창시절 12년은 너무 허무했다. 너무 잔인했다. 그 12년은 과연 무슨 의미가 있을까. 오늘, 단 한 번의 수능 시험을 위해 12년(초딩 6, 중·고딩 6)을 헌신했으니… 오늘, 단 한 번의 5지 선다형 고르기를 통해 아이의 인생이 결정되는 이 나라의 교육. 5지 선다형 2, 3백여 개의 객관식 문제로 아이를 '간단하게' 평가하고, 그 성적순으로 줄 세워 아이들 인생의 평생 '등급'(?)을 부여하고 마는 이 나라 교육, 차갑고 무서운 대입제도.'

해마다 교단에서 가정에서 쉴 새 없이 보아온 수많은 우리 아이들. 그 고귀한 어린아이의 존재 의의와 가치를 다 잘 알면서도 그에 합당한 교육적 실행이 거의 없는 현실교육. 오직 대학입시, 그 한 가지에 몰입하는 교육. 아이들을 인간답게 키우는 일, 평생 아이들에게 심어 줄 좋은 습관, '책 읽고 생각하는 힘'의 중요성을 다 알면서도 그 실행을 위한 내용과 실천 의지가 거의 없는 교육. 12년 넘게 나를 짓눌러왔던 서러움과 분함이 복받쳐 터져 나온 것이다.

그 후, 재도전 끝에 아들은 바라는 대학에 갔지만, 대한민국은 학교와 학원과 뜨거운 열성(?)을 품은 학부모는 많지만, 그 어디에도 진정한 '교육'이 없다는 불변의 사실 앞에 교육 전반에 대한 회의와 걱정만 늘어갔다. 그렇다고 나의 경험적 발견과 깨달음을 한 사회의 담론으로 확산 승화시켜 나아가는 데도 한계가 있었다. 이 나라 교육이라는 현실 앞에 큰 벽을 느껴 현기증을 느끼는 사람이 많을 것이다. 거의 포기하고 될 대로 되라는 식으로 사는 사람도 많을 것이다. 장황할 수밖에 없고 어디서도 그 실마리를 찾기 힘든 길고 깊은 교육에 관한 담론이지만, 오늘은 가장 절실한 몇 마디만 교단에서 얻은 경험을 밑천으로 하여 적어 본다.

우리 아이들 교육은 아빠 엄마한테 99.9%가 달려있다. 우리 아이들이 어렸을 때, 아이가 평생 지니고 살았으면 좋을 '좋은 습관,' '꼭 필요한 습관' 몇 가지만 잘 길들여줘도 아이는 행복한 인생 살 수 있다. 부모는 평생 든든하고 여유 있는 마음으로 아이를 바라볼 수 있다. 아이와 부모의 인생을 동시에 상생시켜주는 든든한 보험에 가입한 셈이 된다. 이때 투자(?)하지 않으면 소중한 기회를 놓친다. 투자에는 시기의 적절성이 중요하다. 어렸을 때는 많은 돈과 노력이 들지 않아도 된다. 우리 아이들이 어렸을 때 좋은 습관을 만들어줘야 한다. '꼭 필요한 습관'을 만들어주면 자식 농사 풍작이다.

가장 중요한 것은 부모의 따뜻한 사랑과 보여주기다. 솔선수범이다. 교단에서 우리 아이들을 보며 가장 안타깝게 느낀 점은, 어렸을 때는 대충대충 남 따라서 슬렁슬렁하는 척하거나 부모의 만족을 위해 아주 주먹구구식으로 아이들 가르친다는 점이다. 그러다가 고학년으로 가면서는 과외, 방과 후 과외, 학원, 인터넷 강의… 정신없이 아이들을 돌린다. 이것이 교육이라고 생각한다. 대부분 거의 모두가 이렇게 보내고, 고3이 되고, 수능을 치르고, 여기저기 대학 문을 두들겨 운 닿으면 대학 가고, 아이의 점수에 맞는 곳을 찾아 진학한다. 이렇게 아이들 '교육'의 대장정은 끝이 난다. 부모도, 아이도 결코 만족할 수 없는 결과에 상심만 무성할 것이다. 이때부터 험난한 '인생 광야' 길의 시작이다.

그러나 우리 아이들 교육은 어려서부터(초등학교) 아주 구체적이고 체계적이어야 한다. 좋은 학습 습관을 심어줘야 한다. 평생 가지고 갈 좋은 습관을 길들여줘야 한다. 그래서 부모의 치밀한 연구와 관심이 지속적으로 뒷받침 되어야 한다. 학원에 보내는 것이 교육이 아니다. 학원 보내고 과외를 시키는 일로 교육적 소임을 다한다고 생각하는 것 자체가 문제다. 결코 학원 보낸다고 다 되는 것 아니다. 학원 보내기 전에 선행해야 할 일이 있다. 단순한 일이 절대 아니다. 내 아이는 부모의 철학적 사유를 바탕으로 키워내야 한다. 남을 따라 하거나, 세상 풍조에 따라 흔들리거나 우왕좌왕하면 망친다. 유태인 아이들의 부모가 어떻게 하는가, 이 책을 곰곰이 끝까지 읽어보라. 어려서 양질의 습관을 키워주는 일! 이것이 우리 아이들 평생을 좌우한다.

예를 들어, 평생 책 읽는 습관이 중요하다 싶으면 집에서 늘 책을 읽는 부모의 모습을 보여주면 된다. 자화력自化力이 중요하니까. 운동하는 습관을 길들여주고 싶으면 먼저 운동하면서 아이들과 함께 하여 어려서 몸에 배도록 도와주면 된다. 언어습관이 중요하다 싶으면 부모가 항상 긍정의 언어와 적극적이고 창조적인 언어습관을 먼저 보여주면 된다. 도덕과 인간됨을 갖춘 아이로 성장시키고 싶으면 밥상머리와 일상에서 부모가 본을 보여주고 아이들 귀에 박히도록 눈만 뜨면 잔소리(?)해야 한다. 부모가 '언행일치言行一致'를 보여주면 된다. 아이들은 그대로 따라 한다. 아이들은 "공부하라."는 말은 듣기 싫어하지만 "약한 자를 도와라." "항상 감사해라" "선생님을 공경해라." "어려운 친구에게 베풀어라." "남을 배려하고 도와라." "친구에게 화를 내지 말아라." "나는 잘 할 수 있다, 하면 된다." 등등. 이런 크고 담대하며 본질적이고 긍정적인 언어습관을 키워주는 말에는 아이들로 저절로 순응을 보인다.

결코 패배적이고 부정적인 어두운 말이나 생각을 아이들 앞에서 발설하지 않도록 부모는 단단히 입조심 해야 한다. 마음에 품은 생각과 언어는 우리 아이들을 만들어가는 가장 큰 힘이다. 말과 생각이 아이들의 인생을 만들어간다. 말한 대로 된다. 이 언어습관을 길들이는 일은 아이들이 유연한 어렸을 때가 그 적기다.

가정은 인생 최초의 교실이다. 가정의 부모는 자녀의 최초 교사다. 부모의 가르침은 최초의 교육이다. 가정과 학부모는 아이들 교육의 시작이다. 비유하면, 아이들이 평생 입고 살 의복을 뜨개질해서 입혀주는 일이다. 그 옷의 첫 단추는 가정에서 부모에 의해 꿰어진다. 잘 꿰어야 한다.

(20201203. 삼규쌤 '교단 일기'를 적다)

14

김종철 선생을 추모하며

그분이 가신 후, 일 년이 훌훌 지나갔다 빗소리 잔잔히 흐르는 아침, 고 김종철 선생님을 추념하며 고인의 명복을 고이 비는 마음 품는다

우주와 지구와 살아있는 목숨과 그리고 더불어 사는 우리 모두의 현재와 미래를 사랑하신 분, 생명의 소중함과 살아있는 것의 존재 의의를 역설하신 생명, 생태, 땅, 상생공존相生共存, 녹색운동의 전도자, 그 사랑의 길, 고난의 길, 십자가의 길을 마다하지 않고 묵묵히 걸어가신 분, 사랑하고 존경합니다 부디 평안히 잠드소서,

평론가로 현직 교수로 견고한 인생 누릴 수 있었던 김종철 선생, 그가 평탄한 비단길 다 버리고 '녹색평론' 고난의 길을 고수하려 할 때, 그의 저작과 녹색평론사에서 간행한 자본주의와 문명의 위험성을 우려하여 쓴 비평의 글과 모든 생태 환경 관련 도서들을 읽을 때 생각난다 그 흙 속에 묻힌 진주 같은 책, 그 책을 쓴 이름들 생생히 기억난다

장일순 선생의 '나락 한 알 속의 우주' 김종철 선생의 '간디의 물레' '비판적 상상력을 위하여' '쌀과 민주주의' '땅의 옹호' 격월간 잡지 '녹색평론' C.더글러스 러미스의 '경제 성장이 안 되면 우리는 풍요롭지 못할 것인가' 노르베리 호지의 '오래된 미래'와 권정생의 '우리들의 하나님' 이 녹색평론사와 자연환경 생태 운동가 김종철 선생의 열정과 혼이 꽃 피워 지켜낸 고귀한 유산들이다

누구나 인생길 몇 번의 고비와 전환점이 있을 것인데, 그때마다 나와 아이들은 이 책들을 만나 김종철 선생의 인도함 받아 그래도 빛의 길을 걸었다 나와 아이들의 평생 사유의 틀이 되어준 고마운 책들, 세계 인식의 아우라를 마련해준 고마운 작가들, 이 책과 저자들이 깨우쳐준 놀라운 진실들, 그 아무도 말하지 않은 숨은 비밀들, 빛 가운데 찬란하게 나를 만나준 명료한 진리들, 아이들과 함께 눈 떠갈 때 '간디의 물레' '오래된 미래'가 그 길에서 우리를 친히 인도해주었다 어찌 생각나지 않으랴, 당신의 흔적들,

사유의 방향이 한 인생의 길을 결정짓는 놀라운 사건, 책과 사람과의 만남, 인류가 나아갈 미래의 길을 오래된 라다크에서 찾아낸 노르베리 호지 스웨덴 언어학자와의 만남, 금발의 여인은 라다크 체험 후 산업문명의 실상을 알리고, 자연과 인간의 공존의 길을 모색하는 생태 운동가가 되어 한국을 여러 번을 다녀갔다

김종철 선생과 녹색평론사에서 출판한 도서를 읽을 때, 나와 많은 학생은 강과 산과 바다와 들을 파괴한, 잔인무도하게 생명과 자연을 유린하는 탐욕의 인간들과 문명과 개발을 숭배하며 예찬한 욕망들에게 얼마나 분개하였던가, 이들은 오직 경제 성장만을, 오직 부富만을, 오직 돈을, 오직 발전만을, 오직 '나'만을 최고의 위치에 두고 최고의 가치로 삼고 우상처럼 섬겼다

성장제일주의와 인간중심주의와 거대 자본 권력과 첨단기술을 이들은 전가의 보도寶刀처럼 신봉하며 신으로 섬겼다 이들은 생명과 인간의 존엄성, 인간 존재의 유한성, 인류의 지속 가능하고 공평한 행복을 외면하였다 이들이 얼마나 용렬庸劣하고 무지한 자들인지, 인류에게 얼마나 큰 죄를 범했는가를 비로소 알고 나서, 이들이 큰소리치고 큰 힘을 행사하는 이 시대를 우리는 얼마나 슬퍼하였던가, 우리는 얼마나 두려워하였던가,

이 시대, 인식의 지평을 열어준 김종철 선생님!

(20210626. 삼규쌤 '교단 일기'를 적다)

15

나는 '나'의 왕국의 신神이다

세상은 온통 나만 있다 그 나는 나의 왕국을 짓는데 자기의 모든 것을 다 바친다 자신만의 왕국을 만드느라 손을 내밀어 많은 너를 잡아주려 하지 않는다 오직 나만 인정한다 내가 전부니까, 나만 알 뿐이다 이 세상은 나의 밖을 볼 줄 모르는 사람들과 나만 생각하는 이기주의로 가득하다 심지어 부모 형제도 모른다 부모도 팽개쳐버린다 내가 왕이면 그만이니까, 나만 사는 왕국은 나만 존재하니까, 왕국의 신민이 되어버린 나는 그 왕국의 왕인 나에게 죽도록 충성해야 하니까, 친척과 이웃의 굶주림과 고통을 어찌 아랴, 나는 나 혼자 잘 되었는데, 나 혼자만 잘 살면 그만인데, 나 혼자 사는 왕국이니까, 내가 왕이 되어 통치하는 왕국이니까, <어린왕자>에 등장한 이 땅, 지구별의 어른들처럼…

나는 언제나 제일 앞자리에 앉아야 한다 제일 높은 자리는 마땅히 내가 차지해야 한다 제일 좋은 자리는 내가 앉아야 당연하다 도덕이니 인간됨 같은 하찮은 문제로 골치 아파할 틈이 없는 왕, 왕국의 왕은 윤리니

유대감이니 더불어 사는 것이니 사랑이니… 이런 말들을 혐오한다 이 런 말에 대한 개념이 아예 없다 한 번도 배운 적이 없으니까, 어찌 왕이 인간의 도리 같은 것을 다 알 필요 있으랴, 아니다, 전혀 몰라도 된다 나 만 혼자 사는 왕국이니까, 어찌 왕국에 혼자 사는 나가 관계를 아랴, 그 곳은 오직 돈이면 다 되니까, 돈과의 관계만 잘 유지하면 그만이니까, 나만 사는 세상이니까,

나만 생각하는 나와 그 나를 신神으로 섬기는 내가 사는 왕국, 나는 이 왕국의 왕이다 이 왕국에서 나는 가장 숭배 받는 존재다 나는 '나'를 섬 긴다 '나'는 나의 신이니까, 나는 나를 믿는 유일한 신자다 나는 나의 유 일신이니까, 나밖에 모르는 나, 나에게는 이제 그 어떤 신神도 신이 아니 다 이제 신은 귀찮은 존재다 신이 두렵지 않은 세상, 내가 나의 신神인 세상,

교육은 '나'의 왕국 건설을 꿈꾸는 자를 가르치는 것이 아니다 교육은 지식이나 삶의 수단만을 가르치는 것이 아니라, 사람과 사람의 숲을 경 작하는 일이다 점과 점이 연결된, 한 사람 한 사람의 점이 이어진 숲, 사 람 사는 숲의 동산을 가꾸는 일이다 사람의 얼굴을 가진 자들이 모인 숲의 동산, 사람의 얼굴을 지닌 사람을 키워내는 일이 교육이다 따뜻한 눈물을, 어린아이의 순수한 감탄을 지켜주는 일이다 선한 일을 위하여, 사랑을 위하여, 베푸는 삶을 위하여, 나 밖의 무수한 너를 위하여, 겸손 을 위하여, 우리를 위하여 '나'를 비우고 버리는 법을 가르치는 길이 교

육의 길이다 '나'가 스스로 낮아져야 하는 이유와 그 의의에 눈떠가는 길로 '한 사람'을 인도하는 일, 그 길을 가도록 '한 사람'을 키우는 것이 교육이다

(20210618. 삼규쌤 '교단 일기'를 적다)

16

식물도감

오직 장미를 오월의 여왕이라고, 오월의 꽃이라고 교실에 앉아 외운 아이들이 오늘도 식물도감을 한 장 한 장 넘기며 오월의 꽃을 눈을 감고 외우고 다시 외운다 이 아이들은 오월의 산과 들에 지천으로 피고 지는 오월의 들꽃을 만나려 하지 않는다 그곳에 꽃이 있는지조차 알지 못한다 관심이 없다

꽃들은 도서관 서고에 꽂힌 식물도감 책 속에 있다는 것을 굳게 믿고 있으니까, 꽃 중에 꽃인 오월의 여왕을 물으면 장미라고 대답하며 외워 왔으니까, 그들의 머릿속은 오월의 꽃을 물으면 무조건 '장미'라는 대답이 이미 입력되어 있다 이 판에 박힌 질문과 대답을 더 신뢰한다 시험에 나오지 않는 것은 알 필요가 없으니까,

이렇게 우리의 어린 '오월'이는 무럭무럭 자란다 '오월'이 잘도 자라면 이들 중에서 대통령도 국무총리도 교육부장관도 나오고, 환경부장관

과 생명공학부교수도, 생태학을 연구하는 학자도 나올 것인데⋯ 식물
도감 두꺼운 화집 속에서 자연을, 오월을 아직도 공부하는 우리 아이들
의 교실 진풍경은 쓸쓸하고 허탈하다

교정의 들풀이나 동네 작은 동산 지천에는 말발도리 어수리 돌나물 쥐
똥나무 백당나무 산딸나무 쪽동백꽃 작은 숭어리가, 식물도감에도 있
을까 말까 한, 아니 식물도감에 족보도 없는 수많은 야생의 들꽃들이
소박하게 어울려 꽃 피고 꽃 지는 사철을 즐기며 사는데, 어디서 누구
하나 이름 불러주는 사람이 없어도 고고하게 미소 지키며 피고 지며 사
는데, 이 선량한 무명의 민초들은 어느 누가 나랏님이 되어 지켜줄까,
누가 이름 불러줄까, 먼 훗날 식물도감 속 사진을 보며 꽃을 외운 '오월'
이가 자라서 대통령이 되고 장관이 되고 나면 식물도감에 없는 수많은
야생의 들꽃들은 어찌 될까, 누가 그의 이름, 그 존재의 가치를 인정해
줄까,

이름도 알동말동한 작은 들풀 하나하나가 모여 천태만상 봄의 숲을 이
룰 것인데, 교실에 앉아 식물도감을 외운 미래의 대통령 우리의 '오월'
이는 어찌 산천의 들풀의 이름을 다 불러줄 수 있으랴

(20210520. 삼규쌤 '교단일기'를 적다)

17

제자의 어깨 위에 무동舞童 타던 날

1995년 5월 15일. 나는 그날의 스승의 날을 잊을 수 없다.

해마다 오월이 오면, 지금은 중년이 되어 갈 제자들 얼굴과 그때 그들의 뜨거운 함성이 메아리쳐와 나의 가슴을 울린다. 오늘날 5월 15일 '스승의 날'은 거의 잊힌 날이 되어가고 있지만 '선생님'에 대한 사랑과 공경심도 함께 사그라지고 있어 안타까운 마음뿐이다. 그리할지라도 교단을 지켜오는 내내 나에게 5월 스승의 날은 늘 감회가 깊다. 많은 생각이 밀려와 가슴에 이슬 단비를 내리게 한다. 혼자서만 반추하는 추억으로, 가끔은 나만의 보람으로 기억하며 멋진 그날을 그려본다. 그리고 스스로 위로하며 긍지를 갖는다.

내가 몸담아 온 학교의 스승의 날 행사는 교내 체육대회와 함께 크게 치러진다. 시대가 변하면서 스승의 날의 의미는 점차 퇴색하고 사제지간師弟之間의 인정도 시들해져 가는 것을 막을 수 없는 안타까운 현실이지만, 학교에서는 오전 중으로 간단한 스승의 날 행사(선생님 꽃 달아 주기, 학교 이사장배 체육대회 결승전과 사제 간 축구 대회)를 마치면 대학입시를 준비하는 3학년을 제외한 1, 2학년은 집으로 일찍 돌아가는 수업의 짐에서 벗어난 비교적 홀가분한 날이다.

그날도 여느 스승의 날처럼 일찍 행사를 마친 나는 차를 운전하여 교문을 나서려 하였다. 그런데 앞 운동장에서 차의 시동을 걸고 차를 움직이려는 순간 갑자기 고함소리가 교정 사방을 진동했다. "선생님! 가지 마세요! 김삼규 선생님! 안돼요! 선생님 가시면 안 됩니다!" 창문을 열고 외치는 함성이 3학년 전 교실에서 울려 퍼진다. 당시 3학년이었던 이 친구들은 창을 열어놓고 수업에는 건성인 채 창밖 운동장을 주시하며 나의 퇴근을 감시하고(?) 있었던 것이다. 몇몇 무리의 친구들은 벌써 교실에서 뛰쳐나와 교문을 막아선 채 나의 퇴근을 가로막고 있었다. 급작스럽게 일어난 일이었지만 금방 곧 숨겨놓은 선의의 뜻이 있다는 것을 알아차린 나는 차를 후진하여 교무실로 다시 돌아와 자리에 앉아있었다. 한참을 지나 수업 종료를 알리는 타종이 울리자 "우와우와" 웅성거리며 3학년 학생들이 교무실 나의 자리로 몰려왔다. 나를 끌고 앞 운동장으로 나가 목마를 태우고 헹가래 치며 사방을 에워싸고 있던 친구들은 박수치며 환호를 보냈고 "선생님, 스승의 날 축하해요!"를 연발하였다. "김삼규"를 연호하는 무리들도 있었다. 수십 장의 카드 엽서를 코팅한 후 독서카드 고리로 연결하여 그것을 운동장에 펼쳐놓고 그 위를 지나게 하였고 수많은 선물과 꽃다발을 가슴에 안겨주었다. 학생들이 준비해 온 선물과 꽃 더미 속에 묻힐 정도였다.

그러나 그날의 절정은 학생 대표와 당시 학생부 임모선생과 우리 집 아내의 공모(?)에 따라 은밀하게 준비해온 '빅 이벤트'로 치닫고 있었다. 아무도 없는 교실로 떠밀려 들어간 나는 입고 있던 옷을 벗고 학생들이 준비해 놓은 옷을 입어야 하는 일이었다(재킷과 하의와 와이셔츠와 넥타이까지). 대충 상황을 읽어서 사건의 흐름을 짐작할 수 있었지만 감동의 눈물을 주체할 수 없었다. 몸에 꼭 맞는 옷. 내가 평소 좋아하여 늘 한 번 입어보았으면 하는 색상의 옷을 선물한 것이다. 아내가 아이들과 모의(?)에 가담하였으니 얼마나 정확하게 나의 취향에 맞는 선물을 준비할 수 있었겠는가. 주위에 모인 수 십 명의 학생들은 연신 환호와 웃음을 보냈고 그날 사건의 주모자들(?)은 편지를 읽고 카드를 읽어 내려가며 스승의 날 축제의 절정을 향해 달려가고 있었다. "선생님, 고맙습니다!" "선생님, 스승의 날 축하해요! 저희가 선생님께 받은 은혜에 비하면 약소합니다." 이 속이 꽉 찬 아이들이 내가 키워낸 학생들이란 말인가, 벅찬 감동에 눈물을 주체할 수 없었다.

잊을 수 없는 그 날. 지금도 그 옷을 간직하고 있는 나는 해마다 오월이 오면 그때의 함성이 울려오는 것을 느낀다. "김삼규 선생님~~!" "선생님, 가시면 안 돼요~!" 아이들 부르는 소리 귀에 쟁쟁하다. 그리고 해마다 5월이면 그때 그 옷(분홍색 줄무늬가 있는 재킷과 군청색 바지)을 한두 번 입고 그날의 그 기분으로 교정을 들어설 때가 있다. 세월이 흘러 의복의 유행은 바뀌어 가지만 입고 나갈 때면 가끔은 그때의 감회와 추억을 재학 중인 아이들에게 들려주기도 한다. 지금의 학생들은 상상도 할 수 없는 아득히 잊혀져가는 일이 되었지만, 그때 그 제자들과 30년 후에 다시 만나자는 약속을 기억하면서 그때까지 고이 잘 간직하여 그때도 다시 입고 나서려 한다. 그 약속의 날을 그때 나의 제자들은 지금도 기억하며 살까. 그들은 어디서 무엇이 되어 살고 있을까. 30년이 지나면 그들도 세월의 잔흔 역력한 중년의 '어른'이 되어 있을 것인데, 눈시울 젖는다.

그날의 '스승의 날 사건'은 대략 이렇게 꾸며졌다.

그때, 나는 주말을 이용해 조용히 그날 그 사건의 주모자(?) 서너 명을 음식점으로 불러 이것저것 시켜 즐겁게 먹으면서 사태(?)의 자초지종을 들을 수 있었다.

사실인즉, 일 학년과 이 학년에 걸쳐서 나에게 문학이나 국어나 한문을 배운 아이들이 3학년에 진급한 후, 각 반 회장들이 모여 이번 스승의 날은 김삼규 선생님을 깜짝 놀라게 하는 이벤트를 마련해보자고 모의한 (?) 다음, 십시일반+匙一飯의 지혜로 돈을 모았다고 한다. 그 당시 삼천원, 오천 원에서 만 원까지 생각보다 많은 학생으로부터 자발적인 모금을 하여(다수의 여러 학생이 같은 뜻으로 동참하는 것에 의미를 두자고 하여 일만 원 이상은 받지 않았다고 함. 당시 거의 백여 명이 훌쩍 넘는 학생들이 모금에 참여했다고 한다.) 일백 오십여 만 원이라는 거금을 모금하였다는 것이다. (이야기가 길어질 것 같아 그때 학생 대표로부터 들은 이야기를 간략하게 적으려 한다.)

스승의 날 깜짝 이벤트를 준비할 돈을 모금한 학생 대표들은 선생님 양복을 사 드리기로 잠정 계획하고 작전(?)을 착수했는데 난관에 봉착한 것이다. 김삼규 선생님과 다른 선생님들이 전혀 눈치채지 못하게 작전을 수행하는 일과 선생님 의복의 치수와 선생님의 취향을 알아내는 것이 관건이었다고 한다. 아이들의 자발적인 동참으로 돈은 넉넉히 준비했는데 어떻게 선물을 준비하느냐와 비밀리에 작전을 수행하는 일이 큰 과제였다는 것이다. 모든 학생의 입단속을 철저히 당부한 다음 대표들은 교무실에 들어가 교무실에 걸어놓은 양복의 치수를 알아내는 것이 급선무였는데 교무실을 드나들다가 번번이 선생님들한테 오해를 사기도 하였고(선생님의 소지품에 손대는 것인 줄 알고) 김삼규 선생님의 취향을 파악하는 일은 더욱 난감한 일이었다고 털어놓았다.

바로 그때 도움이 될 의인을 만난 것이다. 그날도 수업 시간을 활용해 슬그머니 화장실에 다녀온다고 교과 담당 선생님께 거짓말(?)을 하고 교무실을 방문한 것이다.(당시는 나뿐만 아니라 거의 모든 선생님은 양복에 넥타이를 매셨고 수업을 들어갈 때면 상의 탈의해 교무실에 걸어두고 수업을 하였다.) 수업이 없어 자리에서 쉬고 있던 임 모 선생께서는 김선생의 옷을 살피는 수상한 거동(김삼규 선생님 자리를 배회하며 걸어둔 양복을 살피는 학생들의 행동)을 하는 학생들이 선생님의 옷에서 소지품을 훔치려는 것으로 오해하고 그 학생들을 불렀다는 것이다. 걱정하며 떨고 있던 학생들은 바로 그 오해의 순간이 해답을 찾아낸 실마리가 될 줄 알고 자신들도 모르게 환호를 저질렀다고 한다. 학생 대표로부터 진실을 전해들은 임모선생은 학생들의 아름답고 선한 뜻을 듣고 학생들이 모의하고 있는 거사(?)의 비밀을 지켜주겠다는 약속과 함께 김삼규 선생님 사모님께 연락을 하면 문제가 쉽게 해결될 것이라고 하면서 집 전화번호를 알려주었다고 한다.

당시는 집 전화가 일상의 연락 수단이었던 때라 곧바로 집으로 전화하여 아내에게도 선생님께 비밀로 해달라는 당부를 철저히 한 다음, 아내의 도움을 받아 거사를 착착 준비했다고 한다. 남편이 고3을 자주 맡아 누구보다 고3의 상황을 잘 알고 있었던 아내는 학생들의 착하고 아름다운 사연을 전해 듣고 깊은 감동을 받았다고 한다. 그럼에도 한 보름이 지나도록 나에게 내색을 전혀 하지 않았다. 거짓말을 전혀 못하는 아내가 이 일로 표정을 관리하고 입을 꼭 다물고 있으려 얼마나 고생했을지 짐작이 되었다. 아내는 비교적 학교에서 가까운 백화점에서 학생들을 만나 선물을 상의한 다음 아이들의 시간을 최대한 아끼려고 한 번의 쇼핑을 통해 남편이 좋아할 스타일의 의복을 결정했고 예쁘게 포장하여 학생들에게 넘겨줬다고 한다. 그때 그 거사에 가담한 아내도 스승의 날이 될 때까지 내가 전혀 낌새를 눈치 챌 수 없도록 함구하였고, 학교의 많은 학생들과 임모선생도 철저히 비밀을 지켜 정작 나만 모르는 거사(?)를 성공시킬 수 있었다고 하였다.

지금 생각하면, 어떻게 고3 어린 학생들이 대입 준비에 골몰해야 할 시기에 그런 감동의 거사를 모의할 수 있었는지, 생각할수록 기특하기 그지없다. 더욱이 급변해버린 오늘날의 세정世情과 학교 분위기를 고려하면 상전벽해의 격세지감을 지울 수 없다. 다만 당시 우리 아이들의 원만한 인성과 따뜻한 감성을 칭찬하지 않을 수밖에 다른 구실을 찾을 길이 없다. 군사부일체란 말이 진부한 표현이 되어버린 지 까마득한 일이지만 25, 6년 전만 하여도 학교에는 끈끈한 우애와 사제 간의 사랑, 무엇보다 인간의 가장 보편적인 정서인 보은의 빚을 잊지 않고 갚을 줄 아는 훈훈한 미덕이 살아있었다. 지덕체를 고루 갖춘 전인교육을 지향하는 교육계의 주장이 공허할 수밖에 없는 작금의 급변하는 교육적 상황을 감안하면 우리 사회는 소중한 유산을 잃어가고 있는 게 틀림없다고 하겠다. 우리가 누리는 눈앞의 화려한 결과들이 아무리 풍성할지라도 그 아름다운 가치, 부모와 스승의 사랑과 은혜에 보은報恩할 줄 아는 마음이 사라진다면 이 세상은 얼마나 황막할까. 감사한 마음을 선물하는 미풍양속은 인간됨의 실행이요, 인간이 마땅히 지켜야 할 도덕이다. 교육은 아이들에게 지식만을 전수하는 수단이 될 수 없다. 훈훈한 삶과 인정을 키우는 일 또한 교육이 할 소중한 역할이라면, 오늘날 스승에 대한 사랑과 감사의 보은을 잃어버린 상실의 공허함은 그 무엇으로도 변명할 길이 없다.

사실 부끄러운 고백이 될지 모르겠지만 이 말을 하지 않을 수 없다. 스승의 날이면 나는 항상 아이들로부터 많은 선물과 꽃다발을 받아 옆 선생님들께 민망할 때가 많았다. 내가 담임을 맡은 우리 반 학생들뿐만 아니라, 교과를 담당하고 있는 학급의 아이들까지, 그리고 이전 해에 담임을 했거나 나에게 배운 학생들로부터, 심지어 졸업한 제자들까지 모교를 방문하여 나에게 듬뿍 선물을 안겨주고 돌아갔다. 지금은 말로 쉽게 고백하지만 당시 스승의 날이면 책상에 산더미처럼 쌓인 선물 때문에 내심 좋으면서도 나의 얼굴은 종일 상기된 얼굴로 부끄러워(?) 붉게 달아올랐다. 왜 내가 모르겠는가. 스승의 날은 기쁘면서도 한편으로는 나를 더욱 뜨겁게 담금질하는 날이 되곤 하였다. 반성과 다짐으로 새로이 거듭나는 고통의 시간이기도 하였다. 더 좋은, 더 따뜻한, 더 사랑받는 선생이 되기 위한 탐색의 시간이기도 하였다.

학생들로부터 받은 선물은 그 선물을 어디 한갓진 곳에 옮길 새도 없이 제일 먼저 경비실 아저씨들께 나누었고, 스승의 날이면 조금 분위기가 냉랭한 학급을 맡지 않은 비담임 선생님들과 각 부서 부장 선생님, 교감, 교장께도 되는대로 선물을 나누었다. 그리고 나면 집으로 가져가야 할 선물과 꽃다발을 정리하여 차에 싣고 집으로 돌아오곤 하였다. 그 선물의 양이 많은 해는 두 번에 걸쳐 차로 옮기는 경우도 있었다. 당시 나는 이 선물을 차에 옮겨 실어 나르는 일이 꽤 곤욕이었다(?). 학생들한 테 미리 선물 좀 가져오지 말라고 말할 수도 없는 형편인지라, 그리고 지금 생각해 보면 자랑해도 될 일이었는데도 그 당시는 괜히 부끄럽고 남의 이목에 신경을 쓰지 않을 수 없었다. 그래서 그런 날은 새벽 일찍 출근해 다른 선생님이 출근하지 않은 시간에 아이들 선물과 꽃다발을 싣거나 퇴근을 저녁 늦은 시간에 하여 그 많은 선물을 싣고 집으로 돌아올 때도 있었다.

그런 날이면 어린 아들과 딸은 선물 포장을 개봉하고 선물을 분류하면서 밤이 깊은 줄 모르고 아빠의 제자들이 써서 보낸 편지를 함께 읽어 내려갔다. 그리고 스승의 날은 해마다 나보다 우리 아이들과 아내가 더 기다리는 집안의 경사스러운(?) 날로 우리 가족의 마음에 꽃피고 있었다.

20여 년이 지난 지금의 스승의 날은 거의 다 사라져버린 날, 거의 다 잊혀진 날이 되었다. 희미한 기억 속에 빈껍데기로만 남아 아무도 거들떠보지도 않는 흉물이 된 지 오래된 '스승의 날'. '스승의 날'에 대한 우리 사회의 방관적 시선과 회의적 태도, 학생들의 차가운 인식(학교의 예절교육과 인성교육이 무너지고, 사제지간의 따뜻한 인정은 사라진 채, '감시와 처벌'의 관계로 급변해버린 작금의 현실이 잘 보여준다. 이런 상황에서 어떻게 제자를, 스승을 가슴에 품을 수 있겠는가), 특히 학교 선생님에 대한 학부모의 부정적 인식과 태도의 변화, 그리고 교단 선생님들의 모습 등을 생각하면 가슴이 아려온다.

세상은 전광석화처럼 눈 깜짝할 사이에 변하고 있다. 그리할지라도 어떤 상황에서도 변하지 않고 지속해야 할, 우리가 기어이 지켜야 할 아름다운 미덕이나 미풍양속이 어디에나 반드시 존재하기 마련이다. 한 사회가 기필코 고수해야 할 가치와 전통이 우리 사회의 근간이 되기 때문이다. 이것이 한 나라, 한 사회, 한 학교, 한 가정의 전통이 되고 정체성의 근력이 된다. 뿌리 깊은 나무처럼 거목으로 성장하여 오래오래 한 사회의 존립을 지탱한다.

오늘날 우리 사회 어디서나 마땅히 지켜져야 할 것들이 시류와 풍조에 따라 거침없이 무너지고 방치되는 것을 곳곳에서 흔하게 본다. 가정이나 학교나 회사, 사회, 국가 등 한 집단공동체의 생명과도 같은 본질적인 가치들이 유용성과 효율성, 기능, 첨단기술 앞에서 허무하게 무너지는 것을 보면 가슴 아픈 통증을 느낀다. 어린이날, 한글날, 어버이날만큼 '스승의 날'도 소중한 기념일 중에 하나로 면면히 지켜져야 한다. 어쩌다가, 언제부터 스승의 날이, 모두가 회피하는 피곤한(?) 날이 되었는지 안타까운 심정이다. 깊은 상념이 밀려온다.

(20200515. 삼규쌤의 '교단 일기'에서)

우리가 해야 할 것은 무엇인가를 읽고 생각하는 것이다

(그러므로)

나는 아직 발견되지 않은 채 저 머나먼 바다에 있는

어린아이들의 나라만을 사랑할 뿐이다.

나는 나의 돛배에게 명령하여 그 나라를 찾고 또 찾는다.

이것이 지금 나의 길이다.

그대들의 길은 어디에 있는가.

그대를 사랑하기 때문이다. 아, 영원이여!

—프리드리히 니체, 〈차라투스트라는 이렇게 말했다〉에서

01

'생각하는 힘 __ 읽는 힘'이 아이들과 세계를 구원한다

마이스터 에크하르트(Meister Eckhart, 1260~1327)는 사람이 해야 할 유일한 것은 자기가 '무엇을 할 것인가'를 생각하는 것이 아니라, 자기가 '무엇인가를 생각하는 것'이다, 라고 말했다.

이제 이 글을 읽는 데는 약간의 인내와 너그러운 관용이 필요하다. 무엇보다 지금까지 '나'를 차지하고 있던 모든 신념을 비우고 읽어야 하니까. 먼저 나의 오랜 관념을 비우면 누군가의 글이 잘 읽힌다. 간혹 여행을 할 때나, 지리산을 갈 때나, 사람을 만날 때나, 책을 읽을 때면 가능한 한 나를 비우려 한다. 나를 비우고, 나를 잊어야 내가 만나고자 한 세계를 잘 볼 수 있고, 그 세계나 책이나 사람으로부터 새로운 감동을 받을 수 있으니까. 나의 선입견이나 짤막한 앎을 앞세우는 일은 교만이요, 한 세계를 배척하는 일이다. 나의 인식과 기준을 가지고 누군가와 한 세계를 섣불리 재단하는 일은 복잡다기한 '움벨트'를 부정하는 일이니까. 우선 나를 비워야 한다. 그리고 책을 읽어야 한다. 그러면 새로운 것으로 가득 채워진다. 이것이 비워야 채워지는 역설의 진리이다.

'생각하는 힘'은 인간이 가진 최고 단계의 성정이다. '생각하는 힘'은 한 개인이 이 세계에서 '나'의 주인으로 사는, '나'의 주체로 사는 한 개인의 으뜸 성정이다. 내가 36년 동안 교단에서 수많은 우리 아이들을 키워오면서 발견한 '교육'의 답은 '읽는 힘'과 '생각하는 힘'을 경작해주는 일이다. 이 두 힘을 키워주는 일이, 이 두 힘을 키워내는 일이 교육이어야 한다. 교학상장教學相長의 길이다.1)

무수한 타인들이 만들어 놓은 통념의 틀에서 벗어나, 오랜 세월 관행으로 흘러 내려온 타성을 혁파하고 자기만의 새로운 의미와 행복, 삶의 방식을 만들어가는 새로운 변화의 추동력이 '생각하는 힘'이다. 그러므로 '생각하는 힘'은 유연함이다. 열린 마음이다. 자기 변화의 물결이다. 끊임없이 '나' 밖의 세계와 다양하고 복잡한 문제를 건너가는 모험이다.

유연하지 못한 사람은 '여기서' '저기로' 자신의 사유와 삶의 방식을 옮길 수 없다. 완고한 자신의 '틀' 안에 갇힌 사람은 마치 '언어의 감옥'에 격리된 사람처럼 '나' 밖의 세계에 대해 배타적이다. 원활한 관계의 그물망을 구축할 수 없다. 자신의 인식의 광장을 확장하려는 열정이 없다. 자기만의 인식의 기준을 고수하려 애쓰기 때문이다.

---

1) 교학상장(教學相長) 가르치는 것과 배우는 것은 모두 나의 지덕(智德)과 학문을 성장시킨다. <예기禮記>에 나오는 경구다. 故曰 教學相長也 說命曰教學半 其此之謂乎 (고왈 교학상장야 열명왈효학반 기차지위호 ; 그러므로 교학상장이라 말했는데, 서경 열명편에 '가르침은 배움의 반이라.' 한 것도 이를 두고 한 말이리라.)

바람이 불면 살아있는 나무는 바람 부는 대로 따라 움직인다. 이렇듯 생각하는 사람은 부러지지 않고 탄력 있게 존재한다. 그러나 죽은 고사목은 바람이 불어도 꼼짝도 하지 않는다. 결국 부러지고 만다. '생각하는 힘'을 소유한 자만이 자신의 삶을 유연하게 지켜낼 수 있다. 요동하는 풍랑 가운데서도 무게의 중심을 다잡고 살아남는다. 어느 쪽으로도 기울어지지 않지만, 한쪽으로 쏠리는 편견을 결코 갖지 않는다. 항상 경계에 서 있어서 깨어있는 사람만이 시대를 읽고 새날을 향해 나아가는 선구자가 될 수 있다. '생각하는 힘'은 자신을 극복하는 원동력이다.

<도덕경>에서 노자는 "다른 사람을 제압한 자는 단지 힘만 있는 사람이나, 자기 자신을 이긴(극복한) 자는 진정 강한 자."라고 하였다. 공자도 <논어>에서 '극기복례'2)를 자기를 이기는 것이라 했다. 자기 자신을 극복하여 자기 자신을 지금 단계보다 한 차원 높여서 예도禮道의 경지에 도달하게 한 후, 인간의 도리를 이루어가는 것도 '생각하는 힘'에서 비롯한다고 말했다.

그런데 이 '생각하는 힘'은 '읽는 힘'이라는 사실이다. 사물이나 어떤 문제나 세계를 그냥 보고 지나치는 것이 아니라, 자신의 안목으로 읽고 질문하는 힘이다. 어떤 문제를 해결하는 데 있어서 남들이 이미 만들어 놓은 도구나 지식이나 틀이나 공식을 사용하여 그냥 편리하고 쉽게 해결하려는 사람은 '생각하는 힘'이나 '읽는 힘'이 작동하지 않는 사람이다.

---

2) 극기복례(克己復禮) 욕심을 누르고 예의범절을 따름.

그래서 이들은 무턱대고 남의 것을 수용하고 이미 널리 사용되고 있는 공식을 암기하여 자기 것으로 사용하려 한다. 이들은 자기만의 것을 만들어 사용하는 힘을 발휘하려 않는다. 거기에는 새로운 것이 없다. 결국, 자신의 눈과 자신의 관점으로 세계를 '읽는 힘'을 키워내야 한다. 바로, 어떤 대상을 제대로 '읽는 힘', 이것이 '생각하는 힘'이다.

이것만이 '나'의 큰 포부, 큰 함량, 큰 두께를 품을 수 있는 원동력이다. 그러므로 끊임없는 지적 열망은 '생각하는 힘'에서 나온다. '생각하는 힘'이 있는 사람은 단순한 현상만을 감각적으로 인식하지 않는다. 그 감각을 다듬어 한 차원 높은 예리한 통찰력, 예지력으로 변화시킨다. 눈에 보이지 않는 본질, 핵, 정수essence, 구조, 체계, 질서까지 찾으려는 탐색, 탐구의 눈을 뜨게 하고, 강한 지적 열정을 발동시킨다. 바로, '생각하는 힘'을 가진 자가 철학하는 사람이고, 과학하는 사람이며, 문학과 예술의 숨은 아름다움을 찾을 수 있는 사람으로 강한 자가 된다. 철학과 과학은 '생각하는 힘'을 가진 자만이 할 수 있는 학문이다.

지금까지 인류의 문명사는 '생각하는 힘'을 가진 자들에 의해 움직여왔다. 문명의 패러다임을 '이쪽'에서 또 다른 '저쪽'으로 건너가게 하는 힘은 '생각하는 힘'이다. 예로부터 근현대까지 동양이 서양보다 뒤처진 것은 서양은 '생각하는 힘'에 의해 작동하는 과학이 있었고, 동양은 '생각하는 힘'이 없이도 되는 기능이나 기술에만 관심을 두었기 때문이다.

이제, 우리 아이들을 키워내는 학업의 방향성과 그 본질에 눈을 부릅뜰 일이다. 그 본질은 '생각하는 힘'과 '읽는 힘'이라고 누누이 말했다. 이 '읽는 힘'은 부단한 독서와 자기 경험을 통해 배양할 수 있다. 지속적이며 다양한 독서와 복잡한 현실 문제, 자연, 세계, 사람과의 만남, 곧 열린 경험에서 생겨나는 것이 '생각하는 힘', '읽는 힘'이다. 남이 이미 만들어 놓은 도구나 지식을 빌어 나의 삶을 살아가려는 자는 나태한 자이다. 이런 자는 자신의 삶과 존재 방식을 한 차원 높은 단계로 끌어올릴 수 없다.

오직 학교 시험과 석차와 경쟁의 우물 안에 갇혀 사는 우리 아이들을 생각하면 가슴이 아린다. 우리 아이들이 열어갈 세상은 '생각하는 힘'과 '읽는 힘'을 요구하는 세상이다. 과거의 시대와 전혀 다른 신세계가 벌써 도래한 것이다. 무조건 외부에서 주입을 많이 해 지식을 저장하는 공간이나 넓혀주는 교육은, 오직 암기 잘하여 학교 등수나 의식하는 교육은, 남을 맹목적으로 따라가는 교육은 우리 청소년을 이미 지나간 낡은 구시대의 틀에 가두는 일이다. 우리 아이들이 살아갈 미래와 새로운 삶을 위해 스스로 자신의 지식과 도구를 만들 수 있어야 하는 것이다.

그러면 어떻게 할 것인가? 이를 위해 무엇보다 먼저 부모가 크게 눈떠야 한다. 부모가 먼저 자신의 의식을 혁신해야 한다. 사고의 전환을 모색하는 용기를 가져야 한다. 낡은 생각을 과감히 버리고 새 생각을 만들어내야 한다. 오직, 아이의 '생각하는 힘', '읽는 힘'을 어떻게 배양할 것인가에 대해 고민하는 부모가 되어야 한다.

1. 질문 잘하는 아이로 키워야 한다.

대답만 잘하는 아이는 근대, 산업 사회 교육으로 종언을 내렸다. 대답만 잘하는 아이는 모두 자기 것이 아닌 남이 만들어 놓았거나 사용하는 지식이나 수단을 그대로 머릿속에 담아두었다가 꺼낸 것에 불과하다. 자기가 만든 것이 없다. 자기가 생각해낸 것이 아니다. 그 대답의 내용은 누군가 이미 만들어 놓은 것일 뿐이다. 그러나 질문은 호기심과 궁금증을 일어나게 하는 '생각하는 힘', 자신의 안목으로 세계를 '읽는 힘'에서 생겨난다.

2. 책 읽는 아이로 키워야 한다.

독서 습관을 길들여주는 부모가 되어야 한다. 독서 습관은 부모가 함께 책을 읽고 공부해야 아이에게도 길들여진다. 독서 습관을 만들어서 책을 제대로 읽을 줄 아는 아이는 가장 강력한 힘을 가진 아이다. 수불석권手不釋卷, 어려서부터 손에서 책을 놓지 않는 습관은 부모가 아이들에게 물려 줄 가장 아름다움 유산이다. 이런 아이는 세상 무슨 학문이든 다 잘 할 수 있다. 살면서 부딪히는 그 어떤 문제도 스스로 다 해결할 수 있다. 또 책을 잘 읽는 아이는 절로 글을 잘 쓴다. 어떤 담론이든 토론을 잘한다. 어떤 화제와 관련해서든 대화를 잘한다. 사고가 열려 있고 유연하여 많은 사람과 원활한 소통의 장을 만든다. 주체적이고 역동적인 분위기를 주도하는 리더의 큰 함량을 발휘할 수 있다.

3. 다양한 사람과 만나도록 해야 한다.

세상은 다양한 세계(자연, 산, 도시 공간, 여행, 체험, 봉사)를 지속적으로 체험하며 성장한 아이를 필요로 한다. 지식과 지혜는 책을 통해서만 얻을 수 있는 것은 결코 아니다. 다양한 부류의 사람을 자주 만나며 자란 아이는 그 누구와도 스스럼없이 대화를 잘 할 수 있다. 세상을 많이 안다. 세상의 민낯을 직접 자신의 눈으로 보고 자란 아이는 사람과 사람의 관계가 중요한 이유를 절로 알게 된다. 이론과 실제 현실 사이의 거리를 알고 그 거리를 어떻게 좁힐 수 있을까를 고민하며 산다. 비교적 자신이 살고 있는 동시대의 문제를 읽고 파악하고 있기 때문이다.

4. 큰 뜻, 큰 포부, 큰 함량, 큰 두께를 품은 아이로 키워야 한다.

이렇게 '생각하는 힘', '책 읽는 힘'이 있는 아이는 가슴에 큰 뜻을 세워 큰 포부를 스스로 키워간다. 큰 것과 사소한 것, 본질적인 것과 비본질적인 것, 가치 있는 것과 가치 없는 것을 스스로 구분할 줄 알고, 작고 사소한 일이나 비본질적인 문제에 대해서는 집착하지 않는 큰 함량, 그릇이 큰 대범한 사람이 된다.

5. 지적 호기심과 열망이 강한 아이로 키워야 한다.

지적 열정이 식지 않는 아이는 가만히 한곳에 머무르지 않는다. 꿈틀거리면서 '여기'서 '저기'로 건너가기 위해 온갖 애를 쓴다. 끊임없이 선한 뜻을 실현하기 위해 노력한다. 자신의 뜻을 이루려는 간절한 열망을 품는다. 이 간절함이 아이들을 변화시키는 원동력이다. 이 간절한 열망이 목적이 있는 삶을 추구하고 자기의 꿈을 이루어간다. 진화의 역사를 돌아보라. 이 간절함이 바다에서 지느러미로 사는 물고기를 길짐승으로 만드는 힘이다. 간절한 열망이 있으면 무엇이든 다 이루어낸다. 자기만의 창조적, 주체적인 인생을 실행하기 위해 책을 읽고 변화를 도모한다. 다른 사람들이 만들어 놓은 통념이나 경향, 기준, 가치에 자신의 인생을 매몰하지 않는다. 새로운 변화를 추구한다.

유대인의 '하브루타' 교육은 그 좋은 방증이다. 질문하고, 그 질문에 대답하며 끊임없이 '생각하는 일.' 온 가족이 탈무드와 경전을 미리 읽고 서로 질문하며 토론하는 하브루타 교육은 유태인 힘의 원천이다. 유태인 교육의 힘이 여기서 나온 것이다. 유태인이든, 독일이든, 일본이든 아이들 교육의 좋은 점은 적극적으로 배워야 한다.

자신의 길, 자신의 인생, 자신만의 소중한 행복이 어디에 있고, 무엇이며, 어떻게 만들어 갈 수 있는가를 확고하게 인식하고 있는 철학적인 사람이라야 우리 아이들을 키워내는 일에 알차게 열정을 다 쏟을 수 있다.

(20081113. 삼규쌤의 '교단 일기'에서)

02

이제는 생각을 확 바꿀 때다

교육은 학부모와 교사와 학생이 조화로운 소통을 이루어내지 않고서는 불가능하다. 우리 아이들이 시행착오를 거듭하지 않고 학습 목표를 이룰 수 있는 몇 가지 당부의 말씀을 올리려 한다. 멀리 보고 가는 사람이 잘 가는 사람이다. 우리 아이들에게 미리 독서와 논술에 관심을 지니도록 '읽고 _ 글 쓰는' 습관을 길러주기를 간절히 당부드린다. 읽는 힘과 글 쓰는 힘은 대학뿐 아니라 사회생활에서 더 중요한 학습 덕목이다.

이글은 십수 년 전 쓴 글인데, 지금도 유효할 것 같다. 그리고 아이들 교육의 절대적 역할은 부모에게 달려있음을 누누이 강조한 바 있어서 학부모께 다급한 심정으로 고언을 올린다.

모든 학습활동의 궁극의 목표는 학생 스스로 탐구하고 사고하는 능동적, 주체적 학습을 통한 자기 계발에 있다. 그러나 현실은 우리의 사랑스러운 아이들을 머리만 큰 바보로 만들고 있는 것은 아닌가, 되돌아보게 한다. 주어진 정보를 맹목적으로 외워서 아는 것은 많을지 몰라도 혼자서 삶의 지혜와 새로운 깨달음을 생성할 줄 모른다. 이런 교육적 환경에서 자란 아이들이 우리와 다르게 성장한 지구촌의 아이들과 어떻게 어울릴 수 있을까, 어떻게 경쟁할 수 있을까? 최근 서울대 교육학 교수가 보고한 연구 자료는 중요한 것을 시사하고 있다. 흔히 '대치동식' 과외를 통해 서울대 진학한 아이들이 그렇지 않은 아이들보다 대학에서의 인간관계, 취업, 학업성취도, 업무추진 능력, 협업 능력 등에서 현저하게 뒤진 것으로 나타났다는 것이다.

학부모가 서둘러 변해야 하고, 아이들을 가르치는 학교와 학원의 교사들이 변해야 하며, 교육 당국도 이제는 정말 알아야 한다. 그래야만 우리의 소중한 아이들이 그들의 삶을 혼자 힘으로 알차게 만들어 갈 수 있을 것이다. 그리고 우리는(넓은 의미의 교육환경을 조성하는 모든 사람과 각 교육기관) 아이들이 이렇게 되도록 힘써야 할 의무와 책임이 있다. 독서와 글쓰기는 하루아침에 되는 것이 절대 아니다. 고 3이 되어 학원에서 단기간에 주입식으로 되는 것이 아니다. 논술 글쓰기는 시간이 걸린다. 그래서 고 1, 2에서 기초를 다져두지 않으면 결국 대입에서 실패하거나, 학원에서 논술을 배운 아이들처럼 '붕어빵식' 논술 답(?)을 쓰는 '머리만 큰 아이'가 되고 만다.

논술과 수능은 아이들이 '자신의 눈'으로 사물을 볼 수 있기를 기대하는 제도적 장치다. 어떤 논제나 사물은 보는 시각에 따라 다양한 해석이 가능하다. 꼭 같은 사과라도 배고픈 사람과 배가 부른 사람이 다르게 볼 수밖에 없듯이. 그런데 우리의 교육 현실은 주입식 위주의 문제 풀이식 공부, 사고하는 과정을 소홀히 하는 답만 맞추는 공부, 영어와 수학만이 공부라고 생각하는 교육, 사물을 획일적으로만 바라보는 관행을 고집하고 있다.

사실 모든 공부의 기초는 읽는 힘과 생각하기다. 수능이나 논술의 확고한 기초체력도 이를 통해서 만들어진다. 그리고 지속적인 양호한 습관처럼 학습의 큰 힘이 되는 것이 없다. 공부는 습관이다. 매일같이 신문 읽기와 책 읽기를 하는 것도 습관이다. 일주일에 독서, 논술 수업에서 요구하는 책 읽기만이 여러분 자녀의 미래를 책임진다. 그렇다면 지금이라도 '우리 아이들에게 진정 필요한 것이 무엇인가?'에 대해 깊은 고뇌와 통찰이 있어야 할 것이다.

독서(신문읽기를 포함한 모든 읽는 행위)의 근원적인 목적은 지식의 생산 능력과 활용 능력, 창의적 사고력과 문제 해결 능력, 투철한 가치관과 건전한 인성 등을 함양하는 데 있다. 그리고 생각하는 힘과 언어를 구사하는 능력을 연마하여 삶을 고양하는 데 필요한 능동적인 잠재력을 확장하는 데 있다. 말하자면 언어를 통한 논리적인 사고의 힘을 배양하는 일은 교과 학습은 물론 의사소통을 원활하게 잘하여 인간관계를 바람직한 방향으로 이끄는 삶의 알파요 오메가인 셈이다. 따라서 독서 경험을 통해 폭넓고 다양한 사고를 하고 자신만의 의견이나 생각을 정리할 수 있는 능력을 키운다면 대학을 졸업한 후, 미래의 인생을 위한 탄탄한 보험을 든 셈이다. 오로지 책만 읽는다고 되는 일은 절대 아니다. 무엇을, 어떻게 읽어야 할 것인가를 고민하지 않는 독서는 무의미하다. 책을 온전히 '잘' 읽어서 그 내용을 분석하고 다른 지적정보와 연결할 수 있어야 하는 것이다. 일단 책을 잘 읽어야 한다. 현장에서 우리 아이들을 보면 책을 읽었는데 책에 대해 말하라고 하면 무엇을 말해야 할지, 책을 읽고 무엇을 알고 깨달았는지를 모른다. 책을 읽었으나 책을 전혀 잘 못 읽은 것이다. 책을 '잘' 읽을 줄 모르는 고등학생이 부지기수다.

아는 만큼 세상을 본다는 말이 있다. 아는 사람이 길을 볼 줄 안다. 바람직한 길을 선택한다. 그렇다고 단순히 많이 아는 것만이 중요한 것이 아니라, 아는 것을 바탕으로 깊이와 폭이 있는 생각을 하고, 다양한 방법으로 문제를 해결하는 능력을 계발하는 것이 중요하다. 이에 따라서 최근에 국내 대학들이 점점 확대해 가고 있는 것이 자기 생각을 말하기(구술), 자기만의 생각을 질서 있게 쓰기(논술)인 것이다. 그런데 이런 읽고, 생각하며, 토론하고 쓰는 일을 동시대 지구촌 다른 나라에서는 이미 학습활동의 중요한 과정으로 실행하고 있다는 것이다.

논술의 본고장이라 불리며 논술에서 책 읽기와 철학적 사유를 중시하는 프랑스의 바깔로레아, 독서와 토론 위주의 독일의 아비투어, 해답보다는 논리의 전개 과정을 중시하는 영국의 A-Level, 교양과 감성과 실제 생활 경험을 중시하는 미국의 에세이 쓰기 등을 우리는 다 알고 있다. 여기서 아이들에게 요구하는 것은 불확실한 현대사회에서 당면한 문제들을 해결하고 '나' 자신의 존재 의미와 삶의 방식을 정립하는데 필요한 근본적인 지혜와 창의적 사고라는 것이다. 우리나라의 대학원 학생들도 답할 수 없는 논제를 제시하여 학생들의 열린 사고를 확인하고 유인한다. 최근 국내 소위 상위권 대학에서 출제하는 구술, 논술의 문제도 상당히 다양한 사고와 폭넓은 지식을 갖추지 않고서는 해결할 수 없는 난해한 논제들이 많지만, 어려서부터 준비하지 못한 대한민국의 수험생들에게는 난공불락難攻不落의 오르지 못할 경지가 아닐 수 없다.

프랑스의 사상가이며 교육가인 몽테뉴는 "외우는 것은 아는 것이 아니다. 교육은 가득 찬 머리보다는 잘 만들어진 머리를 만드는 것이다"라고 했다. 이 말은 교육의 진정한 이상은 지식을 얼마나 흡수하느냐에 있는 것이 아니라, 무엇이 되었건 '자기' 안에서 새로운 지식을 만들어 스스로 어떤 문제 상황을 해결해 가는 힘이 중요하다는 뜻일 것이다. 우리 어른들이 아이들에게 물고기를 잡아주기보다는 물고기 잡는 법을 가르쳐주려 하는 것도 이 같은 이유이다.

'읽고 _ 생각하는 힘'은 모든 학문의 기초이며, 현대인의 건강하고 바람직한 삶의 원동력은 바로 여기서 나온다. 독해력이 탁월한 아이는 모든 활동(논술, 구술, 수능, 내신)에서 탁월하다. 따라서 어려서부터 다양한 독서를 통해 지적 배경을 확충하고 논리적 사고력을 키우는 일을 모든 학습활동의 기본으로 삼아야 한다. 그다음은 글을 쓰는 일이다. 생각이 바르면 글도 바르다. 책이나 어떤 글을 잘 읽을 줄 아는 아이는 구술과 글쓰기를 잘한다. 생각이 논리적이고 조직적이면 글도 마찬가지다. 여기서 우리가 알아야 할 것은 말하기(구술)와 글쓰기(논술)는 별개의 다른 언어활동이 아니라는 것이다. 또 수능과 논술은 별개의 학습활동이 아니다. 수능과 논술에서 가장 중요한 것은 독해력(읽는 힘)인데, 이를 위한 가장 확실한 실천은 신문읽기와 독서다. 읽는 힘과 생각하는 힘이 수능과 글쓰기와 대학 교육에서 제일 중요한 학습 덕목이라는데 이의를 제기할 사람은 없을 것이다. 주장이나 정보, 또는 감상이나 단상을 논리적으로 말을 하면 구술이 되는 것이고, 체계적인 구조를 갖춰서 글로 쓰면 논술이다.

학부모와 교사는 읽는 힘과 생각하는 힘, 글 쓰는 힘을 키워주는 일이 아이들에게 해줄 수 있는 가장 시급하고 소중한 과업이라는 생각을 해야 한다. 어려서부터 책 읽는 습관을 키워주고 '독서 일기'와 생활 속 일기 쓰기 등 '읽고 _생각하고 _쓰는' 습관을 키워주는 일에 모두가 동참해야 한다. 아이들도 함께 인식하고 노력해야 하지만, 무엇보다 중요한 것은 아이들을 지도하는 선생님이나 학부모께서 적극적으로 공감하고 인내와 기다림으로 우리 아이들을 지도하는 것이 필요하다. 따라서 신문읽기와 책 읽기를 통해 사고하는 힘을 배양하는 '독서, 논술' 학습은 어려서부터 지속적으로 행해져야 한다. 무엇보다 저학년에서부터 이런 명제의 당위성을 우리 아이들과 학부모가 충분히 이해하여 아이들의 본질적인 '참 실력'을 키워내야 한다.

우리 아이들은 모든 면에서 사고가 유연하고 개방적이어서 독서, 논술의 효과도 기대하기 충분하다. 단, 아이들의 순수한 열정과 공감이 있어야 하고, 형식적인 겉치레를 의식한 피상적인 독서와 남 보여주기식의 간단한 신문읽기, 논술수업에 임박하여 써가는 신문일기는 절대 해서는 안 된다. 그리고 학부모께서도 수학이나 영어, 과학 수강은 빠져서는 안 되는데, 논술과 신문읽기는 한두 번 빠져도 무방하다는 생각을 수정해야 한다. 한편, 신문읽기와 독서하는 시간을 너무 빡빡하게 운용하여 우리 아이들이 건성으로 책을 읽거나 책장만 넘기는 것을 읽었다고 말하는 비생산적인 가정학습은 결코 해서는 안 된다.

책을 읽는 것과 책을 '잘' 읽는 일은 분명 다르다. 대부분의 아이들은 책을 읽는 일에 흥미를 못 갖는다. 어려서부터 읽는 습관이 키워지지 않아 집중을 기울이지 못할 뿐 아니라, 읽고 난 후에도 남는 것이 없다. 한 권의 책을 읽고 나면 '질문'이 생겨야 하는데 의문이나 호기심이 없다. 책을 읽고 난 후 아이들에게 무엇을 물어봐도 대답을 못 한다. 책을 읽는 방법이나 요령이 없기 때문이다. 어려서 책 읽는 훈련을 하지 않았기 때문이지만 기본적으로 문학, 예술, 과학, 철학, 사회학 등 다양한 분야의 책을 읽는 요령이나 태도를 배우지 않은 것이 그 원인일 것이다. 시와 소설과 수필을 읽는 요령은 분명 다르다. 왜냐하면 장르의 특성이 다르기 때문이다. 예술 분야의 책과 자연 과학 분야의 글이 다르듯이 글을 읽는 요령도 달라야 할 것이다.

요즘 아이들은 명석하고 다들 영리하다. 다만, 이것저것 과중하게 요구하다 보니 신문 읽기와 책 읽기에 진지하게 몰입할 시간을 갖지 못하는 것이 가장 두려운 독서 훼방꾼이다. 그리고 학교 시험(중간고사와 기말고사)만 중시하고 책 읽는 일은 자투리 시간에 해치워도 되는 허드렛일 정도로 취급하는 학부모의 안일한 인식이 문제다. 책을 읽고 —생각하며 —글을 쓰는 일은 아이들의 삶이어야 한다. 아이들의 평생 습관으로 만들어줘야 한다. 어려서 이 소중한 유산을 물려준 학부모는 평생 사용해도 닳아지지 않을 위대한 유산을 물려준 훌륭한 부모인 셈이다. 자녀들 교육 때문에 속 썩이는 일은 다시 없을 것이다.

여러분! 우리 아이들이 독서와 글쓰기에 바치는 시간이 많을수록 우리 아이들은 경쟁력을 키워가는 확실한 길을 가고 있다는 것을 알아야 한다. 글쓰기는 논술이 아니다. 글쓰기는 논술만을 위한 교과 활동이 절대 아니다. 대학에서, 사회에서, 전문분야에서 자신의 뜻을 성취해가고 자신의 함량을 확장하는데 가장 확실한 자산이다. 혼자의 힘으로 정보물을 읽고 생각할 줄 아는 힘은 궁극적으로 아이들의 미래의 삶을 좌우한다. 바로 이 읽는 힘과 생각하는 힘을 키우는 것이 글쓰기와 책 읽기다. 이 힘을 가진 자가 결국 다시 책을 쓰고 세상의 변화를 주도하는 능력 있는 사람이 된다.

(20070417. 삼규쌤의 '교단 일기'에서)

03

줄탁동시, '아름다운 방황彷徨'과 '따뜻한 방목放牧'[3]

어미 새는 이렇게 날아라, 혹은 저렇게 날아라, 하면서 새끼 새에게 간섭하지 않는다. 그냥 어미 새가 여기서 저기로 후루룩 날아간다. 그걸 보고서 새끼도 따라 한다.

새와 침팬지의 교육법을 읽다가 생각났다. 아, 이건 자연이 자연을 가르치는 방법이구나, 사실 인간도 자연의 일부인데, 그러니 자연이 자연을 가르치는 방식이야말로 가장 자연스러운 교육법일 수도 있겠구나, 이런 생각도 들었다.

새와 침팬지의 새끼 교육(?)의 두 특징은 비슷하다. 하나는 어설프게 날갯짓을 하다가 나무에서 떨어지는 새끼 새이고, 또 하나는 새끼 침팬지

---

3) 줄탁동시(啐啄同時) 줄(啐)과 탁(啄)이 동시에 이루어진다는 뜻이 있다. 병아리가 알에서 나오기 위해서는 새끼(알에서 새끼가 소리 지르는 일, 啐)와 어미 닭(알 안에서 새끼가 내는 소리를 듣고 알 밖에서 쪼아주는 일, 啄)이 안팎에서 서로 쪼아야 한다는 뜻으로, 가장 이상적인 교육을 비유하거나, 서로 합심하여 일이 잘 이루어지는 것을 비유하는 말이다.

가 둥근 돌 위에 견과류를 놓다가 자꾸 굴러 떨어지는 장면이다. 이 두 장면은 새끼들이 실수하는 모습이고, 시행착오의 광경이며, 더 깊이 말하면 고통을 반복적으로 겪는 모습이다.

그런데 어미 새와 어미 침팬지는 그걸 묵묵히 지켜본다는 것이다. 왜 그럴까요. 그런 실수와 시행착오, 다시 말해 그런 고통이 온전히 자식의 몫이 되도록 하기 위해서이다. 인간과 자연이 결정적으로 여기서 갈린다. 자연은 하는데, 인간은 하기 힘들다는 지점, 자연이 하니까, 인간도 해야 할 지점 말이다. 바로 이 대목이 자연에서 우리가 배울 수 있는 교육법이다.

역시 관건은 '고통'이다. 그리고 부모의 '인내'다. 새끼가 스스로 터득하도록 기다리는 것, 새끼가 겪게 될 방황, 다시 말해 자식이 감당할 고통과 자식의 그 고통을 바라보는 부모의 고통을 오늘날 우리 부모가 과연 감당할 수 있을까, 인내로 지켜볼 수 있을까, 여기에 큰 의문이 남는다. 짐승은 하는데, 사람은 할 수 없을 것이라는 생각이 부딪히는 길목이다.

이 고비를 넘어서려면 '고통'이 무엇인지, '고통'이 자식 교육에서 어떤 기능을 하는지 정확하게 냉철하게 이해할 필요가 있어야 한다. 그걸 모르면 새끼 새가 날려고 할 때마다 어미 새가 개입하고, 새끼 침팬지가 견과류를 스스로 빻아 먹으려 할 때마다 어미가 받침돌을 골라 주려고 할 것이다. '고통'을 어미가 제거해주면 새끼는 혼자서 고통을 극복할 묘법을 틀림없이 터득할 수 없게 될 것이다.

"지구가 생겨난 이후 자연환경은 끊임없이 변해 왔습니다. 지구의
기온이 뚝 떨어지는 빙하기가 올 수도 있고, 거대한 화산 폭발로 지
각 변동이 생길 수도 있습니다. 크게 혹은 작게, 자연환경은 끊임없
이 변합니다. 이런 변화가 모든 생명체에게 큰 위협이 될 것은 불문
가지不問可知입니다. 그때마다 생명체는 고통을 느낍니다. '사람의
몸'과 '자연의 몸', 둘 사이에 생기는 간격 때문입니다. 이런 고통 속
에서 간절함이 생겨납니다.

살아남기 위한 간절함입니다. 가령 강물에는 먹이가 없고, 육지에만
먹이가 있어요. 그럼 물고기에게는 간절함이 생깁니다. 땅으로 올라
가 먹이를 먹으려는 간절함. 물고기의 몸과 마음을 관통하는 그런
간절함이 결국 진화의 방향을 결정하는 것입니다. 물고기의 지느러
미가 땅 위를 걸을 수 있는 앞발로 변하는 진화가 진행됩니다."

결국 고통은 간절함을 낳고, 간절함은 우리를 진화하게 하는 힘으로 작
용하는 것이다. 자식 교육에서도 마찬가지. 부모는 아이가 겪게 될 한
두 번의 고통이 두려워서, 그걸 사전에 차단해주면 어떻게 될까. 결국
'아이의 진화'를 가로막고 만다. 누구보다 아이의 진화를 원하는 부모
가 앞장서서 아이의 진화를 막는 악역을 하고 마는 셈이다. 세상 어느
부모가 그걸 원하겠는가? 그런데 아주 많은 부모가 실제 소중한 우리
아이들을 그렇게 교육하고 있다는 점이다.

정말 그렇다. 마당이나 텃밭에서 자유롭게 풀어 키운 닭이 더 건강하다. 방목한 닭이 낳은 계란이 더 영양이 풍부하다. 나무에서 떨어져 본 새끼가 가장 먼저 날게 된다. 우리만 모르는 걸까. 아이가 겪을 시행착오와 고통이 '독毒'이 아니라 '약藥'이라는 것을 말이다. 우리는 독수리 어미의 새끼 교육(?)을 잘 알고 있지 않는가.

줄탁동시啐啄同時, 아이가 건강하게 자라는 데는 아이의 '아름다운 방황'과 부모의 '따뜻한 방목'이 있어야 합니다. 아이들이 자신의 내면에서 지르는 고통과 간절한 부르짖음의 '소리(줄啐)'가 있어야 하고, 이 '소리'를 듣고 아이들 밖에서 아이를 도와주는 부모의 시의적절한 '도움(탁啄)'이 있어야 소중한 아이들 교육이 제대로 이루어진다.

절제와 기다림, 참을 줄 아는 부모라야 자화력自化力 있는 아이로 키울 수 있다. 간절함이 있는 아이라야 자화력을 갖춘 아이로 성장한다.

(20210217. 삼규쌤의 '교단 일기'에서)

04

나와 세계를 변화시키는 '읽는 힘'

이 글은 10여 년 전에 쓴 글에 시의성時宜性을 가미하여 보완한 '교단 일기'임을 감안하고 부디 잘 보아주길 당부한다. 다만 그 기저에 흐르는 생각은 지금도 적절하다고 믿는다. 우리 아이들로 하여금 '책 읽기를 권하지 않는 사회'를 고민할 테니까.

십수 년 전만 해도 수학여행 관광버스 안은 왁자하게 마련이었다. 노래하며 손뼉 치며 웃고 떠드는 발랄한 학생들의 광경은 그렇게 즐거워 보일 수 없었다. 그러나 요즈음 학생들과 같이 수학여행 길을 동행하노라면 과거의 수학여행 길에서 볼 수 있었던 왁자함을 더 이상 찾아볼 수 없다. 학생들은 저마다 자신의 좌석에 몸을 묻고 음악을 듣거나 DMB 폰으로 영상을 보거나 게임을 하는 데 열중한다. 모두 귀에 이어폰을 꽂고 있으니 남의 말도 잘 전달되지 않는다. 오직 자기만의 세계에 각자 몰입하고 있는 학생들. 모두가 따로따로 떨어진 섬이 되어 가고 있다.

디지털기기가 가져다주는 몰입의 세계에는 대화가 필요 없다. 서로의 의견을 주고받음이 없다. 의견이 소통되지 않는 세계는 나는 나이고, 너는 너일 뿐인 파편처럼 흩어진 세계다. 분화 고립된 아이들은 오직 자신이 전부라고 착각하면서 자라다가 점차 나이가 들면 나만의 협소하고 고립된 세계에서 벗어나 타인의 세계로 눈을 돌리고 이해의 폭을 넓혀간다. 나만의 울타리를 벗어나 타인의 세계를 이해하는 일에 눈 뜨면서 관계의 생태를 향한 성장의 길을 걷는다. 성장은 나를 알고 세상을 아는 일이다. 성장은 나의 생각은 이런데, 당신의 생각은 어떤가를 묻고 관심을 갖는 일에서부터 시작한다. 타인의 세계를 들여다봄으로써 나만의 세계라는 것이 얼마나 어리석고 우물 안처럼 닫힌 세계였나를 깨닫고 나의 껍질과 고정관념을 허물어뜨리는 아픔을 감내해내는 일, 바로 그 과정이 성장인 것이다.

그런 점에서 독서는 우리에게 멋진 성장을 체험하는 통과의례이다. 예를 들면, <떡갈나무 바라보기>를 읽은 학생은 그것을 읽기 전의 나와 전혀 다른 차원의 사유를 하게 된다. 이 책을 읽고 난 독자는 세계를 인식하는 절대주의적 인식의 허구에 대해 깨닫는다. 이 책을 읽기 전의 '나'와 전혀 다른 차원의 '나'를 발견하게 되는 것이다. 책은 틀림없이 독자를 변화시키는 어떤 힘이 있다. 우연히 읽은 '한 권의 책'이 한 사람을 작가로도 만들고 과학자로도 만들고 예술가로도 만든다. 우리가 아직 '나'를 변화시킬 결정적인 '그 책'을 만나지 못했다고 할지라도 내 인생과 나의 인식의 지평을 바꿀 한 권의 책은 분명 세상 어딘가에 있다. 바로 그 책을 만나야 할 시기는 청소년 시기이다. 청소년 시기가 인생의 황금기인 이유가 여기에 있다. 그러나 오늘의 현실은 청소년에게 이한 권의 책과의 만남을 쉬이 허락하지 않는다. (눈앞의 대학입시를 위한 학교 내신 관리와 발등에 떨어진 학교생활기록부를 위한 중간고사와 기말시험)공부가 오히려 책과의 만남을 방해한다는 비극적 현실, 그것이 대한민국 청소년으로 하여금 책을 읽을 수 없게 하는 독서 현실이다. 가장 책을 많이 읽어야 할 청소년기를 책을 전혀 읽지 않고 오직 학교 시험공부와 수능을 대비한 ebs 교재 문제풀이로 대부분을 허송하고 마는 것이 이 나라 교육의 현주소다. 더욱이 날로 업데이트되고 있는 디지털기기들은 의사소통이 부재한 사이버 공간 속으로 학생들을 내몰고 있다. 이런 위험한 교육 현실을 감안할 때 훈훈한 가슴을 품은 청소년으로 키워내야 하는 교육의 숭고한 목적은 연목구어緣木求魚 격이 된 지 오래다. 오늘날 청소년들의 책가방에서 읽고 있는 책을 찾아볼 수 없는 것은 크게 이상할 일이 아니다. 읽고 있는 책이 없다. 오직 수학 문제풀이집이거나 학원 교제 일색이다. 오직 문제풀이가 아이들의 유일한 공부다.

예전에는 형광펜이나 색연필로 책에 밑줄을 하고, 인상 깊은 구절을 독서 카드에 옮겨가며, 자신의 생각과 발견을 옆 친구들과 공유하며 담소하는 아이들을 흔하게 볼 수 있었다. 얼마나 책 읽는 시간을 즐거워하며 풍성하게 사용하였던가. 그러나 이제는 이미 사라져 영영 찾아볼 수 없는 기억이 되고 말았다. 선생님이 권장해서 읽은 책을 가지고 다른 친구의 생각과 자신의 생각은 어떻게 다른가를 비교하고 서로에게 피드백을 제공하며 서로의 감상을 조율해 가는 청소년의 독서 모습은 이제 그 어디서도 찾아볼 수 없는 모든 선생님과 학부모의 애틋한 로망이 되고 말았다. 우리의 교육 현실이 이러할지라도 독서와 독서문화를 조성하는 일은 결코 포기할 수 없는 우리 사회의 시급한 과제이다. 독서문화의 황폐화는 전적으로 기성세대의 책임이다. 물질주의에 경도된 부모의 책임이다. 우리 청소년들이 학창 시절 어떤 글이든지 스스로 '읽고 —생각하는 힘'을 연마하지 않으면 숱한 정보의 바다에서 살아야 할 미래는 방황할 수밖에 없다. 사람은 책을 만들지만, 책은 다시 사람을 만드는 숭고한 독서활동의 선순환은 아무도 부정할 사람이 없을 것이다.

1. 신문 읽고 생각하기의 중요성

우리가 살아가고 있는 현대사회는 자유롭고 원활한 의사소통을 절실하게 요구하고 있다. 새로운 정보를 축적하는 일도 중요하지만 그 정보를 공유하면서 새로운 정보와 아이디어를 생성하는 일은 더더욱 소중한 일이 되었다. 이런 요구에 부응하기 위해 우리가 맨 먼저 해야 할 일은 사물을 바라보는 '자기만의 눈'을 갖는 것이며, 그 다음은 이를 가능케 하는 지적 토양과 배경을 형성하는 일일 것이다. 우리 모두가 알고 있는 바와 같이 오늘의 문명사는 세계와 우주를 새롭고 낯선 눈으로 바라볼 때 한 걸음씩 진보하였으며 우주의 새로운 원리를 발견하여 흐름의 변화를 견인해 왔다. 말하자면 낡은 사유의 세계(고정관념)에서 벗어나 새로운 시각으로 세계와 우리가 부딪히는 현실의 다양한 문제를 상고해 왔다.

이를 위해 지금 우리가 해야 할 일은 판에 박힌 학습의 틀에서 벗어날 수 있어야 한다. 우리 사회 모두가 대학입시 위주의 획일화된 교육적 틀에서 탈출하려는 노력을 게을리해서는 아니 되는 이유가 여기에 있다. 현재 청소년들은 오직 대학입시만을 위한 공부(학교 시험인 중간고사와 기말고사, 수능공부 이 외에는 그 어떤 학습활동이나 독서, 다양한 체험을 하지 않는다.) 에 묶여 불행한 늪을 허우적거리고 있다. 그러나 우리 청소년들이 보내고 있는 소중한 시기는 세상을 폭넓게 바라보고, 모든 문제에 대해 세계의 누구와도 자유롭게 소통하며 자신의 생각을 자신 있게 말할 수 있는 '나만의 눈'과 '나만의 관점'을 갖추려 매진해야 할 때이다.

신문은 이러한 시대의 요구와 학생의 기대를 채워줄 수 있는 가장 확실하고 편리한 수단이다. 신문은 우리가 가장 손쉽게 구할 수 있는 읽을거리이고, 그것은 언제나 살아있는 읽기 교과서이다. 최근 우리의 대학에서 강화해 가고 있는 논술과 구술은 '신문읽기'만 꾸준히 하여도 능히 대비할 수 있는 영역이다.

또 신문은 인간 세상에서 실제로 일어나는 동시대의 문제와 사건들을 담고 있다. 즉, 신문은 인간의 총체적 삶이 담긴 가장 보편적이고 대중적인 그날그날의 실제적인 역사서이다. 그러므로 신문만 잘 읽어도 세상의 크고 작은 일들을 이해할 수 있고 기초적인 배경지식과 우리가 사는 세상의 문제들에 대한 나름대로 문제의식을 차곡차곡 정립할 수 있는 것이다. 청소년들이 동시대의 세상을 바라보는 다른 사람들의 다양한 시각을 엿들을 수 있고, 이와 차별화한 자신만의 생각을 세워갈 수 있어서 아직 독서에 훈련이 되지 않았거나 세상의 실제를 모르는 우리 학생들에게는 훌륭한 매체가 신문이다. 신문을 읽어야 할 중요성이 강조되는 이유이다.

<신문읽기의 몇 가지 주의 사항>
1. 신문은 꼭 매일 읽어야 한다.
2. 신문 기사 중에서 자신의 관심 분야를 반드시 스크랩하라.
3. 기사를 편식하지 말라. 관심 있는 기사에서 관심이 없는 분야로 점점 넓혀가라.
4. '박스기사'는 반드시 읽어라.
5. 사설, 논단, 오피니언, 칼럼, 독자 투고 등은 반드시 읽어라.
6. 필자의 생각과 제재에 대한 글쓴이의 태도를 파악하라.
7. 모르는 어휘는 반드시 문맥의 흐름 속에서 확인하라.

2. 신문일기 쓰기

신문일기 쓰기를 제안합니다. 우리가 잘 알고 있는 <안네의 일기>는 2차 세계대전 당시 나치의 박해를 받던 독일계 유대인 소녀 안네 프랑크가 전쟁의 아픔과 기성세대에 대한 자신의 생각을 적은 글이다. 조선 정조 대왕(재위 1776~1800)의 일성록日省錄은 왕의 일기로 유명하다. 정조는 세손 시절부터 써온 일기를 왕위에 오른 후에도 계속 써서 자신의 국정운영을 돌아보고 후대의 왕들에게 국정을 다스리는 본을 남겼다고 한다. 우리 청소년들이 매일 같이 신문(신문기사, 광고, 사진, 신문사설, 사건)을 뒤적이면서 그 신문 기사를 소재로 삼아 일기를 쓰면 좋은 글감이 될 것이다. 더욱이 요즈음 우리 청소년들은 다양한 삶을 체험하지 못한 채 하루하루를 온통 학원과 과외 시간과 온라인 강의에 충당하고 있다. 이런 상황에서 신문을 보고 신문 속의 다양한 삶의 모습과 복잡한 사회 현상을 간접적으로나마 경험하는 일은 자신의 체험 폭을 넓히고 사회에 대한 문제의식을 키울 수 있는 좋은 기회가 될 것이다.

매일같이 신문을 빼놓지 않고 읽으면서 기사 중에서 가장 관심이 가는 기사와 현대사회의 중요한 담론談論에 대한 학자와 전문가의 견해를 스크랩하여 자기의 생각이나 느낀 점을 곁들어 일기를 써 보는 것이다. 따라서, 신문은 가정과 학교, 학원만을 오가는 단조로운 생활을 하고 있는 우리 청소년들에게 훌륭한 글감을 제공해주는 삶의 현장이 될 것이다.

이렇게 신문일기를 지속적으로 쓰면 어릴 때부터 세상을 폭넓게 보는 눈을 가질 수 있고, 나약하고 단순하기만 한 우리 아이들의 생활을 풍요롭게 채울 수 있다. 그렇게 되면 다른 사람들의 삶에 대한 관심과 사회 현상에 대한 자신만의 관점을 갖게 될 것이고, 우리 아이들은 세상이 생각보다 복잡하고 다양하며 그 속에서 자신의 위치와 역할에 대해서도 일찍 눈을 뜨게 될 것이다. 또한 자신만의 생각을 드러낼 수 있는 자신감도 갖게 될 것이다.

논술에서 글쓰기는 자신의 생각을 생성하는 것도 중요하지만 머릿속의 생각을 자유롭게 드러내는 훈련이 중요하다. 바로 이러한 훈련이 신문을 읽고 쓰는 신문일기를 통해서 가능하다. 이와 더불어 '읽는 힘'(독해력)도 향상시킬 수 있는 좋은 기회가 될 수 있음은 말할 필요가 없다.

<신문일기 쓰는 요령>

1. 매일 소재를 바꿀 것을 당부합니다. 관심이 가는 분야에서 시작해서 독자 투고, 미담, 사건, 사고, 과학, 예술, 문화, 국제문제 등 다양한 기사에 관심을 갖고 읽고 나서 신문일기의 분량도 점점 늘려간다.

2. 신문을 처음 볼 때는 무엇을 읽어야 할지, 어떻게 읽어야 할지 잘 모를 것이며, 모르는 기사도 많을 것이다. 그러나 걱정하지 말고 알면 아는 대로, 모르면 모르는 대로 읽기 바란다. 그렇게 하기를 한 달 정도 하면 서서히 눈을 뜨게 된다. 신문에서 다루는 정보는 세밀히 읽어보면 일정한 기간을 단위로 반복 순환되기 때문이다.

3. 모든 일은 형식적으로 하면 좋은 결과가 있을 수 없다. 숙제라는 강박관념에 쫓겨서 하게 되면 전혀 효과가 없다. 차라리 하지 않는 것만 못하다. 신문 첫 장부터 넘기면서 관심이 가는 기사에서 차차 평소에 관심이 가지 않았던 기사로 시선을 확장하기 바란다. 하루에 한 시간 넘게 진지하게 투자할 생각을 해야 한다. 모든 일은 어떠한 마음가짐으로 임하느냐에 따라 그 결과와 효과는 크게 달라진다. 한 달만 진지하고 성실하게 신문 읽고 신문일기 쓰기를 수행하면 놀라보게 여러분의 안목과 생각하는 깊이와 폭이 변화할 것이다. 당연히 글쓰기에 자신감도

갖게 될 것이다. 글쓰기는 훈련이다. 습관이다. 자주 쓰면 잘 쓸 수 있다. 신문일기만한 연습은 없다.

3. 좋은 글쓰기의 기본은 '읽기'에 있다

펌프에 마중물도 넣지 않고 펌프질을 해봐야 아무 소용이 없다. 펌프 안에 일단 물을 넣어라. 그리고 열심히 펌프질하라고 말한 이는 송나라 의 명문장가 구양수歐陽脩였다. 펌프 안에 물을 넣으라는 것은 무언가를 열심히 읽어서 머릿속을 채우라는 말이다. 그러나 펌프에 물을 채운다고 해서 지하의 맑고 시원한 물이 저절로 길어 올릴 수 있는 것은 아니다. 맑고 시원한 물을 원한다면 열심히 펌프질해야 한다. 즉 많이 생각하고 많이 써보아야 한다는 말이다. 읽고 생각하고 쓰는 일을 게을리하면서 좋은 문장을 쓰겠다는 생각은 큰 오만이다. 그것은 펌프에 마중물 한 방울 넣지 않고 시원한 물을 얻으려는 것과 같이 어리석은 일이다.

좋은 글쓰기의 기본은 어디까지나 읽기에 있다. <행복에 관한 10가지 철학적 성찰>이란 제목의 책을 읽은 학생이 행복을 주제로 한 글을 쓸 때 다른 사람보다 더욱 풍부한 내용의 글을 쓸 것은 분명하다. 물론 자 신의 체험과 타인에 대한 관찰과 일상에 대한 반성, 종교 활동을 통해 서 얻은 성찰을 독서 경험에 더할 수만 있다면, 즉 풍부한 사유, 다상량 多商量이 더해진다면 더할 나위가 없을 것이다. 옛날 글쓰기 연습 중 가 장 으뜸은 좋은 글이나 좋은 문학작품을 필사해보는 일이었다. 지금도 유효한 방법이라 확신한다. 올바른 문장 쓰기, 적절한 어휘 골라 쓰기,

띄어쓰기와 같은 기술적인 문제는 나중의 일이다. 생각이 먼저지 잔재주가 먼저는 아니다. 어떻게 표현하는가의 문제보다 무엇을 상상하고 어떻게 생각할 것인가가 먼저다. 벽돌이나 콘크리트, 철근 없이 장식재로만 집을 지을 수는 없는 일이다.

정작 선생님은 따로 계신다. 결론부터 말하면 자신이 읽고 있는 책이 글쓰기 선생이다. 논술 교사의 훌륭한 아이템도 결국은 독서의 소산이다. 훌륭한 저작도 결국 경험과 독서의 결과다. 인위적인 지식에 대해서 부정적 입장을 취했던 노자老子는 초나라 사람으로 주나라 수장실의 사관이었다. 그는 직업상 수많은 역사적 문헌을 읽어야만 했다. 책과는 거리가 먼 사람이 아니었다는 이야기다. 절간에 틀어박혀 책만 보는 제자들에게 불호령을 내렸다는 성철스님의 스무 살의 독서 이력서에는 행복론, 순수이성비판, 실천이성비판, 역사철학, 남화경, 소학, 대학, 하이네 시집, 기독교의 신구약성서, 자본론, 유물론이 등장한다. 이를 보면 성철 스님도 지독한 독서광이었던 셈이니, 한 사람의 인물됨도 그의 독서량과 무관하지 않음을 짐작할 수 있는 대목이다. 물론 한 사람의 인격을 그 사람이 읽은 책의 양으로 환원할 수는 없다고 할지라도 '책이 사람을 만든다.' '사람은 그 사람이 읽은 것으로 된다.'는 말은 그냥 생긴 것이 아닐 터, 책이 한 사람의 인격 형성에 미치는 영향만큼은 간과할 수 없을 것 같다.

(20050327. 삼규쌤의 '교단 일기'에서)

05

김현의 〈한국 문학의 위상〉을 읽고 생각하다

불문학을 전공한 교수이면서도 현대한국문학에 깊은 관심과 사랑을 보낸 사람을 들라면 나는 김현을 꼽는 데 주저하지 않는다. 김윤식 교수와 함께 저술한 〈한국문학사〉와 그의 연구 비평서 〈바슐라르 연구〉, 〈문학과 유토피아〉는 문학을 하는 나의 독서 체험 가운데서 잊을 수 없는 불후의 고전(?)으로 남아있다.

김현의 평론집 가운데서도 꽤 알려진 〈한국 문학의 위상〉(문학과 지성사, 1996)은 1970년 후반에 문학지에 연재한 글을 묶어 펴낸 본격 문학평론서인데, 한국문학은 어떻게 읽을 것인가, 한국문학의 인식의 지평을 열어가기 위해 어떤 책을 읽어야 할 것인가 등 문학을 공부하고자 한 나에게 많은 길을 암시해주었다.

'문학은 무엇을 할 수 있는가.'에서 김현이 밝힌 문학의 효용과 목적은 30여 년이 지난 지금까지도 나에게 깊은 메시지를 던져준다. 그가 제기한 문제의식에서 나는 '왜 문학을 하며, 왜 우리는 문학을 읽어야 하는

가.'라는 질문은 '왜 우리는 책을 읽고 글을 쓰는가.' 라는 질문으로 치환할 수 있기 때문이다. 그런데, 김현은 이 질문을 어린 시절 자신의 베갯머리에서 수많은 이야기를 들려주던 어머니에게 듣는다. 어머니의 문제의식은 '일생 내내 나에게 써먹지 못하는 문학은 해서 무엇 하느냐'는 것이었다. 판사나 고급 관리가 되어 세상 권력을 쥐락펴락하는 권좌에 올라 세상을 호령하길 바라셨던 그의 어머니는 책읽기를 좋아했고 문학을 전공한 그에게 늘 아쉬움을 토로했다고 한다.

> "확실히 문학은 이제 권력에의 지름길이 아니며, 그런 의미에서 문학은 써먹는 것이 아니다. 그러나 역설적이게도 문학은 그 써먹지 못한다는 것을 써먹고 있다. 문학을 함으로써 우리는 서유럽의 한 위대한 지성이 탄식했듯 배고픈 사람 하나 구하지 못하며, 물론 출세하지도, 큰돈을 벌지도 못한다. 그러나 그것은 바로 그러한 점 때문에 인간을 억압하지 않는다." 김현 <한국 문학의 위상>

문학은 유용한 것이 아니기 때문에 인간을 억압하지 않는다. 억압하지 않는 문학은 억압하는 모든 것이 인간에게 부정적으로 작용한다는 것을 우회적으로 드러내준다. 그리하여, 인간은 문학을 통하여 억압하는 것과 억압당하는 것의 정체를 파악하며 그 부정적 힘의 영향을 간파할 수 있다. 그 이후 무엇이 남는가. 부정을 긍정으로 바꿔야 할 필요성, 즉 세상을 바꿔야 한다는 당위를 사람들에게 가르치는 것이다, 라고 김현은 강하게 덧붙인다.

이 말뜻을 우리 삶에 연결해 보자. 경제활동을 비롯한 모든 탐욕은 쓸모 있음을 전제로 그 생명력을 이어간다. 돈을 벌기 위해 시간과 건강을 대가로 지불한다. 유용성이란 당근은 억압이라는 채찍을 동반한다는 것이다. 반면, 문학은 당장 돈이 되거나 눈앞의 이득은 없지만 사람에게 진정한 휴식을 제공하며 삶의 여유와 영혼의 풍요를 제공하는 수단이다. 그것은 사람을 억압하지 않고 영혼에게 숨 쉴 자유와 시간을 준다.

김현이 '문학은 무엇을 할 수 있는가.'라는 장에서 다룬 문학의 효용에 대한 견해는 상당한 정치성을 함축하고 있다. 쓸모없는 문학이, 권력이 되지 못하는 문학이, 돈과 밥이 되지 못하는 문학이, 세계를 바꿀 수 있다는 거대한 반전으로 그의 논리에서 역전되기 때문이다. 이것은 두 가지로 해석할 수 있다. 첫째 단순히 문학이 팍팍한 일상에 여유를 주고 삶의 무미건조함을 이겨내는 수단으로써 갖는 역할이다. 이때 문학은 누군가의 삶의 질을 잠시나마 끌어 올려줄 것이며 인생의 의미를 성찰하게 한다. 둘째 문학을 통해 사람들이 세상을 '읽는 힘'을 기르는 것이다. 문학을 자주 접하는 이들은 한 권의 책에 대한 독해력을 제고提高하는 일에 적용한다. 문학은 삶과 세계를 다루는 것이다. 결국 문학을 많은 사람이 접할수록 세상의 흐름을 분석할 줄 아는 교양인이 늘어난다고 우리를 설득한다.

15세에 학교를 중퇴하고 아일랜드 국립박물관과 런던 대영박물관에서 독학하며 20세기 최고의 영국 극작가로 성장한 버나드 쇼는 이런 말을 했다. "지성을 계발하고, 미적 취향을 즐기며, 시와 음악과 그림과 책을 감상하며 건강한 문화적 삶을 소비할 줄 아는 시민을 양산해 내야 인류에게 미래가 있다." 한 나라의 정치가 후진적이고 한 나라의 지도자가 함량 미달인 것은 누구 탓인가. 자못 숙연해지는 말이 아닐 수 없다. 대의 민주주의 제도를 가진 나라에서 대표는 투표에 의해 결정되는 것이고, 유권자는 기권하거나 자질이 부족한 인물에게 투표함으로써, 그 사회를 후진적이고 함량 미달인 정체 상태로 내모는 것이다. 김현은 1970년대 그 엄혹한 독재 시절에, 거리의 투사로서가 아닌 글 쓰는 평론가로서 독재 체제의 후진성을 비판하고 사회 개조의 필요성을 역설한 셈이다.

결국 김현의 주장에 따르면 쓸모없는 문학, 즉 책 읽기에 결코 우리는 소홀히 해서는 안 된다는 것이다. 쓸모 있는 일만 하는 사람들은 돈의 노예가 되는 삶에 익숙해지는 것이기 때문이다. 인생에서 경제적 유용성은 무시할 수 없다. 하지만, 그것만이 전부라면 삶은 절름발이, 영혼이 없는 짐승이 되고 말 것이다. 문학은 무엇을 할 수 있는가, 라는 김현의 질문에 대한 가장 분명한 답이 여기에 있다. 세상의 진실과 실제를 스스로의 힘으로 읽어내는 힘이 독해력이다. 바로 이 '읽는 힘'을 기르기 위해, 좀 더 나은 '유토피아'를 갈망하기 위해 우리는 '문학'을 해야 한다.

(20020917. 삼규쌤의 '교단 일기'에서)

06

트리나 포올러스의 〈꽃들에게 희망을
HOPE FOR THE FLOWERS〉 읽고 생각하다

트리나 포올러스의 <꽃들에게 희망을 HOPE FOR THE FLOWERS>은 보다 충만한 삶과 진정한 혁명에 관한, 그리고 무엇보다 희망과 사랑에 관한 이야기이다. 이 우화는 자신의 참모습을 찾기 위해 많은 어려움과 자기부정의 과정을 겪어온 두 마리 애벌레를 통해 '희망의 원리'와 진정한 사랑과 '공존의 원리'를 천천히 그리고 깊이 있게 들려주는 묵시록黙示錄이다. 따라서 이 우화의 애벌레는 나 자신과 우리 모두를 닮았다고 말할 수 있다. 우리는 다름 아닌 한 마리 '애벌레'인 것이다.

더 나은 삶을 꿈꾸는 검은 줄무늬 애벌레는 "삶에는 그냥 먹고 자라나는 것 이상의 무엇인가가 있지 않겠는가." 독백하며, 하루는 다른 애벌레들을 밟고 올라가야 하는 '애벌레 기둥'을 발견한다. 꼭대기는 너무 높아서 보이지 않고, 왜 위로 올라가는지조차 모르면서 모두 기를 쓰고 올라가는 애벌레 기둥이다. 줄무늬 애벌레도 자기가 찾고 있는 더 나은 삶이 그 위에 있을 것이라는 막연한 생각으로 이 대열에 끼어든다. 그런데 애벌레 기둥을 오르려면 다른 애벌레들을 밟고 올라가야만 한다. 무엇을 위해, 어디로 가고 있는지도 모른 채 애벌레들의 행렬은 계속된다. 그렇지 않으면 다른 애벌레들에게 짓밟히고 말 뿐이다. 서로 먼저 올라가려고 경쟁하기 때문이다.

마치 '애벌레 기둥'은 경쟁을 사회발전과 자기 쇄신의 원리로 몰아가는 현대 사회구조와 현대인의 끝없는 욕망의 양태를 그대로 닮았다. 애벌레 기둥의 꼭대기에는 사실 아무것도 없기 때문에 온갖 고난을 무릅쓰고 마침내 정상에 오른 애벌레들은 절망과 분노와 허무만을 확인한 채 올라가자마자 차례대로 추락하고 만다. 그리고 여전히 꼭대기에 올라서려고 애쓰는 맹목盲目의 다른 애벌레들에게 "나중에 알게 되겠지만 꼭대기에는 아무것도 없다."는 말을 남기고 죽는다. 올라 보지 않고서는 알 수 없는 애벌레들의 비극적 상황과 이야기는 무한 경쟁체제에 휩쓸려 뚜렷한 방향성 없이 오직 탐욕의 바벨탑을 쌓아 올리려는 오늘날 현대인의 이기적인 삶과 탐욕, 물질지향의 삶이 가져오는 허망한 모습과 똑 닮았다.

어느 날, 이런 맹목적인 애벌레 기둥을 이루어가는 일에 회의를 품은 노랑 애벌레는 "내가 정말로 원하고 있는 것이 도대체 무엇인가?" 한숨지으며 기둥에서 내려와 우여곡절 끝에 늙은 애벌레를 만나 소중한 조언을 듣게 된다. "그것(나비)은 네가 되어야 할 바로 그것이야. 그것은 아름다운 두 날개로 날아다니며 하늘과 땅을 연결해 주지. 그것은 꽃에 있는 달콤한 이슬만을 마시며 이 꽃에서 저 꽃으로 사랑의 씨앗을 운반해 준단다. 나비가 없으면 세상에 곧 꽃이 없어지게 될 거란다"라고 늙은 애벌레는 충고한다. "어떻게 나비가 될 수 있나요?" 하고 노랑 애벌레는 생각에 잠겨 묻는다. 늙은 애벌레는 "한 마리 애벌레의 상태를 기꺼이 포기할 수 있을 만큼 간절히 날기를 원할 때 가능한 일이란다." 또, "너의 겉모습(애벌레)은 죽어 없어질 것이지만 너의 참모습(나비)은 여전히 살아 있을 것이란다. 삶에 변화가 온 것이지. 이것은 목숨을 빼앗긴 것이 아니다. 나비가 되어 보지도 못하고 죽어버린 그 애벌레들과는 전혀 다른 길이란다." 하고 말을 해준다.

기다림과 암담한 고통의 시간을 인내할 용기를 얻은 노랑 애벌레는 희망을 꿈꾸며 고치 속으로 과감하게 들어간다. 사랑과 희망, 그리고 참다운 자아의 발견을 위해서는 자기부정이란 혁명적인 결단과 인내가 필요하다는 말이다. 애벌레는 용기 있는 자기부정의 과정을 통해 새로운 자아에 대한 긍정의 의지를 다짐한 것이다. 그 후 노랑 애벌레는 고치를 만들어 들어가 마침내 자유롭게 하늘을 나는 아름다운 나비가 되어 꽃들에게 희망을 전한다. 그리고 노랑나비는 검은 줄무늬 애벌레를 찾아가 "네가 한 마리의 나비가 되면 너는 참된 사랑을 할 수가 있단다. 새로운 삶을 탄생케 하는 그런 사랑을. 그것은 애벌레들이 할 수 있는 온갖 포옹보다 훌륭한 것이지"라고 말하며 진정한 사랑과 희망의 원리를 전한다. 그 후 노랑나비를 만난 줄무늬 애벌레도 마침내 "모든 것(애벌레의 모든 것)을 포기해야 된다."는 것을 깨닫고 스스로 고치를 만들어 나비가 된다. 나비가 되는 꿈을 이루어낸다.

이 우화를 읽으면 '희망의 원리'가 무엇인가를 깨닫게 될 것이다. '맹목적인 경쟁 위주의 현대 사회구조, 타자를 배척하는 자아 중심주의, 혁명적 자기부정, 용기, 자아 긍정, 사랑, 공존과 조화의 의미, 자아의 참된 본질, 희망' 등과 같은 크고 아름다운 말, 본질적인 의미심장한 큰 플러스(+) 개념을 깊이 생각하게 될 것이다. 그리하여 방향성을 잃은 현대인의 삶의 문제점과 경쟁을 삶의 유일한 원동력으로 미화하는 위험한 사회구조에서 벗어나 우리가 추구해야 할 '희망의 원리'와 '공존의 원리'에 대해 진정으로 깨닫게 될 것이다.

(20091105. 삼규쌤의 '교단 일기'에서)

07

헬레나 노르베리-호지의 〈오래된 미래〉을 읽고 생각하다

<오래된 미래>는 스웨덴의 언어학자 헬레나 노르베리-호지Helena Norberg-Hodge가 1992년에 쓴 'ancient futures : learning from ladakh'의 우리말 번역본이다. 그녀가 16년간에 걸친 현지 체험을 바탕으로 히말라야 고원에 자리 잡은 한 유서 깊은 라다크 마을의 공동체에 대한 생생한 현장 보고와 그곳의 '근대화' 과정에 대한 비판적 분석을 서술하고 있는 책이다. 따라서 이 책은 오늘날 전 세계가 직면한 사회적, 생태적, 환경적 위기의 본질을 명료하게 밝혀 과학 기계문명에 의존하여 인간 중심의 '개발'만을 문명사의 진보로 생각하는 현대인들의 신념과 태도에 변화를 촉구하고 있다. 다시 말하면 과학 문명의 힘에 전적으로 의존한 서구적 사고방식의 위험을 알리고, 최첨단으로만 나아가는 과학 문명의 발달이 초래할 전 인류의 비극적 재앙을 경계하는 글이다.

그렇다면 서구의 선진화한 기계문명과 산업문화가 주도하는 현대사회의 성장과 개발은 왜 인류사회에 궁극의 희망이 될 수 없는가? 우리는

이 책을 읽으면서 지금까지 별다른 의문 없이 받아들여 왔던 서구식 산업문명의 기본적 가치들을 뿌리로부터 회의를 품고 물어 볼 수 있게 된다. '라다크로부터 배운다'는 부재가 말해주듯 지난 수 세기 동안 서구 문화가 주도한 일직선적인 진보관과 그에 기초한 과학기술문명의 패권적 지배 아래 진행된 라다크의 '서구화'는 오늘날 전 인류가 직면한 위기 상황의 상징이라 할 수 있다. 따라서 과학기계 문명에 의존한 서구식 진보관을 진리로 받아들인 결과 때문에 닥쳐올 재앙을 예견하는 것은 그다지 어려운 일이 아니다.

이러한 위기를 극복하고 지속 가능한 토대 위에서 인간과 인간, 인간과 자연 사이의 조화로운 관계를 만들어가기 위해서는 올바른 미래를 찾으려는 노력과 현대산업사회의 토대를 비판적으로 검토하는 일은 불가피한 현실이다. 따라서 헬레나 노르베리―호지는 전 인류를 '재앙'에서 구원할 수 있는 '희망'의 대안으로 '오래된 미래'를 제시하고 있다. 한편 왜 인류는 미래의 평등한 희망을 위해 그리고 지속 가능한 삶을 위해 '오래된 미래'여야만 하는가를 라다크의 원시적인 '전통'과 라타크에서 급진적으로 진행된 '변화한 문명'을 통해 설득력 있게 잘 보여주고 있다.

(20080521. 삼규쌤의 '교단 일기'에서)

08

니코스 카잔차키스의 〈그리스인 조르바〉를
다시 읽고 생각하다

5월이면 청년 시절 읽었던 카잔차키스의 <그리스인 조르바>(문학지성사)를 다시 읽는다. 몇 해 전 그의 <영혼의 자서전>(열림출판사)을 통해 잠시 니코스를 다시 만난 적이 있었지만, 자유인 카잔차키스는 여전히 넘기 어려운 인물이다. 아폴론적 삶보다 디오니소스적 긍정의 삶에 도취해 살면서 진정한 '자유'가 무엇인지, 순진무구한 본연의 '나'로 사는 삶이 어떤 것인지를 보여준 니코스 카잔차키스는 훨씬 동양적인 무위 자연의 삶을 추구한 자연의 순수 절정, 장자가 말한 대로 그 어디에도 얽매임 없이 존재의 자유를 누린 사람이었다. 잠시 그에 대한 나의 추억과 그의 잠언을 몇 구절 옮겨 적어볼까 한다.

> "조르바야말로 생동감 넘치는 생의 열정과 길들여지지 않은 위대한 영혼을 가진 사람이다. 이 부지런한 사람이 나에게 가장 단순한 말로, 예술과 아름다움에 대한 사랑, 순수함, 그리고 열정이 무언지 분명하게 알려주었다."

"그게 자유라는 거로군. 나는 생각에 잠겼다. 금은보화를 탐내는 욕
망과 갑자기 그 탐욕을 버리고 자기가 가지고 있던 모든 걸 공중에
뿌려버리는 게 자유로구나."

"나는 행복했고 또 그것을 알고 있었다. 우리는 정작 행복한 순간에
는 그게 행복이라는 것을 잘 느끼지 못한다. 오직 그 행복이 끝나 먼
과거로 흘러간 다음에라야 비로소 갑작스럽게, 그리고 때로는 소스
라치게 놀라면서 순간적으로 우리가 얼마나 행복했던가를 새삼 깨
닫는다."

"수탉이 말이야, 처음에는 수탉처럼 제대로 의젓하게 걸었죠. 하지
만 어느 날 하루, 겉멋이 잔뜩 들어서는 두루미처럼 위풍당당하게
걷겠다고 선언했죠. 그때부터 이 불쌍한 수탉은 자기 고유의 걸음걸
이를 잃고는 균형 감각이 엉망이 되어 깡충깡충 두 발로 뛰게 됐죠."

"나는 조급해졌다. 그래서 몸을 굽혀 고치 속의 나비를 향해 입김을
불어 넣기 시작했다. 초조하게 계속 입김을 불어 나비를 따뜻하게
해주었다. 그러자 기적이 일어났다. 내 눈앞에서 자연이 정한 속도
보다 더 빠른 속도로 나비가 고치를 뚫고 나오기 시작했다. 껍질이
계속 조금씩 열리기 시작하더니 나비가 모습을 드러냈다. 하지만 바
로 그 순간 내가 느꼈던 공포를 절대 잊을 수 없다. 오그라든 나비의
날개가 펴지지 않았다. 나비는 안간힘을 다해 그 작은 몸을 뒤틀고
떨면서 날개를 펴려고 몸부림쳤다. 나도 나비의 온기를 위해 숨을
불어주면서 온갖 노력을 다했다. 하지만 부질없었다. 제대로 성숙하
기 위해서는

시간이 걸리더라도 참을성 있게 햇빛 아래서 날개가 펴지기를 기다려야만 했다. 하지만 이미 늦었다. 내가 불어 넣은 숨이 나비로 하여금 정해진 시간보다 일찍, 쪼그라진 채 미숙아로 고치에서 나오도록 강요한 것에 지나지 않았다. 그 나비는 때가 차기 전에 나와서는 절망적으로 몸부림치다, 그만 내 손 안에서 죽고 말았다." (나비는 스스로 고치를 뚫고 나와야 한다)

"나는 어제 일어난 일은 생각 안 한다. 내일 일어날 일을 자문하지도 않는다. 내게 중요한 것은 오늘, 이 순간에 일어나는 일뿐이다."

"아무것도 바라지 않는다. 아무것도 두려워하지 않는다. 나는 자유다." (니코스 카잔차키스의 묘비명에서)

(20200508. 삼규쌤의 '교단 일기'에서)

09

진정한 유토피아는 있는가,

__이중환의 〈택리지〉를 읽고 생각하다

사방을 둘러보아도 사람이 사는 곳은 빼곡한데 어디 하나 삶의 뿌리를 내리고 살아가기가 쉽지 않은 세상이다. 자고 나면 뛰어오르는 집값, 늘어만 가는 사교육비, 명문대학에 진학하려는 과도한 경쟁심, 숨차게 뛰어도 따라잡을 수 없는 빈부 격차, 부동산에 대한 과도한 집착과 탐욕, 지방과 서울의 심각한 경제 불균형, 강남과 강북으로 나뉘어 비정상적으로 몸집만 커져가는 대한민국의 수도 서울, 모든 수단을 동원하여 '강남'으로 진출하려는 맹목적인 쏠림 현상 등, 가면 갈수록 우리를 찌들게 하는 사회적 악순환 때문에 어느 한 곳에 터를 잡고 살기가 쉽지 않은 세상이다. 살만한 터를 잡았다고 하더라도 과연 그 터가 사람이 살만한 곳인지, 장래 쓸모가 있는 곳인지 판단하는 일도 쉽지 않다.

더욱이 현대인들은, 그들이 추구하는 삶의 가치의 비중이 모두 같지 않기 때문에 <어디서>, <어떻게>, <무엇>을 하며 <누구>와 살아야 할 것인가를 놓고 매일같이, 아니면 평생 고민하면서 살아가고 있는 것이 현실이다. 어디에 터를 잡고 사느냐에 따라, 어디를 일터로 정하였느냐에 따라 사회적 지위와 경제적 수준이 좌우되는 것이 오늘의 실정이다 보니 택리擇里, 즉 살만한 동네(터전)를 선택하는 일이 어렵지 않을 수 없다. 아이들은 어디서 교육해야 할까, 직장은 어디서 다녀야 하며, 노후에는 어디서 어떻게 살아야 할 것인가를 놓고 고민하느라 절로 늙어가고 있는 것이 현대인의 삶이다. 그렇다면 과연 그들은 사는 동안 살만한 터를 찾을 수 있을까?

정말, 우리는 '어디서' 누구와 어떻게 살아야 할 것인가? '어디서' 무엇을 하며 어떻게 살아야 잘 사는 것일까? 현대인의 이러한 작은 고민을 놓고 심심파적破寂으로 <택리지擇里誌>를 읽어보는 여유를 누려보았다. 혹, 조선 후기 실증적 태도를 중시한 실학자인 이중환(李重煥, 1690~1756)의 <택리지擇里誌>를 통해 현대인의 우문愚問에 대한 현답賢答을 얻을 수도 있지 않을까, 작은 기대가 생겼기 때문이다. 지금으로부터 250여 년 전 현철께서 생각하였던 삶의 지혜에서 오늘을 사는 우리가 어떤 가르침을 발견할 수 있지 않을까, 성찰의 시간을 갖고 싶었다.

산업화로 근대화를 추진하기 시작한 이후, 현대인은 물질에 대한 욕망만을 과도하게 키워왔다. 그리하여 모든 가치의 척도를 물질의 양으로 재단하려는 인간의 끝없는 물질에 대한 탐욕은 심각한 도덕적 해이와 정신적 파탄을 초래하기도 하였다. 현대인은 진정한 삶의 의미와 자연의 중요성에 대해서는 눈멀고, 눈앞의 유익만을 추구하는 이해타산적인 속물로 변해가고 있다. 그래서 현대인은 간혹 사회적 존재, 자연적 존재로서의 인간의 가치와 존엄성을 스스로 부인해버린 삶을 살고 있다. 다른 사람과의 관계나 자연환경과의 친화적 분위기 조성에는 등한한 채 오직 자신의 물질적 욕망과 권력을 추구하고 연장하는 일에만 몰두하며 살고 있다. 여기서 우리는 이중환의 <택리지>을 탐독하고 나면, 그가 역설한 바람직한 삶의 요건을 통해 우리의 비뚤어진 오늘의 삶을 성찰하는 계기를 마련할 수 있을 것이다.

이중환의 <택리지>는 풍수지리적인 요소를 강조하면서도 과학적이고 실증적인 방법으로 자연현상과 인간 생활과의 바람직한 관계를 찾으려 한 점에서 우리나라 최초의 인문 지리서로 평가받을 만한 저서다. 실학사상이 확산해가는 조선 후기, 격랑의 세월을 방황하며 살아온 이중환은 유배생활과 그 후의 방랑생활을 통해 전국 각지의 산천과 풍물에 접할 수 있었기에 그의 지리적 안목은 비교적 경험적 체험에서 형성된 것이었다. 이를 바탕 삼아 <택리지>라는 책 제목이 말해주듯이 사대부가 '살 만한 곳'(가거지, 可居地)을 찾아 30년이 넘는 세월을 헤매었다고 한다. 즉, 몰락한 사대부로서 유토피아를 찾고자 하였던 것이다. 여기서 이중환은 대부분 실학자들이 처한 특수한 사회적 상황 때문에 동족촌락의 입지에 관심을 갖게 되었다. 사실상 문전옥답을 소유할 수 없었던 그들은 <택리지>의 본론에 해당한 복거총론에서 상세히 언급하였듯, 사대부들이 자신들의 주거관에 적합한 곳을 찾아 새로운 집을 꾸리는 것이었다. 이 책의 본론 격인 '복거총론卜居總論'에서는, 사람이 무릇 '살만한 곳'(가거지, 可居地)을 고를 때는 지리地理, 생리生利, 인심人心, 산수山水 등 4가지를 고려해야 한다고 역설하였다.

첫째, 지리적 조건을 살펴야 한다. 여기서 지리는 현대적인 지리를 말하는 것이 아니라, 풍수학적인 지리적 조건으로 으뜸은 수구水口, 즉 물이 흘러나오는 곳, 들의 형세, 산의 모양, 흙의 빛깔, 물길, 조산조수朝山朝水_앞으로 뻗어드는 높은 산과 흘러드는 물_등의 여섯 가지가 중요하다고 하였다.

둘째, 생리, 즉 그 땅에서 얻을 수 있는 경제적 이익이 있어야 한다. <택리지>를 보면 각 도 각처의 배가 통할 만한 강과 항구를 자세히 기록하였는데 산업과 무역을 통해 경제적 이익을 얻어야 농사에 의존하지 않고서도 살 수 있다는 것이다.

셋째, 그 고장의 인심이 넉넉하고 훈훈해야 자손에게도 해가 미치지 않고 풍속이 번창한다고 보았다.

마지막으로는 사는 집 주변에는 아름다운 산과 물이 있어서 마음을 유유자적하게 쉴 수 있어야 정신이 청정해진다고 믿었다.

이 네 가지 조건을 하나라도 충족시키지 못하면 결코 살기 좋은 땅이 될 수 없다고 이중환은 역설한다. 비록 지리적인 조건이 좋더라도 그곳에서 생산되는 이익이 모자라면 오래 살 곳이 못 되고, 이익이 있어도 지리적 조건이 좋지 않으면 또한 살기 좋은 곳이 아니라는 것이다. 마찬가지로 지리도 좋고 거기서 나는 이익까지 풍부하더라도 그곳 인심이 후하지 않으면 반드시 후회할 일이 있게 되고, 가까운 곳에 소풍할 만한 신친이 없으면 정신을 맑게 할 수 없다고 강조하여 이 4가지 조건은 어느 것 한 가지도 소홀히 할 수 없다는 점을 덧붙이고 있다. 이러한 그의 주장은 관념적 추측에 따른 것도 아니며 서양의 지리서를 참조한 내용도 아니다. 현지를 일일이 답사하여 사람이 살기 좋은 땅을 살피고, 그 체험을 바탕으로 사람이 '살 만한 터'(가거지)를 고르는 조건으로 이 4가지를 제시하였다.

한마디로, <택리지>는 인간과 자연환경과의 연관성을 어떻게 연결하고 있는지를 파악할 수 있는 인문 지리 총서라고 해도 손색이 없는 저작이다. 그 당시 사람들은 자연환경을 어떻게 인식하고 있었으며 인간의 삶 속에서 자연현상의 특성을 어떻게 활용하였는가를 보여주고 있기 때문이다. 또 이 책은 당시 조선 땅에서 전개되는 백성들의 생활 모습을 지리적 관점에서 거시적으로 기술하였으며, 지역의 역사와 지리적 특성, 토지이용, 인간과 자연환경과의 상호작용 등 여러 가지 지리적 현상 등을 종합적으로 정리, 설명하였다. 따라서 <택리지>의 의의는 한두 가지가 아니지만, 18세기 조선의 지리적 현상을 매우 체계적으로 기술한 학술서로 우리 국토와 생활문화, 자연환경과의 유기적 상관성을 가장 잘 파악하였다고 할 수 있다.

이중환의 저술이 오래전에 이루어졌지만, 현재를 사는 우리에게 시의

時宜 적절하게 와 닿는 이유는 인간의 삶을 자연의 본래 조건과 잘 조화시켰다는 점이다. 그의 논리는 눈앞의 이익과 인간 중심적인 생각을 위해 자연을 함부로 이용하거나 자연의 존재성을 무시하는 현대인의 태도와 전혀 다른 세계관을 견지하고 있었다는 사실이다. 그리고, 전통적인 풍습과 자연스럽게 형성된 생활관습을 삶의 중요한 조건으로 간주하였다는 점이다. 문화와 자연과 인간의 유기적 상관성을 파악하여 삶의 터를 정하는 중요한 기준으로 삼았다는 점은 현대인에게 놀랍고 부끄러운 사실이 아닐 수 없다. 오늘날 환경론자들이 만들어낸 생태학적 삶, 혹은 문화 생태학적 사고를 지금으로부터 300여 년 우리 조상들은 벌써 하고 있었다는 점이 결코 우연이라고 할 수 없을 것이다. 그런 점에서 그가 추구하였던 유토피아는 현실도피의 수단이 아니라, 보다 적극적인 현실의 개혁이며, 진정으로 아름다운 삶은 자연과 조화롭게 호흡할 때 실현될 수 있다는 가르침이었다. 이중환은 봉건적 권위와 성리학적 관념에 젖은 조선사회의 모순을 극복하고 진정한 삶의 윤리를 모색하는 고뇌와 미래에 대한 명철한 선택을 <택리지>를 통해 보여준 셈이다.

이중환의 <택리지>의 전반적인 내용은 역시 풍수적 사고에서 자유로운 것은 아니었으나, 여기서 한 걸음 더 나아가 인위적인 자연개조와 환경 파괴, 이로 인한 지형 변화 과정에 대한 관찰을 통하여 자연재해의 원인을 분석, 파악하였다는 것은 놀라운 발견이라고 할 수 있다. 특히, 그는 인구의 전국적인 증가에 따른 경지 확장과 이로 인한 산지의 황폐화를 주목하여, 숲의 파괴로 인하여 발생하는 토양의 침식이 하천에 미치는 영향을 관찰하였다. 황폐화한 임야에서는 토양침식이 왕성하게 일어나고, 이 토양은 강을 타고 하류로 운반되어 강물 위로 퇴적되기 때문에 강의 수심이 얕아지게 된다고 추론하였다. 이로 인하여 한강 하구로부터 마포, 용산에 이르는 수로가 토사로 매몰되어 수심이 얕아지고 결국은 조수가 미치지 못하므로 선박의 통행에 지장을 초래하고 있음을 지적하였다. 다시 말하면 인간 중심적인 개발의 위험을 벌써 걱정하고 있었던 것이다.

국토와 자연에 대한 이러한 인식을 바탕으로, 그는 사대부가 진정한 삶을 구가할 수 있는 '살만한 터'(가거지)를 찾아 나섰지만, 전국 어디를 돌아보아도 찾을 수 없었다. 이렇듯 계속되는 유랑 속에서 그는 양반 사대부들의 삶이 아닌 살아 꿈틀거리는 장터나 포구의 서민들과 하층민들의 건강한 삶을 발견하였다. 사대부들의 눈을 피해 자신의 손발과 피땀으로 살아가는 착한 농부들과 인심이 후하고 착한 장사꾼이나 장인들의 삶을 찾아내기도 하였다. 다시 말하면, 대부분의 실학자들이 기존의 조선사회 체제에 저항하였듯이, 이중환도 사농공상의 신분 체제에 반기를 들고 사민土民 평등의 사상을 제시하였는데, 이 신분 차이는 다만 하는 일의 차이일 뿐, 다른 어떤 기준으로도 차별을 해서는 안 된다고 이중환은 강조하고 있다. 즉, 자신이 속한 양반 사대부들의 삶과 자신의 삶에 대한 환멸로부터 시작된 방랑을 통해 타인의 삶과 세계에 대한 이해와 관심을 갖게 된 것이다.

그런데 오늘날 현대인들은 자신이 추구하는 가치의 선과 그 절대성을 믿고 있으며, 그것을 위해서는 다른 무엇이라도 다 포기할 수 있고, 산수山水나 인심人心 같은 것은 별로 소중한 것이 될 수 없다는 생각이다. 무조건 자연을 자기들 논리로 개조하려 하고, 자연의 자연적 속성을 파괴하는 일에 앞장서고 있다. 그렇게 하여 높고 넓은 고대광실만 소유하면 유토피아는 손안에 있다고 생각하려는 경향이 있다. 이러한 사람들은 자연이나 다른 사람들과의 친화적 관계도 외면한 채 밖의 세계와 단절된 '나'만의 타워펠리스를 구축하고 있으며, 또 꿈꾸고 있는 것이 오늘의 실상이다.

결론적으로, 이중환은 사람이 살만한 가장 좋은 터만을 좇기보다는 자연의 조건과 어울려 조화롭게 살아가는 지혜에 눈뜰 것을 은근히 촉구한다. 인간 중심적 논리와 욕망의 관점에서 보면 그 어디에서도 삶의 유토피아는 찾을 수 없다는 것을 이중환은 역설하고 있다. 그리고 '복거총론'에서 말하고 있듯이 사람이 살아가는 데 있어 바탕이 되는 조건들은 어느 한 가지만으로 이루어지는 것이 아니며, 지리地理와 생리生利, 그리고 산수山水와 인심人心이 조화를 이루었을 때 살만한 터가 될 수 있다고 말하고 있다.

현대인이 밤낮으로 정신없이 찾고 있는 살만한 땅, '가거지可居地'는 과연 있는가? 우리의 '가거지'는 어디서, 어떻게 살아야 이루어지는가? 인심人心도 잃고, 산수山水도 거의 다 사라져 가는 황막한 세상에서 진정한 유토피아는 만날 수 있을 것인가? 오직 눈에 보이는 물질적 가치만을 이야기하는 현대인들. 자연 _물, 흙과 산과 바위_을 생명이 있는 소중한 존재로 보지 못하는 그들에게 서울 강남의 타워펠리스는 과연 삶의 뿌리를 내릴만한 '좋은 터', '가거지可居地'가 될 수 있을까? 우리 함께 이중환의 <택리지>를 탐독하면서 곰곰이 깊은 생각에 젖어보는 침잠의 시간을 누려보면 어떨까.

(20091113. 삼규쌤의 '교단 일기'에서)

10

폴 데이비스의 〈침묵하는 우주〉를 읽고 생각하다

폴 데이비스는 미국 애리조나 주립 대학교의 이론 물리학자이다. 그를 가리켜 "동시대의 가장 위험한 이론 물리학자"라고 말한다. 왜냐하면, 그는 낯선 질문을 던지고 누구도 원하지 않을 대답을 두려움 없이 내놓기 때문이란다. 그의 질문과 답은 이론 물리학에 국한되지 않고, 생물학, 철학, 종교, 인류의 정신문명 전반에 걸쳐 종횡무진이다.

폴 데이비스는 최근 <침묵하는 우주>(사이언스북스)을 출간했다. 1960년대부터 시작된 세티 프로젝트가 60년 가까이 진행해 온 외계의 생명체의 존재유무에 대해 끊임없이 받아왔던 질문에 대답하는 저작이다. 그의 <침묵하는 우주 The Eerie Silence>에 대해 여기저기서 다양한 소개의 글을 게재하고 있는데, 나도 우리 아이들에게 침묵하는 영원한 우주에 대한 무한한 상상과 질문할 기회를 제공하기 위하여 이 책에 관한 다양한 소개를 할까 한다. 부디 이 짧은 소개의 글이 우리 아이들을 '침묵하는 우주'를 꿈꾸는 시간 속으로 안내할 수 있기를 소망한다.

1. 화성에 생명체가 있을까?

상당수 과학자는 화성에서 조만간 생명체가 발견될 가능성에 기대를 걸고 있다. 특히 화성 지하에 있는 대수층은 유력한 후보지다. 예를 들어, 2018년 7월에 화성 남극 고원 지하 1.6킬로미터에서 발견된 지름 19.2킬로미터의 지하 호수 같은 곳. 데이비스도 화성의 극한 환경에서 생존하는 미생물 등이 있을 수도 있다고 고개를 끄덕였다. "화성에서 생명체를 발견한다면, 중요한 의미가 있다. 태양계에서 지구와 화성 두 곳에서 동시에 생명체가 탄생해서 진화했다는 것이니까. 한 번이 아니라 두 번이 중요하다. 우주의 극히 일부분에 불과한 지구와 화성에서 가능했다면, 생명 탄생과 진화는 분명히 우주 전역에서 일어날 것이기 때문이다. 물론 또 다른 가능성도 배제할 수 없다. 지구에서 화성으로 혹은 화성에서 지구로 생명체가 확산했을 가능성이다. 오랫동안 혜성이나 소행성은 지구와 화성을 강타했고, 이 충격으로 지구와 화성에서 나온 암석이 서로에게 영향을 미쳤을 수 있다. 그런 암석을 통해서 한 행성에서 다른 행성으로 이미 탄생한 생명체가 옮겨갔을 가능성도 있어요."라고 조심스럽지만 꽤 확신에 찬 어조로 말한다.

2. 지구 같은 행성에 외계 생명체가 있을까?

2009년 발사된 케플러 우주 망원경은 지난 10년 동안 외계 행성을 2600개 이상 발견했다. 그 가운데 지구와 닮은 행성은 5개 정도다. 당장 흥미로운 질문이 꼬리를 문다. 그 행성에서도 지구에서 그랬듯이 생명의 향연이 펼쳐지고 있을까? 다양한 생명체, 더 나아가 인류와 같은 지적 생명체가 존재할까?

> "글쎄요. 외계 행성이 지구와 비슷하다고 해서 그 행성에 생명이 존재하는 것은 아니다. 왜냐하면, 우리는 아직 무생물이 생물로 어떻게 변하는지 모르기 때문. 그 과정이 엄청나게 가능성이 낮은 과정이라면, 은하에 지구 비슷한 행성이 수십억 개가 있더라도 생명이 존재하는 행성은 단 하나도 없을 수도 있다. 무생물에서 생물로의 전환이 우주에서 단 한 번만 일어난 놀라운 사건이었다면, 인간은 우주와 어떤 연관도 가지지 않는 존재일 것이다. 그렇다면, 인간은 우주 한구석에 웅크리고 있는 괴물일 뿐이다. 그래서 앞에서 언급했던 화성의 생명체가 중요하다. 태양계에서 두 번이라면 분명히 다른 행성에서도 생명이 탄생하고 진화했을 가능성이 커지니까."

3. 외계 생명체는 얼마나 다를까?

그동안 많은 SF 작가는 다양한 형태의 외계 생명체를 상상해 왔다. 이런 상상의 의미는 절대 가볍지 않다. 예를 들어, 외계 생명체도 지구 생명체와 똑같은 생화학 대사를 할까? 사실 이런 질문은 지구 생명체를 놓고도 똑같이 던져 볼 수 있다. 시계를 거꾸로 돌린 다음에 다시 한번 지구에서 생명 탄생과 진화가 진행된다고 해보자. 그때도 지구에는 지금과 같은 생명체가 존재할까? 생화학 대사가 전혀 다른 생명체가 탄생할 가능성은 있을까? 혹시 인간이 아닌 다른 종이 지적 생명체로 진화할 가능성은 어떨까? 폴 데이비스 역시 이런 질문에 관심을 가지고 탐구해 왔다.

"생명체의 생화학과 외부 형태를 구분해야 한다. 만약 어딘가에서 생명이 탄생해서 진화한다면 그것의 생화학이 지구 생명체와 같은 가능성은 거의 없다고 본다. 다만 외부 형태 즉 해부학적 특성은 비슷한 패턴이 나타날 가능성도 있다. 뜻밖에 외계 생명체 가운데도 눈이나 날개 같은 기관을 가지고 있을 가능성은 있다. 왜냐하면, 지구의 진화 역사를 살펴보면, 눈이나 날개 같은 기관은 독립적으로 여러 차례 나타났다. 눈이나 날개 같은 기관의 이점이 있었을 것이다."

그렇다면, 우리의 중요한 관심사인 지성은 어떨까? 지구 생명의 역사에서 진정한 고등 지성은 단 한 번 진화했을 뿐이다. 지성은 정말로 희귀한 현상이다. 외계의 생명체도 마찬가지일 것이다. 다시 말하면, 여러 SF 작가가 묘사했듯이 설사 외계 지적 생명체가 있더라도 그 모습은 인간과는 상당히 다르리라 생각한다. 어쩌면 우리가 가장 먼저 마주하는 외계 지적 존재는 인공지능과 로봇일 가능성이 있다. 지구처럼 외계 지적 생명체도 분명히 인공지능과 인공물을 만들 테니까."

4. 외계 생명체는 위험할까?

폴 데이비스를 비롯한 과학자는 세티 프로젝트에 이어서 메티 METI, Messaging Extra-Terrestrial Intelligence 프로젝트를 추진 중이다. 세티 프로젝트가 외계 지적 생명체의 흔적을 찾는다면, 메티 프로젝트는 인류의 존재를 알리는 전파를 우주를 향해서 송신한다. 이런 메티 프로젝트를 놓고서는 과학자 공동체 안에서도 이견이 존재한다. 가장 대표적인 반대자가 1년 전(2018년 3월 14일) 세상을 뜬 스티븐 호킹이다. 호킹은 "외계인이 지구를 방문한다면 콜럼버스가 아메리카 대륙에 도착했을 때와 같은 결과를 낳을 수 있다."며 "콜럼버스의 아메리카 대륙 발견은 원주민 인디언에게 최악의 결과였다."고 경고했었다. 폴 데이비스는 이런 걱정을 일축한다.

우선, 그는 "지구와 인류의 존재는 이미 전 우주에 알려져 있어요. 20세기 들어 우주를 향해서 수많은 전파 신호가 이미 방출되었어요. 그것은 되돌릴 수 없다. 만약 우주에 (호킹이 걱정할 정도의) 선진 외계 문명이 있다면, 전파 신호를 감지하기 전부터 지구에 지적 생명체가 존재한다는 것을 알고 있었을 것이다. 예를 들어, 일천 광년 떨어진 문명이 있다고 하자. 그들이 정말 좋은 도구를 가졌다면, 지구에 지성체가 있음을 감지할 수 있어요. 왜냐하면, 1000년 전에도 인류는 농사를 지어서 지구 표면을 인공적으로 바꿀 수 있었어요. 중국의 만리장성이나 이집트의 피라미드 같은 것도 감지할 수 있었을 거예요. 그런 선진 외계 문명에는 메티 자체가 필요가 없어요."라고 말한다.

둘째, 도대체 그들이 지구에 왜 오고 싶어 하겠어요.
"지구는 45억 년 동안 이곳에 있었다. 그들은 언제든지 와서 지구를 점령할 수 있었어요. 만약 지구가 그들에게 꼭 필요한 서식지고, 그들이 일천 광년 거리의 우주 공간을 여행할 능력을 가졌다면 말이다. 그런데 그러지 않았다. 다만 메티 프로젝트를 조심스러워하는 이들의 견해에도 경청할 만한 대목이 있다. 만약 우리가 우주로 적극적으로 메시지를 보낸다면, 그것이 전달될 확률이 아주 낮다고 하더라도, 지구인 전체와 상의할 의무가 있다고 생각한다. 나를 비롯한 소수의 과학자가 인류를 대표해 우주로 보낼 메시지를 결정하는 일은 오만이다. 또 가상의 외계인에게 보낼 우리의 메시지를 정하는 일은 대중으로 하여금 과학에 관심을 갖도록 하는 아주 좋은 방법이다. 나도 두세 번 메시지 발신 과정에 참여했는데, 특히 젊은 세대에게 굉장히 인기가 있었다. 나는 메티가 과학 교육의 일부라고 생각하고, 전혀 위험하지 않다고 생각한다."

5. 우리는 왜 외계 생명체를 탐색해야 할까?

1960년대부터 시작된 세티 프로젝트가 60년 가까이 진행해 오면서 끊임없이 받았던 질문이다. 세티 프로젝트의 주창자 가운데 하나였던 프랭크 드레이크는 이 질문에 "세티는 사실 우리 자신을 찾는 일이다"라고 답했다. 폴 데이비스도 똑같은 질문에 드레이크의 답변을 상기시켰다.

"드레이크의 답변에 공감합니다. 생명이 탄생하는 심오한 원리가 자연에 있다면 또 여기에 지성이 더해지는 일이 지구뿐만 아니라 우주 곳곳에서 펼쳐지고 있다고 생각해 보세요. 그렇다면, 우리라는 존재는 이 거대한 사건과 연결이 된다. 나에게는 이것이야말로 일종의 종교적 감정과 가장 가까운 것이다. 더 나아가서 세티 프로젝트는 '인간이란 무엇인가?' 같은 우리의 존재 자체를 성찰하도록 돕는다. 예를 들어, 다음 주라도 갑자기 우주에 인간만 있는 게 아니라는 증거를 얻게 된다면, 그것이 인류에게 미치는 충격은 얼마나 클까? 내가 '우주에는 우리만 있을까'와 같은 질문을 평생 탐구해 온 이유도 바로 이 때문이다."

우주cosmos, 우주의 침묵은 언제까지일까. 폴 데이비스의 <침묵하는 우주 The Eerie Silence>는 바로 이 질문, 과연 '우주에는 우리만 살고 있을까'에 대답할 기회를 어떻게 확장해갈 수 있을까를 탐구한 놀라운 역작이다.

(20190524. 삼규쌤의 '교단 일기'에서)

11

단테의 〈신곡〉을 읽고 생각하다

단테의 '신곡'은 사자, 표범, 늑대에 관한 이야기다. 이 세 마리 짐승은 13,4세기 중세 봉건사회의 부패한 인간 군상을 상징하는데, 폭력과 정욕과 탐욕으로 타락해가는 인간의 어두운 세계를 풍자하는 이미지다. 단테(1265~1321, 이탈리아)의 '신곡'은 문학사에서 중세 유럽 문학의 최고 걸작으로 '근대'의 신기원을 이룬 르네상스의 꽃으로 평가한다.

신곡의 구성은 지옥, 연옥, 천국, 세 편으로 되었는데, 원죄의 덫에서 자유롭지 못한 인간이 빠져들기 쉬운 세 가지, 폭력과 정욕과 탐욕의 폐해를 알리고 이를 경계해야 하는 까닭을 문학적으로 성찰한 불멸의 고전이다.

주인공 단테는 어느 날 신의 안내로 지옥을 여행하면서 실제 현실에서 살았던 역사적 인물들 다수를 만난다. 현생의 인생을 사는 동안 이 세 야수(사자, 표범, 늑대. 폭력과 정욕과 탐욕)의 유혹에 사로잡혀 인생을 탕진한 인간들이 지옥에서 겪고 있는 처절한 고통의 장면을 목격한 것이다. 특히, 이들 중에는 어두운 중세 사회에서 부와 돈과 명예를 과시하였던 성직자와 귀족들이 많았다. 고상하게 신성한 척하며 세상 사람들과 동떨어진 삶을 살았던 위선적 율법주의자들이 모두 지옥에서 절규와 신음하고 있는 어두운 지옥의 세계를 상세히 묘사한다.

단테가 지옥을 생생하게 묘사한 이유는 자신의 죄로 인해 지옥 가는 것을 두려워했던 당시 부유한 귀족들과 성직자들을 경책하고 고발하기 위함이었다. 천국의 기쁨보다는 지옥의 형벌이 무서웠던 귀족과 성직자들. 그들은 돈으로 면죄부를 살 수 있다는 것을 알고 자신의 죄를 면제 받기 위해 교황 니콜라우스3세로부터 서둘러 면죄부를 산다. 교황은 면죄부를 팔아 재물을 축적하고 부패한 부의 권력을 사들인다. 그로인해 날로 교회의 신성은 바닥에 추락하고 성직자들과 귀족은 교회를 부정하고 세속화의 길로 질주하였다. 힘없는 서민은 죄를 짓지 않고도 죄인으로 살아야 했고, 귀족과 성직자는 죄인이면서도 선인 행세하며 살았던 정치권력과 종교 권력의 불의가 만연한 중세 사회였다. 타락과 죄악의 정점으로 치닫는 중세 사회를 단테는 읽었던 것이다. 이런 신정의 부조리와 교황의 탐욕을 고발 풍자한 작품이 바로 신곡이다.

'신곡'은 혁명이었다. '신곡'을 통해 중세 사회는 언어 혁명이(귀족들 중심의 라틴어에서 서민 대중들 중심의 일상 생활어인 피렌체어로의 이동)일어났고, 소수의 성직자와 귀족의 위상이 흔들려 사라지기 시작하였고, 귀족 중심의 소수에게 집중된 정치권력이 다수의 대중에게 분산되었으며, 신정 일치에서 신정이 분리되어 시민 다수의 뜻이 신의 뜻을 대신하기 시작하는 등, 정치권력의 중심과 종교적, 사회적 질서와 가치의 무게 중심이 대대적으로 이동하였다. 태생의 근원이나 혈통, 소유한 부와 권력에 의해 노빌레(nobile, 귀족)가 결정되는 게 아니라, 개인의 고귀한 가치와 인품이 노빌레를 결정하였고, 개인의 출신 신분이나 부모가 소유 광활한 영지의 규모에 따라 한 사람의 가치나 등급이 정해지는 게 아니라, 한 개인 능력과 열정과 철학이 그 사람의 가치를 결정하는 상상할 수 없는 사회 변혁의 원동력이 단테의 소설 '신곡'으로부터 발홍한 것이다.

단테의 '신곡'을 통해 중세의 타락한 바벨론 성이 무너져 내렸고, 르네상스의 불꽃은 인간 혁명의 함성이 되어 유럽 전역으로 퍼져 역사의 신기원을 이루어낸 것이다. 우리 사회와 개인의 영혼 가운데 터 잡고 있는 우상, 폭력과 정욕과 탐욕! 인간 안에 있는 무서운 사자와 표범과 늑대! 야누스의 두 얼굴, 인간의 얼굴! 사소한 일상이 되어버린 무서운 죄악의 순환과, 무감각한 죄악의 만연, 허물을 벗을 줄 모르고 목숨을 앗아간 고질적 습관! 이 그릇된 신념이 무너져 내리는 혁명, '신곡'의 불길이 오늘, 이 땅에도 타오르기를 소망한다.

(20180314. 삼규쌤의 '교단 일기'에서)

12

쌩 떽쥐뻬리의 〈어린왕자〉 다시 읽고 생각하다

나는 교단에 서자마자 틈만 나면 아이들과 신문읽기와 책 읽기를 하였다. 수많은 책 중에서도 해마다 반드시 읽고 넘어가는 책이 있다. 교정에서 나와 만난 친구들은 나는 잊어도 나와 함께 읽은 책들은 잊을 수 없으리라. <어린 왕자>를 읽을 때면 창가에 봄이 오고 있거나 아니면 가을이 가고 있을 때다.

가을이면 생각나는 향기 그윽한 책들. 나와 함께 읽고 느끼며, 가을 교정의 담장이나 은행나무 숲길을 거닐며 끝없는 대화를 이어갔던 나의 친구들. 그 아이들의 희미한 얼굴과 이름들이 생각난다. 그 얼굴들을 어디서 만나면 알아볼 수 있을까. 우리는 아직도 서로를 부르는 이름으로 살고 있을까. 그 시절 그 친구들이 한없이 고마운 친구들이었다. (함께 책을 읽었으니까. 그 책을 통해 우리는 서로를 읽고 이해하며 감동의 축제를 즐겼으니까.)

그 시절 읽었던 책들의 이름을 다시 한번 불러본다. <오래된 미래>, <당신들의 천국>, <작은 것이 아름답다>, <떡갈나무 바라보기>, <녹색평론>, <간디의 물레>, <무소

유>, 피천득의 <인연>, <역사란 무엇인가>, <처음처럼>, <나락 한 알 속의 우주>, <감옥으로부터의 사색>, <나무야, 나무야>, <월든>, <가난하지만 행복하게>, <침묵의 봄>, <풍요로운 가난>, <희망의 이유>, <조화로운 삶>, <죽음의 수용소에서>, <행복은 자전거를 타고 온다>, <경제성장이 안되면 우리는 풍요롭지 못할 것인가>, <농부 철학자 피에르 라비>, <유배지에서 보낸 편지>, <엔트로피>, <나쁜 사마리아인들>, <코스모스>, <소유냐 존재냐>, <태백산맥>, <아리랑>, <더불어 숲>, <과학의 혁명구조>, <땅의 옹호>만은 해마다 빼놓지 않고 아이들에게 읽기를 권장하여 이 책의 숨결과 함께 뛰며 놀았다. 어디 이뿐이랴만… 선생님의 권유와 설득에 순종하여 어떤 책이든 기꺼이 읽어준 그때, 그 친구들이 지금은 몹시 고맙고 그립기만 하다. 정말 보고 싶다. 어디서든 행복하기를 빌고 빈다.

<어린 왕자 Le Petit Prince>의 작가 쎙 떽쥐뻬리는 조국 프랑스가 2차 대전에서 패하자 미국으로 망명한다. <어린 왕자>는 작가가 미국에 건너가 있던 1943년에 쓰여 그곳에서 먼저 발표한 작품이다. 이 작품은 작가 자신이 헌사에서 밝혔듯이 '레옹 베르뜨'라는 어른에게 바쳐진, 어른을 위한 동화이다. 그래서 사실 이 작품 속에 담긴 깊은 사색의 세계와 행간에 스며있는 의미와 진실은 어린 독자들로서는 이해하기 힘들다고 해도 무리가 아니다.

이 작품이 많은 국어로 옮겨져(80여 개 국어) 수십 년이 지나도록 불후의 명작으로서 많은 사람에게 감명을 주는 것은 '어린 왕자'라는 연약하고 순결한 어린이의 눈을 통하여 우리의 현실과 기성세대의 가치, 그리고

그들의 도덕적, 정신적 타락과 물질지향의 유물론적 태도를 관찰한 대로 담담하게 서술하고 있기 때문이다. 한편 '어린 왕자'는 독자들이 이미 잊고 있거나 사소하게 생각하는 것들의 소중한 가치와 진실들을 하나하나 일깨워주고 있다는 점이다.

속이 보이지 않는 '보아 구렁이'의 그림으로부터 시작하여, 가장 중요한 것은 눈으로는 보이지 않고 마음의 눈으로 보아야 볼 수 있다는 것, 길들인 것에 대해서는 책임을 져야 한다는 것, 진정한 인간의 관계는 사랑(애정, 관심을 갖는 일, 길들이기, 책임지는 일)을 통해서 맺어진다는 것, 우리가 살고 있는 현실은 '사막'처럼 삭막하고 인정이 메말라 가고 있지만, 어딘가 보이지 않는 곳에 '우물'(꿈과 희망, 인간의 사랑과 눈물)이 있어서 현실은 아름답다, 살아볼 가치가 있다는 것이 이 작품 전반에 흐르는 중심 내용이다.

작품 속 '나'가 '어린 왕자'를 만난 것은 죽음의 위협 앞에서였다. 자신의 생존이 나락의 위협으로 내몰리고 있는 사막의 두려움과 공포 속에서 '어린 왕자'를 만난 것이다. 죽음에 대한 공포와 생명의 구원을 꿈꾸는 복잡한 갈등 속에서 '어린 왕자'를 만난 것이다. '어린 왕자'는 물론 환영이고 작가가 만든 허구적 인물이지만, '나'에게는 구원의 샘물이었던 것이다. '어린 왕자'의 환상이 장미꽃이었다면, 쎙 떽쥐뻬리의 그것은 바로 '어린 왕자'였다. 그 환상은 현실의 메마른 사막 속에서 그들을 살아가게 하는 가장 큰 힘이고 위안이었다. '어린 왕자'의 맑은 영혼과 보이지 않는 것을 소중히 여기는 순수하고 정결한 마음이 바로 삭막한 현실에서 목말라 하는 우리 모두에게 우물이 되는 것이다. 온갖 탐욕과 죄악으로 타락한 길을 가는 현대인 모두에게 '어린 왕자'는 영혼 구원의 별이요, '어린 왕자'는 어두운 미명의 혼돈 가운데서 길을 잃고 방황하는 모두에게 나아갈 길의 푯대이다. 한편 '어린 왕자'는 그 길을 비춰주는 등불이다.

'사막'과 '우물'이라는 상징을 보다 쉽게 산문적으로 풀어 말하면 현실과 환상, 현실과 이상(꿈, 희망, 믿음)이라는 의미항이 될 것이다. 그 현실의 상황은 '어린 왕자'가 만난 왕, 허영꾼, 술꾼, 상인을 통해 잘 표현된다. 이들은 자신을 사물화하여 타인과 소통할 길을 스스로 차단하고 고립되어 살아간다. 왕은 권위로써, 허영꾼은 숭배받고 싶은 욕망으로써, 술꾼은 망각에 대한 요구로써, 상인은 부에 대한 갈망으로써 각각 타인과의 관계를 단절한 채 살아간다. 자신들이 추구한 가치의 감옥 안에서 모든 것을 해결할 수 있다고 믿는 그들은 타인과의 관계를 필요로 하지 않는다. '어린 왕자'가 말한 것과 같이 고립된 어리석은 존재가 되어 가고 있다. 지구별에서 만난 이들은 오직 '나'를 숭배하는 오늘날 타락한 현대인의 상징이다. 오직 자아에 도취한 이기적이고 독선적인 사람들이다. 사랑과 눈물을 잃어버린 인간이다. 눈에 보이는 것만을 중시하는 현대사회의 군상들인 것이다.

그러함에도 불구하고 이런 삭막한 사막과 같은 현실에서 사는 이유는 어딘가에 있을 우물 때문이다. "사막이 아름다운 것은 어디엔가 우물이 숨어 있어서 그래." '어린 왕자'는 말했다. 어린 시절의 추억과 어린 시절에 대한 환상이 아름다운 것은 그것이 눈에 보이지 않는, 확인할 수 없는 비밀을 간직하고 있기 때문이라는 것이다. 아름다움에 갈망, 지금보다 더 나은 세계에 대한 동경이 살아가는 힘이라는 것이다.

오늘날 우리의 현실은 고도로 발달한 과학 문명의 영향으로 우주의 신비한 비밀과 환상과 호기심을 하나하나 잃어가고 있다. 보이지 않는 세계에 대한 꿈과 희망을 가지려는 사람들이 점점 줄어들고 있다. 미지의 세계에 대한 상상과 신화적 상상력은 고갈되고 말았다. 돈을 계산하는 데 더 바쁘고, 남보다 더 많은 권력과 물질을 소유하기 위해 치열하게 경쟁만을 일삼고, 현실의 신기루 같은 욕망에 도취 되어 방황하는 현대인들이 늘어만 가고 있다. 내 영혼 안의 '어린 왕자'를 잃어버렸으며, 눈에 보이지 않는 '우물'을 찾으려고도 하지 않는다. 사랑과 눈물, 꿈과 희망을 찾으려는 사람들이 거의 보이지 않는다. 과거의 신비한 신화와 숱한 환상을 망각하고 살아가는 사람들이 태반이어서 현대는 사막처럼 삭막하게 변하고 말았다.

<어린 왕자>가 우리에게 주는 가장 큰 교훈은 '사막'과 '우물'로 표상되어 있다. 우리가 살고 있는 삶과 현실은 '어린 왕자'가 소혹성을 여행하면서 만난 어른들을 통해서 알 수 있듯이 권위와 숫자 계산과 술주정의 반복과 연속이다. 그것은 사막처럼 생명이 존재할 수 없는 메말라가

는 황폐한 곳이 지구별이라는 것이다. 그러나 그 사막이 더욱 귀중한 것은 어딘가에 숨어 있을 '우물'(사랑, 눈물, 순수) 때문이라면서 절망하지 않는다. 따라서 지구별의 위태로운 상황에서 타락의 길로 치닫는 현대인을 구원할 수 있는 것은 오직 우물뿐이다. <어린 왕자>에서 우물의 존재가 더욱 신비로운 이유가 여기에 있다. <어린 왕자>의 표현을 빌리면, "사막이 아름다운 건 어딘가에 우물이 숨어 있기" 때문이다. 그렇다면 우리의 삶에서 우물은 무엇일까? 그것은 자기가 '길들인' 어떤 것이다. 우리가 살면서 길들인 어떤 것은 우리 삶의 우물이 된다. 결국 사랑과 타인에 대한 진정한 이해를 통해 맺어지는 인간의 관계이다. 소혹성에 두고 온 장미꽃이 '어린 왕자'에게 길들어진 우물이 되었듯이 말이다.

그러면 길들인다는 것은 무엇인가? 그것은 관계를 맺는다는 것이다. 자기의 삶과 생존에 아무런 관련도 없던 것을 자기의 삶 속에 끌어들여 자신의 삶의 일부로 만드는 것이 길들이는 것이다. 가령 사랑이라는 것과 비슷한 행위이다. 실상 우리의 삶은 길들인다는 것이나 다름없다. 많은 사람과의 만남, 일과의 만남, 세계와의 만남, 학문과의 만남 등등이 모든 만남은 길들이는 과정을 통해서 이루어지며, 그 과정이 바로 우리의 삶이고 인생이다. 바로 그 눈물이 사랑이고, 사랑이 샘솟는 자리가 길들임의 관계이다. 사랑이란 그 대상을 위해 헌신한다는 것이다. 우리는 우리가 길들인 것만을 이해하듯이 우리가 사랑하는 것만을 진실로 소유할 수 있다. 내가 길들였기 때문에, 그래서 나의 것이기 때문에 그가 세상에 오직 한 사람처럼 느껴진다는 것이다.

남달리 어린 시절에 대하여 아름다운 동화 같은 추억들을 간직한 쎙 떽
쥐뻬리는 이 작품 첫 장에서부터 재미있는 발상법을 시도하고 있다. 그
것은 속이 보이는 보아 구렁이와 속이 보이지 않는 보아 구렁이의 그림
이다. 여섯 살 때, 코끼리를 통째로 삼킨 보아 구렁이의 그림을 그려 놓
고 어른들에게 무섭지 않느냐고 물어보았다. 그러자 어른들은 "모자가
왜 무섭냐."고 되물었다. "어른들은 언제나 설명을 해주어야 한다."고
'나'는 말한다. 오로지 눈에 보이는 것만을 볼 수 있는 어른들의 상상력
의 결핍과 꿈의 상실 등을 '어린 왕자'는 지적하고 있는 것이다. 한편 양
을 그려 달라는 '어린 왕자'의 청에 못 이겨 그림을 그려주나 번번이 퇴
짜를 맞자, '나'는 상자 하나를 아무렇게나 그려주고는 "네가 갖고 싶어
하는 양이 그 안에 있다."고 말해 버린다. 그러나 '어린 왕자'는 놀랍게
도 "내가 갖고 싶었던 건 바로 이거야!" 하며 좋아한다. 나중에 여우가
가르쳐준 비밀도 바로 이것이다. 마음으로 느끼고 마음으로 보는 진실
성을 점차로 상실해 가고 있는 오늘의 어른들, 눈으로 보이는 것만을
소중히 여기는 삭막한 유물론자의 모습을 닮아가고 있는 어른들을 그
는 지적하려 한 것이다.

어른들에게 어린 왕자가 존재했었다는 증거로서 "그가 아름다웠고, 웃
었고, 양을 가지고 싶어 했다."고 말하면 아무도 그 말을 믿으려 들지
않을 거라고 '나'는 말한다. 그러나 그가 떠나온 별이 "소혹성 B612호"
라고 말한다면 어른들은 쉽게 납득할 것이라고 한다. 그건 어른들이 숫
자를 좋아하기 때문이라는 것이다. 어른들에게 새 친구에 관하여 얘기

를 하면 그들은 가장 중요한 것에 대해서는 결코 묻지 않는다. 목소리는 어떠니, 어떤 놀이를 좋아하니, 나비를 수집하니 하는 등의 말은 묻지 않고 "나이는 몇이니? 형제는 몇이니? 몸무게는 얼마니? 그 애 아버지는 돈을 얼마나 버니?"하고 묻는다. 그래야만 어른들은 그 친구를 알게 된다고 믿는다.

만약 어른들에게 "창가에는 제라늄이 있고 지붕 위에는 비둘기가 나는 아름다운 붉은 벽돌집을 보았다,"고 말한다면 어른들은 이 집이 어떻게 생겼는지를 상상하지 못한다. "10만 프랑짜리 집을 보았다,"고 말해야 "얼마나 훌륭하냐,"고 외친다는 것이다. '나'의 말대로 숫자만을 좋아하는 어른들은 오늘날에 와서는 물신숭배와 배금주의에 위험할 정도로 중독되고 말았다. 이 황금만능주의가 만연해 감에 따라 경시되는 것은 바로 인간의 존엄성이 아닐까.

'어린 왕자'의 별에는 세 개의 화산과 한 송이의 장미꽃이 있다. 아름다우나 교만한 꽃이 부려대는 투정 때문에 '어린 왕자'는 쓸쓸하고 불행하게 느껴져 어느 날 자기가 살던 별을 떠나 일곱 개의 다른 별들을 여행하게 된다. 이들 별에서 만난 인간 군상은 타락한 기성세대의 전형을 상징하는 인물 유형이다. 어떤 의미도 찾을 수 없는 헛되고 무의미한 것을 추구하는 병든 현대인의 모습 그대로다.

일곱 번째 별은 바로 우리가 사는 지구였다. '어린 왕자'는 우연히 아름다운 장미가 하나 가득 피어있는 정원을 보게 된다. 그 꽃들은 자기의 별에 두고 온 그 교만스러운 꽃과 아주 닮아 보이는 꽃들이었다. '어린 왕자'는 갑자기 자신이 초라하게 느껴졌다. 자기는 지금까지 단 하나밖에 없는 꽃을 가진 부자라고 생각했었는데 이곳에는 그와 닮은 꽃이 수없이 많이 피어있는 것이 아닌가? 그는 그만 풀밭에 엎드려 울고 만다.

그러나 '어린 왕자'는 지혜로운 한 마리의 여우를 만나게 된다. 너무 쓸쓸한 탓에 친구가 되자고 제의했으나 여우는 길이 들지 않아서 친구가 될 수 없노라고 말한다. "길들인다."는 것이 어떻게 하는 것이냐고 묻자 그것은 "관계를 맺는다."는 뜻이라고 말하며 이렇게 설명해 준다. "넌 아직 나에게는 수많은 꼬마들과 똑같은 꼬마에 불과해. 그리고 나는 네가 필요하지도 않고 너 또한 내가 필요하지 않아. 나는 네게 있어 그 많은 여우들과 똑같은 여우에 지나지 않거든. 그러나 만일 네가 나를 길들인다면 우리는 서로가 필요하게 되는 거야. 나에게는 네가 세상에서 단 하나밖에 없는 사람이 되고, 네게는 내가 세상에서 단 하나밖에 없는 것이 될 거야."

여우는 친구를 파는 상인은 없으니까, 네가 친구를 사귀고 싶다면 자기를 길들이라고 일러준다. 그래서 어린 왕자는 여우를 길들이기 시작한다. 그러나 여우는 말이란 오해의 원천이 되니까 아무 말도 하지 말고 매일같이 자기를 그저 보러 오라고만 주의시킨다. 말이 앞서는 우정보다는 마음과 마음이 가까이 다가오는 우정의 방식을 여우는 택했던 것이다. 길들인 것에 대하여 소중함을 깨달은 어린 왕자는, 정원에 핀 그 수많은 꽃이 자기의 장미와는 조금도 닮지 않았다는 것을 인식한다. 그리고 그 많은 장미는 자기에게는 아무런 가치도 없다는 것을 느낀다.

여우와 작별 인사를 할 때, 여우는 선물로 비밀을 하나 가르쳐준다. "아주 간단한 거야. 잘 보려면 마음으로 보아야 해. 가장 중요한 것은 눈에는 보이지 않거든." 그리고 이런 말도 해준다. "네 장미가 네게 그다지도 소중한 것은 그 장미를 위하여 잃어버린 시간 때문이야." "사람들은 이런 진리를 잊고 있어. 그러나 너는 그것을 잊어서는 안 돼. 언제나 네가 길들인 것에 대해서는 책임을 져야 해. 넌 네 장미에 대해 책임이 있는 거야." 내가 길들였기 때문에, 그래서 나의 것이기 때문에 그가 세상에 오직 한 사람처럼 여겨지는 것이고, 그를 위하여 마음을 쏟는 귀중한 시간 때문에 그가 더없이 소중한 사람으로 생각되고, 그래서 사람들은 그 숱한 사람들 속에서 한 사람을 택하게 되는 것이다.

'어린 왕자'는 갈증에 목말라하는 '나'와 함께 사막에서 우물을 찾으러 나선다. "배고픔도 갈증도 없고, 햇빛만 조금 있으면 되는" '어린 왕자'였지만 "물은 마음에도 좋을 수가 있어서" 우물을 찾는다. "별들이란 보이지 않는 꽃 때문에 아름다운 것"이고, "사막이 아름다운 건 어디엔가 우물이 숨어 있기 때문"이라고 어린 왕자는 말한다. 어린 왕자는 지구에 떨어진 지 꼭 1년이 되는 날, 두고 온 장미를 책임지기 위하여 자기 별로 돌아갈 것을 결심한다. 그와 헤어져야 한다는 것에 더 없이 슬픔을 느끼는 '나'에게 왕자는 이렇게 위로한다.

"아저씨가 밤에 하늘을 바라보면 내가 그 별 중의 하나에서 살고 있고, 내가 그 별 중의 한 별에서 웃고 있으니까 아저씨에게는 모든 별이 다 웃고 있는 것처럼 보일 거야. 아저씨는 웃을 줄 아는 별들을 갖게 될 거야. 그리고 위로를 받으려 할 때는 나를 안 것이 기쁠 거야. 아저씨는 언제까지나 내 친구가 되지. 나하고 웃고 싶어질 거고, 그리고 가끔 그냥 창문을 열겠지." "아저씨, 나도 별을 쳐다볼 테야. 모든 별은 녹슨 도르래가 있는 우물이 되겠지. 그 별들은 내게 마실 물을 퍼 줄 거야. 그건 아주 재미있겠어! 아저씨는 5억 개의 방울을 갖는 거고, 나는 5억 개의 샘물을 갖는 거야." 결국 '어린 왕자'는 나무가 넘어지듯 조용히 쓰러졌다. 모래 때문에 소리조차 나지 않았다. 무겁지도 않은 몸뚱이를 가지고 자기의 별, 소혹성 B612호까지 갈 수 없어서 그는 낡은 껍질 같은 육신을 버린 것이다.

이 작품이 독자의 가슴에 축축하게 새겨진 것은 '어린 왕자'의 죽음으로 끝나는 슬픔의 마지막 종장終章이 있기 때문이다. <어린 왕자>가 깨우쳐 준 값진 진실을 어른으로 하여금 잊지 않도록 하기 위해서 쎙 떽쮜뻬리는 이 아름다운 작품을 비극으로 끝맺고 있다. 실제, 쎙 떽쮜뻬리는 1944년 7월 31일, 마지막 출격을 하러 나갔다가 아깝게도 실종되고 말았다. 어린 왕자와 헤어져 그렇게도 슬퍼하던 지구별의 고독하고 영혼이 맑은 아저씨 쎙 떽쮜뻬리는 지금은 어린 왕자의 별에 함께 있을 것으로 믿고 싶다. 정말 그렇다면 너무나 쓸쓸하여 하루에 마흔세 번씩이나 해 지는 구경을 했다는 '어린 왕자'도 더는 외롭지 않을 것이리라.

<어린 왕자>는 너무나 아름답고 외로운 별 이야기다. '어린 왕자'는 가장 순결한 인간의 이미지다. 별에서 와서 영원한 별로 귀향하는 인간의 길을 '하강'과 '상승'의 문학적 구조를 통해 보여준 아름다운 서사다. 그리고 유물론적 세계관에 중독되어 눈물과 양심이 말라 버린 우리 자신과 눈에 보이는 물질을 우상처럼 섬기는 현대인으로 하여금 자신을 되돌아보게 하는 불후의 명작이다. 타락한 시대의 풍조에 휩쓸려 순수한 자신의 원형을 잃어가는 사람이라면 '어린 왕자를' 읽으며 내 안의 '어린 왕자'를 회복해야 한다.

살아생전의 쎙 떽쥐뻬리가 그러했던 것처럼 밤에 창문을 열고 하늘을 보라. '어린 왕자'의 웃음소리가 방울 소리같이 들려올 것이다. '어린 왕자'는 우리가 반드시 되찾아야 할 우리의 가장 소박한 원형이다. 우리가 잃어버린 자화상이다. 이 본래적인 내 안의 원형을 회복하길 원하는 사람은 가장 순결하고 거룩한 존재라 할 것이다. 그 '어린 왕자'를 아는 사람은 하늘의 별을 쳐다보는 것만으로도 행복할 것이다. 내 안의 '어린 왕자'가 그리우면 별이 내리는 창가에서 <어린 왕자>을 읽자. 나의 '어린 왕자'를 만나자. 법정 스님은 살아생전에 수백 번 <어린 왕자>를 읽었다고 하지 않는가.

(20021005. 삼규쌤의 '교단 일기'에서)

13

주디스 콜의 〈떡갈나무 바라보기〉를 읽고 생각하다

'다른 세계의 진실을 만나려면 잠시 자신의 세계를 잊어야 한다.'

내가 <떡갈나무 바라보기-동물들의 눈으로 본 세상>을 읽고 난 후 깨달은 잠언이다.

흔히 사람들은 세계에 대한 보편적인 지식을 제공하는 것이 과학이라고 믿는다. 자연현상에 대한 면밀한 관찰과 실험을 통해 자료를 수집하고, 이 자료를 포괄할 수 있는 가설을 설정하여 예측과 검증을 거친 다음 객관적 지식으로서의 정당성을 부여하는 과정에서 과학적 진리는 탄생한다고 말할 수 있기 때문이다.

지금까지 과학은 우리의 실제 생활과 밀접한 관련을 맺으면서 놀라운 가치를 창조하였고, 인간의 필요와 욕망을 채워주는 가장 직접적인 수단으로 현대인의 지대한 각광을 받고 있다. '눈에 보이는 것'만을 가치 있게 평가하는 서구 유럽식 사상가가 아닐지라도 과학의 결과인 기계

문명이 제공하는 놀라운 생산력과 편의성 앞에서 무슨 말을 더 할 수 있으랴. 우리가 사는 엄연한 세계인 것을.

특히, 20세기 들어오면서 과학기술의 진보는 과거 상상조차 할 수 없었던 일들을 가능하게 하고 있다. 인류의 삶과 사고의 유형에 혁명적인 변화를 가져왔고, 시간과 공간에 대한 고전적 통념마저 수정하지 않으면 안 되게 되었다. 과거 인간이 지녔던 가치 기준이 달라졌고, 경제와 정치, 사회, 문화, 지식, 정보 등 삶의 총체적 요인들이 전광석화처럼 변화하기 시작하였다. 이렇듯 과학은 인류에게 수많은 순기능을 발휘하고 있지만 한편으로는 정보통신 기술의 혁명적 변화를 이루어내어 사생활 침해와 정보 불평등이라는 새로운 불협화음을 야기하고 있으며, 의료기술은 보건의료 시혜의 불평등을 조장하고 있고, 생명공학은 생명윤리의 문제를 불러일으키고 있기도 하다. 게다가 과학기술에 절대적으로 의존하려는 인간 중심적인 이기심은 자연과의 조화로운 상생의 질서를 파괴하여 전 지구적 환경파괴와 기후변화에 따른 재앙 앞에서 인류를 불안에 떨게 하고 있다.

문득 이런 질문과 성찰이 떠오른다. 우리의 문명사에서 과학은 모든 인류에게 한사코 긍정적으로만 기여하였을까, 과학은 인간에게 이성적인 사유의 위대함을 깨우쳐 주고 인간의 필요와 궁핍을 해결해주는 역할을 충실하게 하였을까, 과학은 세계에 대한 인간의 지적 호기심을 채워주고 우주에 대한 올바른 인식에 도달할 수 있도록 공정하고 균등한 역할을 다하였을까, 과학이라는 '폭력적인 침입자' 때문에 우리 인간은 자연과 우주를 인간 중심적으로 오만하게 해석하고, 심지어는 이분법적으로 편을 가르는 일에 앞장서서 인간의 주관적 시각으로만 자연을 바라보지는 않았는가, 과학에 대한 숱한 회의와 성찰과 질문을 던지면서, 오늘날 과학이 우리의 문명사에서 놀라운 '힘'을 가진다고 할지라도(절대적 신과 같은 존재로 인정될지라도) 그것이 과연 객관적인 믿음의 체계인가에 대해서는 한번은 캐물어 보고 넘어가야 한다는 생각을 떨칠 수 없다.

이런 눈이 열릴 때, 내가 만난 도서가 <떡갈나무 바라보기>다. 나는 20여 년 전에 이 책을 우리 아이들과 해마다 읽기 시작했다. 내가 읽은 '좋은 책' 중에 하나였기 때문이다. 나에게 좋은 책은 반드시 우리 아이들에게도 읽히고 싶은 욕심은 나의 본능에 가까운 성정이다. 이 책은 '장자'나 '코스모스' 이상으로 우주와 세계에 대한 나의 사유와 인식의 틀을 수정하여 확고히 깔아주었다.

'동물들의 눈으로 본 세상'이라는 부제가 붙은 <떡갈나무 바라보기>(주디스 콜, 허버트 콜 공저/ 이승숙 옮김/ 사계절)는 인간의 세계에 대한 시선이 얼마나 편협하고 독선적인가를 풍부한 사례를 통해 일깨워 준다. 그리고 과학적 진리는 세계에 대한 가장 보편적 진리를 대변한다는 기존의 과학적 믿음에 의문을 갖게 하는 책이다. 또한 세계(우주)에 대한 인간의 좁은 편견과 주관적인 해석이 전 우주적 생명 종의 질서를 얼마나 많이 왜곡하고 파괴하였는가를 겸허히 돌아보게 하는 책이다.

이 책은 '모든 생명체에 의해 동시에 경험되는 세계는 존재하지 않는 다'는 명제를 내세운다. 저자는 이 책을 '움벨트umwelt'라는 개념을 소개 하는 것으로 시작한다. 야콥 폰 웩스쿨이 <동물과 인간 세계로의 산 책>에서 처음으로 사용한 이 용어는 동물이 경험하는 주변의 생물 세 계를 나타내기 위한 의도로 원래 만들어졌다. 야콥 폰 웩스쿨은 그의 또 다른 저서 <이론 생물학>에서 "우리가 잘 알고 있듯이 세계에는 단 하나의 공간과 시간만 존재하는 게 아니라 다양한 주체에 따라 수많 은 공간과 시간이 존재한다. 그리고 그 개개의 주체는 자기 나름의 공 간과 시간을 갖는 고유한 환경에 속해 있다"고 말한 바 있다.

이런 성찰적 전제하에서 사용하기 시작한 '움벨트'라는 이 독일어는, 모든 동물이 공유하는 경험이 아니라 개개의 동물에게 특별한 유기적 경험을 일컫는다. 야콥 폰 웩스쿨에 따르면 개미와 벌은 동일한 환경을 공유하지만, 서로 다른 움벨트에서 살고 있다는 것이다. 다시 말하면 벌과 개미는 동일한 자연환경(시간과 공간)을 각기 다른 방식으로 인식하 고 해석하며 반응한다는 것이다. 이것은, 인간이 감각기능과 크기가 다 른 동물의 움벨트를 제대로 이해하지 않고 인간의 생각과 관점으로 설 명하려는 것의 위험성을 경고한 이유다. 예를 들어, 색맹인 사람이 보 는 세상과 정상인이 보는 세계는 같을 수가 없다. 이때 정상인과 색맹 인은 다른 움벨트를 가지고 있다고 말할 수 있다. 이런 논리를 발전시키면, 이 세상에 존재하는 생명체의 수만큼 움벨트는 천차만별인 것이다. 따라서 인간의 움벨트로 모든 세계를 판단하려는 오만은 더 이상 존립할 수 없다.

<떡갈나무 바라보기>는 과학적 객관성만을 신뢰하는 인간의 시각으로 세계를 보지 말라고 은근히 설득한다. 동물들은 생활공간과 성장과 변화의 시간, 기질과 분위기에 따라 느끼고 활동하는 방식이 인간과 사뭇 다르다는 것을 말하고 있다. 즉, 동물들은 인간과 다른 너무나 다양한 움벨트가 있음을 생물들의 생태적 특성과 생존방식을 통해 구체적으로 설명해 준다. 그렇기 때문에 인간은 동물들을 이해하기 위해서는 인간의 감각을 잊어야 한다고 주문한다. 다시 말하면 개미나 돌고래, 박쥐, 부엉이, 개구리 등 다양한 생물에 대한 우리의 선입견이 얼마나 부당한가를 알려준다. 인간의 편협한 생각과 편의주의로 매사를 바라보는 사람들에게 습관화된 움벨트를 버리라는 것이다. 즉, 다른 세계의 진실을 만나려면 잠시 우리 자신을 잊어야 함이 마땅하다고 설득한다.

<떡갈나무 바라보기>는 5장으로 구성되었다. 가장 중요한 내용은 시간과 공간에 대한 개념이 모든 생물에게 동일한 것이 아니라는 것을 여러 가지 생명 종의 생태적 삶을 통해 구체적으로 보여준다. 그리고 이 책은 또한 공간의 개념도 동물에 따라 다를 수 있다는 것을 보여주고 있다. 여러 가지 예를 저자는 보여주고 있지만, 그중 흥미로운 사실은 소금쟁이의 세계는 2차원적이라는 것이다. 물 위를 미끄러지듯 소금쟁

이를 잡아서 어항에 담아두고 관찰하면 위쪽이나 아래쪽에서 움직이는 물체에는 반응하지 않지만 수면水面을 살짝 건드리기만 해도 반응한다는 것이다. 또한 짚신벌레는 앞이나 뒤 또는 오른쪽이나 왼쪽을 구별할 수 없는 공처럼 방향에 신경을 쓰지 않을 뿐만 아니라, 방향을 전혀 알아차리지도 못한다는 것이다. 이처럼 동물들에 의해 만들어지는 다양한 공간도 모두 절대적인 것은 없고 각각의 동물들이 사물을 인식하는 방법에 따라 상대적으로 인식된다는 것을 보여준다.

이처럼 떡갈나무는 누구의 움벨트에서는 커 보이고 누구의 움벨트에서는 작아 보일까? 어떤 동물은 떡갈나무를 딱딱하다고 여기고 또 어떤 동물은 부드럽다고 생각할까? 떡갈나무에 대한 움벨트는 개체의 수만큼이나 다양할 수 있다는 것이 이 책을 읽고 나서 얻은 결론이다. 인간이 우주에서 볼 때면 작은 먼지에 불과하나, 벼룩에게는 거인처럼 보이며, 고래에게는 작은 꼬마 같이 보이듯이 말이다. 이처럼 세계에 대한 인간의 시각은 다양한 관점 가운데 하나일 뿐이다. 이제 사람들만의 세계에서 벗어나 다른 동물들의 움벨트를 이해하려고 노력하면 다른 생명체를 존중하는 마음이 생길 것이고 인간과 자연의 조화로운 순환적 질서는 다시 회복될 것이다.

한마디로, 아직까지 현대 과학은 우리에게 동물들의 머릿속에 들어가 그들이 정확하게 무슨 생각을 하고 있는지를 알 수 있게 해주지는 못한다. 그러나 적어도 동물들의 눈으로 세상을 바라보려는 노력은 할 수 있어야 한다는 주디스 콜과 허버트 콜의 신념이 낳은 산물이 <떡갈나무 바라보기>이다.

그렇다면 우리는 작은 결론에 도달할 수 있다. 과학이 자연현상에 대한 객관적인 인식의 기준을 제공한다는 신념은 수정될 수밖에 없다. 각기 다른 다양한 주관적 움벨트가 있기 때문이다. 과학은 이렇듯 오차의 가능성 안에 존재하는 것이지 현실과 정확하게 일치하는 절대적 객관성 안에 존재하는 것이 아님을 <떡갈나무 바라보기>는 우리에게 일깨워준다. 그러함에도 불구하고 과학은 자연현상을 한 치의 오차도 없이 설명해주는 객관적인 체계라고 맹신하는 것은 과학에 대한 우리들의 편견이고 무지이다.

아리스토텔레스의 정의에 의하면, 자연nature은 인간의 의식으로부터 독립하여 존재하는 그 자체 안에 변화의 운동 원리를 가지고 있다고 말한다. 자연은 다양한 개체들이 그들의 특징적인 생명성을 실현하기 위해 태어나서 성장, 쇠퇴, 사멸의 자연스러운 흐름을 이어가는 세계다. 그런데 우리 인간은 자신의 잣대로 모든 자연현상을 파악하는 경향이 있다. 나의 왼쪽이 타인에게는 오른쪽일 수 있음에도 불구하고 인간은 자신이 처한 곳을 기준으로 좌우를 구분하려는 강한 자기중심의 덫에 묶여있는 것이다. 그러나 개념의 구분은 주체가 처해 있는 곳을 기준으로 만들어지는 상대적인 개념이다. 따라서 움벨트는 주체인 생물의 수만큼 다양한 것이다.

오늘날 세계는 신자유주의 물결 앞에서 지역성과 문화의 다양성이 사라지는 위기에 처해 있다. 경쟁의 논리와 과학의 우월성만을 믿는 세력들은 거침없이 전 세계를 하나의 움벨트로 가두어 놓으려 하고 있다. 한편, 우리 사회를 돌아보아도 숱한 갈등과 대립이 만연하고, 인간소외와 극심한 이기주의가 팽배해 가고 있다. 이는 사람 수만큼이나 다양한 움벨트를 서로 인정하려 하지 않기 때문이다. 말하자면 서로의 차이를 인정하려는 아량이 고갈되어가고 있고, 차이를 용인한 다양성 속에서의 조화를 거부하는 편협한 아집이 지배하고 있기 때문이다. 이제 다시 한번 제목의 의미를 생각해 보자. 다른 세계의 진실을 만나려면 잠시 우리 자신을 잊어야 한다는 간곡한 권유를 명심할 일이다.

만물의 평등함을 일깨우는 <장자>의 '제물론齊物論'의 한 구절을 인용하면서 이 책을 간단히 정리하려 한다. 절대적인 것으로 알고 있는 관념들이 실은 상대적인 것에 불과하다는 것이 장자의 '제물론齊物論'의 핵심이다. 이와 마찬가지로 인간이 절대적인 것이라고 믿고 있는 과학도 다른 세계의 다양한 움벨트를 인정하지 않으려는 인간의 편협한 고정관념에서 자라난 독선이라는 것이다.

> "이제 너에게 한번 물어보겠네. 사람은 습한 데서 자면 허리가 아파 반신불수가 되어 죽게 되지만 미꾸라지도 그럴까? 사람은 나무 위에서 살면 벌벌 떨며 두려워할 것이지만 원숭이도 그럴까? 셋 가운데 어느 쪽이 바른 거처를 알고 있는 건가? 사람은 초식 동물의 고기를 먹고 순록은 풀을 뜯고 지네는 뱀을 맛있게 먹고 솔개와 까마귀

는 쥐를 즐겨 먹지. 넷 가운데 어느 누가 올바른 맛을 아는 것일까?"

우리가 안다는 것은 얼마나 하찮은가. '나'라는 정체성을 고집하지 말라는 것이다. '나'라는 정체성에 갇혀 있으면 다른 무엇을 받아들일 수 없다. 내가 알고 있는 것만 옳다고 고집하면 다른 것을 받아들일 수 없다. 내가 아는 것이 전부라고 생각하면 아는 것만큼만 보일 뿐이다. 그래서 장자가 말하는 '큰 앎'은 많은 지식의 축적이 아니라 앎에 대한 열린 태도, 겸손한 마음을 말한다. 깊이 명심할 경구다. '큰 앎'을 깨달은 사람은 자신이 알고 있는 것이 반드시 옳은 것이 아닐 수 있다는 열린 태도와 이 세계는 내가 다 알 수 있는 것이 아니라는 겸손한 마음을 갖게 될 것이다.

(20070403. 삼규쌤의 '교단 일기'에서)

14

에른스트 프리드리히 슈마허의
〈작은 것이 아름답다〉를 읽고 생각하다

슈마허는, "경제성장은 그 자체가 목적이 아니라 인간의 행복을 위한 수단에 불과하다. 아울러 건강한 자연환경은 경제성장을 위한 수단에 그치지 않고 인간을 행복하게 만드는 수단이기도 하다. 그렇지만 기존의 성장지상주의는 이런 측면을 무시하고 자연환경을 성장 수단으로만 취급하였으며, 성장 그 자체를 목적으로 하여 '좀 더 빠르게, 좀 더 높이, 좀 더 강하게' 달려왔다. 흔히 지적하고 있듯이 경제성장이 물질적 풍요를 약속한다고 해도, 그 과정에서 환경 파괴와 양극화, 인간성 파괴라는 극복하기 힘든 부산물을 남긴다면, 미래는 더 이상 행복한 상황이 결코 아닐 것이다. 여기서 인간은 기술의 주인이 아니라 그 노예가 되고, 경제 성장은 인간의 행복을 위한 수단이 아니라 '성장을 위한 성장'으로 전락하고 만다. 효율성을 앞세운 성장과 개발은 비인간화를 가속화 할 것이다. 이런 성장방식은 더 이상 진정으로 인간을 행복하게 만들지 못한다."고 말하고 있다.

그렇다면 경제구조를 진정으로 인간을 위한 모습으로 탈바꿈 할 수 있는 방안은 없는가? 슈마허가 이 책에서 제시하는 대답은 '작은 것'이다. 그는 경쟁과 속도전에서 벗어나, 인간이 자신의 행복을 위해 스스로 조절하고 통제할 수 있을 정도로 자그마한 경제 규모를 유지할 때 비로소 쾌적한 자연환경과 인간의 행복이 공존하는 경제구조가 확보될 수 있다고 믿기 때문이다. 그에게 이러한 경제야말로 성장을 위해 인간을 지배하고 통제하는 것이 아니라, 인간 자신의 행복에 맞추어 성장을 조절할 수 있다는 의미에서 '인간의 얼굴을 가진 경제'이다. 그는 이러한 경제상을 실현할 수 있는 수단을 '중간 기술'이라는 말로 정의하는데, 그에게 이 기술은 곧 '인간의 얼굴을 한 기술'이 되는 셈이다.

그러나 오늘날 첨단기술과 거대기술이 인간을 양적으로는 풍부하게 해줄 수 있지만 인간의 질적인 삶마저 보장해준다고는 할 수 없다. 더구나 원자력 발전소와 같은 거대한 기술은 인간과 환경 모두에 위협적일 수도 있다. 우리는 기술이 가져다주는 편리함을 거부할 수만도 없다. 그렇다고 우리의 삶을 송두리째 기술에 맡길 수만도 없다. 과연 인간의 삶의 질과 생태계의 건강에 위협적이지 않으면서 인간의 편리를 증가시켜주는 적정규모의 기술은 없는 것일까. 바로 그러한 질문에 누구보다도 많은 고민을 한 학자가 있다. <작은 것이 아름답다>의 저자, E.F 슈마허가 바로 그다.

<작은 것이 아름답다>(E.F 슈마허 지음, 이상호 옮김. 문예출판사)의 저자 슈

마허는 1961년 네루의 초청을 받아 인도의 농촌개발을 위한 자문으로 인도를 방문하게 된다. 슈마허는 당시 거의 원시 상태에 가까운 인도의 농촌 현실을 둘러보고 제3세계의 자주적 경제발전을 이끌어내기 위한 기술로서 '중간 기술'이라는 새로운 개념을 창안해 낸다. 세계 제2차 대전 이후 대량 생산에 의한 대량 소비가 진행되면서, 대량 생산 체제를 유지하기 위한 자원 투입량의 증가, 생산성 향상을 위한 투자의 대규모화와 거대 조직화로 여러 가지 문제점이 나타난다. 소득과 자원에 있어서 부국과 빈국의 갈등, 특정 집단의 기술 독점으로 인한 불평등, 자원의 고갈과 생태계의 파괴 등의 문제점을 극복하고자 하는 데서 슈마허가 창안한 개념이 이른바 '중간 기술'이다. 기술은 특정 집단의 이익만을 증가시키지 않고 모든 사람에게 골고루 그 혜택을 돌려줄 수 있어야 하며, 기술은 자원을 남용하지 않으면서 생태계를 건강하게 할 수 있어야 한다는 문제의식의 소산이 '중간 기술'이라는 슈마허의 개념이다.

인간의 노동력을 최대로 활용하여 작은 규모로 이루어지는 중간 기술이야말로 개발도상국이 선택할 수 있는 최선의 개발 전략이라는 것이 그의 주장이다. 호미로 농사를 짓고 있는 제3세계의 농촌을 개발하기 위해서 트랙터와 콤바인을 들여오게 되면, 농촌인구 과잉에 일자리 부족으로 시달리고 있는 대다수의 제3세계에 더 많은 실업과 혼란을 야기하여 상황을 더욱 악화시킬 뿐 아니라 복잡한 기계에 무지한 농민들은 기계와 그 기계를 다룰 수 있는 사람에게 매여 버리게 된다. 그래서 슈마허 박사는 호미와 트랙터의 중간에 해당하는 그 지역의 상황에 적합한 기술이 있을 것이라 생각하여 이것을 중간기술이라 이름 붙이고, 그러한 기술을 연구, 개발하기 위하여 '중간 기술 개발 그룹'이라는 국제적인 단체를 조직하게 된다.

중간 기술의 개념은 순전히 슈마허 박사의 창안은 아니다. 슈마허 스스로가 인정하듯 그것은 본래 간디의 아이디어였다. 영국의 지배하에 들면서부터 영국의 섬유 공업이 인도 가내 공업을 파괴하면서 영국은 섬유 산업을 통해서 인도로 인해 많은 이윤을 가져가고 있을 때 간디는 서양의 거대한 생산체계가 제3세계의 민중을 소외시키고 자연을 약탈한다고 생각했다. 영국의 지배하에서 벗어나는 길은 비천한 사람들에 대한 차별을 없애고 인도의 지방 산업을 다시 활성화해야 한다고 생각했다. 인도의 섬유 시장을 점령하고 있는 영국의 섬유공업을 약화시키기 위해서는 인도인들 스스로가 물레를 돌려 옷을 만들어야 한다고 생각했다. 물레 역시 인간의 편리를 증진시키는 기술이다. 그러나 그것은 영국의 대규모 섬유 공업처럼 인도인들을 소외시키지 않으며 인간성과 환경을 파괴하지 않는다는 것이 간디의 생각이었다. 슈마허의 '중간 기술'은 바로 이런 간디의 생각을 구체화한 것이라고 볼 수 있다.

제레미 리프킨은 그의 저서 <바이오테크 시대>(민음사)에서 유전자 조작 기술은 그 혜택을 만인에게 골고루 가져다주지 않는다고 단언한다. 더구나 그런 기술에 관심이 있는 자들은 생태계의 건강성과 지속성에는 관심이 없다. 가령, 세계 제초제 시장의 점유율을 높이기 위하여, 화학 회사들은 자기들이 판매하는 제초제에 대한 내성이 강한 유전자 이식 농산물을 개발하여 그 종자에 대한 특허를 취득한 후 그 종자를 농민에게 팔면, 종자 시장과 제초제 시장에서 모두 시장 점유율을 높일 수 있으니 일거양득인 셈이다. 제초제를 뿌리는 과정에서 농작물에 해를 끼칠 염려가 적어지면 잡초를 제거하기 위해 농부들은 마음 놓고 제초제를 뿌릴 수 있기 때문에 땅은 그만큼 죽어갈 수밖에 없다. 또한 제초제 사용량이 증가하게 되면 제초제에 대한 잡초의 저항력이 더 커져 어지간한 제초제에도 끄덕 않는 슈퍼 잡초가 다시 생길 수도 있다. 문제는 기업가들이 사태를 멀리 내다보지 않는다는 점이다. 농작물의 최종 소비자들의 건강과 생태계의 건강에는 관심이 없다는 사실이다.

결국 거대기술에 의존하는 몬산토사의 연구행위는 미국의 이익을 강화하는 데에는 큰 힘이 되어 줄지는 몰라도 제3세계의 이익을 강화시켜 줄 수는 없다. 오히려 국가와 계층 간의 불이익을 심화시키고 환경을 해칠 뿐이라는 것이 간디와 슈마허의 생각이라고 할 수 있다.

"자연계의 모든 것에는 규모, 속도, 힘의 측면에서 한계가 있다. 그 결과 인간을 포함하는 자연 체계는 자기 균형 능력을 보이면서 스스로를 조절하고 정화하는 움직임을 보여준다. 그러나 기술은 그렇지 않다. 아니 기술과 전문화에 의해 지배당하는 인간은 그렇지 않다고 말해야 하는 것인지도 모른다. 기술은 규모, 속도, 힘의 측면에서 스스로 제한하는 원리를 인정하지 않는다. 그래서 그것은 자기 균형, 자기 조절, 자기 정화의 미덕을 갖고 있지 않다."는 슈마허의 발언은 기술 자체에는 브레이크가 없다는 것으로 이해할 수도 있다. 기술의 규모를 제한하고, 기술의 속도를 제한하고, 기술의 힘을 제약하는 책임은 전적으로 인간에게 있음을 슈마허는 강조하고 있는 것이다.

일찍이 노자는 이상사회의 조건으로 소국과민을[4] 말한 바 있다. 국가는 그 규모가 작아야 하고 백성의 수도 적어야 한다는 것이다. 이는 인위적인 규범과 제도로 사회 질서를 유지하는 통제체제가 아닌 원시적인 촌락공동체를 단위로 하는 집합체를 생각한 것이다. 노자의 주장은 슈마허가 추구하는 가치와 아주 흡사하다. 작은 규모의 사회다. 다음 발언은 현대문명에 던지는 의미심장한 슈마허의 지적이라 할 수 있다.

 "모든 조직은 질서 있는 체계적인 인간의 노력과 창조적 자유의 무질서를 동시에 추구해야 한다. 그런데 대규모 조직은 본래 창조적인 자유를 희생하면서까지 질서와 통제의 체제를 선호하려는 편견과 경향이 있어서, 이것이 바로 이 조직에 내재하는 독특한 위험 요인이다. 우리는 이렇게 질서와 자유라는 기본적인 대립항에 몇 가지

---

4) 소국과민(小國寡民) 老子(노자)의 <도덕경> 제80장 '소국과민의 이상사회'에서 언급함. "나라는 작고 백성은 적으며 여러 가지 기구가 있어도 쓰지 않게 된다. 백성은 생명이 중한 것을 알아 멀리 떠나가는 일도 없고, 배며 수레가 있어도 타고 갈 곳이 없으며 무기가 있어도 쓸 곳이 없다. 백성들도 다시 옛날로 돌아가 글자 대신 노끈을 맺어 쓰게 하고, 그들의 먹는 것을 달게 여기고, 그들의 입는 것을 아름답게 여기며, 그들의 삶을 편안히 여기고, 그들의 관습을 즐기게 한다. 이웃 나라끼리 서로 바라보며 닭 울음과 개 짖는 소리가 서로 들리지만, 백성들은 늙어 죽도록 서로 가고 오는 일이 없다"라고 나온다. 이른바 약소국가를 가리킨 말 같은데 실은 그것이 아니고 가장 평화롭고 이상적인 사회를 말한다. 노자가 그린 이상사회다.

다른 대립항을 연결시킬 수 있다. 집중화는 주로 질서에 대응되며, 분산화는 자유에 대응된다. 경리 담당자는 전형적으로 질서에 대응되는 인간이며, 대체로 관리자도 그러하다. 이와 달리 기업가는 창조적인 자유에 상응하는 인간이다. (중략) 조직이 커질수록 질서가 점점 필요해진다. 하지만 이 필요성이 너무도 효과적으로, 그리고 완벽하게 충족되어 인간이 창조적인 직관을 발휘할 수 있는 가능성, 즉 기업가의 창의적 무질서를 전적으로 배제한다면, 그 조직은 시체나 다름없게 된다."

첨단 시스템을 통한 감시 기술과 중앙집권적 테크놀로지를 활용하여 모든 것을 완벽하게 통제한다면 인간의 순수한 자율성과 창의성은 고갈되고 말 것이다. 이런 위험을 방지하기 위해서는 가급적 기술을 분산시키고 그 규모를 적정한 수준으로 억제해야 한다는 것이 슈마허의 충심이 담긴 고백이다.

유기체로서의 생명 세상과 자연환경을 착취의 대상으로만 바라보고, 생산량의 규모만을 극대화하는 데만 집착하여 생태계의 지속 가능한 조화와 그 중요성에 관심이 없는 이른바 '성장주의자'들에게 슈마허는 말한다. "토지는 값을 매길 수 없을 정도로 귀중한 자산이며, 그것을 경작하고 지키는 것이 인간의 임무이자 전 인류의 행복이기도 하다. 인류는 토지(자연환경, 생명의 태반) 보존을 통해 건강, 아름다움, 지속성이란 세 가지 목표를 추구해야 한다."는 슈마허의 주장을 깊이 음미하지 않을 수 없다.

그렇다. '큰 것'을 중시하면 분명 '작은 것'은 안중에 없다. 큰 규모의 경제활동을 도모하는 자는 작은 규모의 경제활동을 탐탁히 여기지 않는다. 거대한 첨단기술 중심의 생산 활동은 수공업이나 인간을 필요로 하는 아날로그 시대의 소박한 기술에 의존한 생산 활동을 거들떠보지도 않을 것이 분명하기 때문이다. 슈마허는 이런 큰 흐름에 단호히 저항한다. 이런 경향의 위험성을 경고하고 있다. 그가 작은 것을 아름답게 여기는 이유는 더 이상 긴 설명이 필요치 않다. 일상의 작고 사소한 것들 가운데서 삶의 활력과 행복이 오듯이 '작은 것'들 가운데서 인간의 얼굴을 볼 수 있다는 그의 지적은 절규에 가깝다. 길을 잃고 사는 사람들, 인간의 길을 잃고 방황하는 사람들은 얼마나 더 많은 것을 잃어야 할까.

(20051102. 삼규쌤의 '교단 일기'에서)

15

헤르만 헷세의 〈데미안〉을 다시 읽고 생각하다

헤르만 헷세(Hermann Hesss, 1877~1962, 독일 태생)의 <데미안>은 에밀 싱 클레어의 '나'를 찾아가는 이야기다. 나는 이 책을 고2 때 도서관에서 빌려 읽었다. 책을 읽다가 밑줄을 치고 암송하고 싶은 구절이 너무 많 아 밤늦게 시내 헌책방이 즐비한 도심 계림동으로 달려가 책을 구입한 적이 있었다.

이 소설은 주인공 싱클레어가 '나'를, 진짜 '나'를, 참 '나'(진아眞我, 아트만) 를 탐색해 가며 겪는 다양한 체험, 만남을 다룬 일종의 '성장의 이야기' (성장소설)이다. 그 서사의 진행 선상에서 싱클레어는 성장의 단계마다 조 력자를 만나 자신의 세계와 타자의 세계에 대한 새로운 자신만의 눈을 갖게 된다.

막스 데미안, 프란초 크로머, 베아트리체, 데미안의 어머니 에바 부인, 신학생 피스토리우스는 싱클레어가 '나'를 찾아가는 성장(변신)의 길에서 만난 소중한 조력자이다. '나'를 찾아가는 숭고한 순례자의 길에서 그가 만난 사람들은 모두 싱클레어가 자신의 굴레를 벗고 새로 변신하여 바깥세상으로 도약하는 데 도움을 주었다. 줄탁동기啐啄同機, 병아리가 부화하여 빛을 보기까지는 안에서 병아리와 밖에서 어미 닭이 동시에 협력하여야 하듯, 한 사람이 알을 깨부수고 새로운 자아로, 새로운 존재로 부활하기 위해서는 많은 사람의 조력을 만나야 한다는 사실이다. 자신의 영적 눈뜸을 도와주는 사람을 시의적절할 때 만나야 한다는 것이다.

이미 타인이 만들어 놓은 관념이나 관행, 통념, 기준에 갇혀 살지 않고 나의 내면의 소리, 뜨거운 생명의 소리, 피의 소리, 영혼의 소리를 듣고 그 소리에 따라 진짜 '나'로 살기 위한 탐색의 과정이 <데미안>의 중심 스토리이다. 병아리가 알에서 부화하듯 싱클레어가 내면의 자아를 깨워가는 긴 서사의 여정이다.

<데미안>은 '싱클레어'가 알의 세계에서 알을 깨부수고 알 밖으로 나와 새가 된 이야기, 나를 가두고 있는 알을 깨고 나와서 오직 나의 신을 찾아 날아간 이야기, 이분법적 틀 안에 갇혀 있던 눈이 열려 자기만의 눈을 갖게 된 '싱클레어'의 이야기이다.

'나'에게로 향한 자는 고독한 자다. 고독한 자는 자기에게로 나아가는 사람이다. 다른 사람들이 좇는 통념이나 선입견에 매몰되지 않는 자다.

'나'의 소리에 귀를 기울이며 사는 자는 혼자 생각하고, 혼자 산책하고, 혼자 독서하고, 혼자 산을 오르고, 혼자 여행하며 생각하기를 즐기는 자다. 싱클레어는 외로운 자가 아니라 내면의 자아를 향한 뜨거운 열정을 품은 고독한 자다. 그러므로 혼자만의 고뇌의 시간을 누릴 때 최고의 안식을 누리는 자다. 자기를 완성해가기 위한 탐구의 노력을 아끼지 않는 성실한 자이다.

데미안이나 싱클레어는 과거의 시간 속에 머물러 살지 않는다. 관념의 체계 안에 갇힌 자가 아니다. 새로운 미지의 세계를 향한 열망의 혼불이 꺼지지 않은 사람이다. 싱클레어가 간절히 원하는 것은, 내 생명 안의 피의 속삭임을 듣고 고독한 삶 가운데서 '나'를 찾아가는 길이었다. 싱클레어는 유복한 가정에서 안락하게 지낼 수 있었으나, 그는 자기 스스로를 발견하고 깨달아 구축한 자기 자신의 성을 이루고 싶었던 것이다.

한 인간이 자신을 이루어가는 길에는 우연한 결과는 없다. 내 안에 간절히 원하는 무엇이 있다면 그것은 반드시 이뤄진다. 자신을 '이쪽'에서 '저쪽'으로 변화시켜 나아가는 자에게는 모험과 투쟁이 있어야 한다. 그 과정을 통과한 자라야 자유의 새가 되고 나비가 되며, 아브락사스, 나의 신이 될 수 있다는 메시지를 작가는 역설하고 있다. 결국 진정한 자아를 찾아가는 길이다.

결국, 이미 만들어진 자기를 깨부수고 내 안의 '참 자아'를 찾아가는 모험과 탐색의 이야기인 것이다. 싱클레어가 알에서 알을 깨부수고 알 밖으로 나와 새가 된 이야기. 나를 가두고 있는 관념과 틀을 깨고 새로이 새가 되어 오직 나의 '신의 세계'로 옮겨가는 혁명적 이야기. 끊임없는 자기부정을 통해 새로이 자신을 창조해가는 변화의 이야기. 삶은 이 변화의 흐름 위에 지은 혼들림이라는 것을 보여주는 소설이 <데미안>이다.

오늘은 먼 시간 여행을 떠나 고교 학창 시절의 '나'를 만나러 간다. <데미안>의 '싱클레어'와 싱클레어의 영혼의 심장에 불을 밝힌 '데미안'과 '에바'를 우리 아이들과 만나고 와야겠다. 우리 안의 '싱클레어'와 '데미안'과 '에바'를 만나는 가을이었으면.

(20071118. 삼규쌤의 '교단 일기'에서)

16

칼 세이건의 〈창백한 푸른 점〉 읽고 생각하다

지구는 우주에서 유일하게 빛나는 '아름다운 푸른 별'이다. 1990년 2월 '보이저 1호'(Voyager 1)가 우주에서 찍은 지구의 사진을 여러분도 과학 도서를 통해 많이 봤을 것이다. 여러분은 사진을 볼 때마다 무슨 생각을 하는가. 나는 '나'의 존재의 본질은 무엇일까, 하고 막연히 생각에 잠긴다. 칠흑의 바탕에 좁쌀 크기의 점 하나인 지구 행성. 그 속의 아시아 대륙, 그 속의 한반도, 그 속의 반쪽 대한민국, 그 속의 너와 나, 그 속의 아주 작은 티끌인 '나'. 창해일속5)의 존재인 나. 티끌, 먼지이면서 소중한 나, 별. 그리고 나 밖의 끝없는 세계인 우주, 무한한 은하를 생각하며 눈물 흘릴 때 있다. 단테의 <신곡>을 읽고 생각하면서, 인간이 꿈꾸며 열망한 것들은 과연 무엇일까, 질문하였듯이…

이 푸른 작은 점이 우리가 살고 있는 바로 지구별이다. 이 '창백한 푸른 점' 사진은 1990년 2월, 우주 천문학자 칼 세이건이 보이저 1호가 태양

---

5) 창해일속(滄海一粟) 넓고 큰 바다 가운데 한 알의 좁쌀이라는 뜻으로, 아주 많거나 넓은 것 속의 극히 하찮고 작은 물건을 이르는 말.

계의 마지막 행성인 해왕성을 지날 때 지구를 촬영토록 당부했고, 바로 그 사진에 세이건이 '아름다운 푸른 별'이라고 명명한 것이다. 그 후 칼 세이건은 이 사진에 깊은 영감을 받아 <창백한 푸른 점>을 저술하여 많은 사람에게 우주에 대한 깨달음과 영감을 헌사했고, 책에서 아래와 같은 불후6)의 명문을 남겼다.

> "저 점을 다시 보라. 저 점이 여기다. 저 점이 우리의 고향이다. 저 점
> 이 바로 우리다. 우리 인류라는 종種의 역사에 등장했던 모든 신성
> 한 사람들과 천벌을 받은 사람들이 저 햇살에 떠돌고 있는 티끌 위
> 에서 살았던 것이다. 우리가 우주에서 대단히 특권적인 위치에 있다
> 는 우리의 망상과 우리의 상상 속에만 존재하는 자만심과 가식은 이
> 젠 이 '창백한 점' 하나 때문에 그 정당성을 의심받을 수밖에 없다.
> 지구 행성은 거대하게 둘러싼 우주의 어둠 속에 외롭게 떠 있는 작
> 은 반점에 불과하다. 사람들은 천문학을 통해 겸손함과 인격을 함양
> 할 수 있는 경험을 하게 된다고들 한다. 아주 작은 지구를 우주에서
> 찍은 이 사진보다 인간의 자만심이 얼마나 어리석은지 잘 보여줄 수
> 있는 것은 이 세상 어디에도 없을 것이다."(칼 세이건, <창백한 푸
> 른 점>에서 인용.)

인간 문명의 산물 중 지구에서 우주를 향해 가장 멀리 날아간 것은 무엇일까. 인간이 만든 물건 중에 지구에서 가장 멀리 날아간 것, 지금도 날고 있는 것, 그리고 다시 돌아올 수 없는 것이 있다. 바로 '보이저 1

---

6) 불후(不朽) 썩어 없어지지 않음. 곧 오래도록 없어지지 않음. • ~의 명작을 남기다.
• ~의 업적을 이루다.

호'(Voyager 1)이다. 1977년 9월 5일 지구를 떠난 무인 우주탐사선 '보이저 1호'는 2012년 태양계를 벗어나, 2015년 9월 현재 지구로부터 2백억 킬로미터 떨어진 우주를 날고 있다. 말 그대로 태양이라는 항성에서 다른 항성으로의 여행, '인터스텔라'이다. 목성과 토성, 천왕성, 해왕성 등의 태양계를 탐사하는 처음 임무는 지난 1989년에 이미 마쳤다. 이 보이저 1호가 나는 속도는 총알 속도의 17배인 초속 17킬로미터다. 우주를 향한 인간의 열망은 놀랍다.

가끔, 여러분이 밤하늘의 초롱초롱한 별을 볼 때가 있거든 반드시 <어린왕자>의 소혹성 b612호와 30여 년 훌쩍 넘도록 칠흑의 우주를 외로이 날고 있는 보이저 1호를 꼭 생각해 보기 바란다. 하늘을 볼 때마다 깊은 철학적 질문들을 떠올리게 될 것이다. 작은 반점인 '나'라는 존재의 사소함과 동시에 위대함에 대해서도 묵상하게 될 것이다. 나와 별과 우주의 영원한 질문을…

그런데 보이저 1호는 인간의 품인 지구로 결코 돌아올 수 없으며 2030년이면 지구와의 교신마저 끊겨 광막한 우주 속 미아가 된다는 사실이다. 막막한 그리움이다. 너무나 아프고 슬픈 이름, 기억이다.

(20151025. 삼규쌤의 '교단 일기'에서)

17

루소의 〈에밀Emile〉을 다시 읽고 생각하다

오랫동안 나와 함께 동행해준 루소를 다시 만난다. 기다림과 아름다운 방목放牧의 힘을 깨우쳐 준 고마운 나의 인도자. <에밀 Emile>를 다시 읽는다.

루소(Jean Jacques Rousseau, 1712~1778)의 <에밀 Emile>은 18세기 1762년에 출판한 책이다. <에밀>을 모르는 사람은 거의 없을 것이나 루소의 교육적 사유와 고뇌에 대해서는 깊이 성찰하지는 않았을 것이다.

우리 아이들을 향한 '기다림과 아름다운 방목放牧의 힘'을 도모하는 길에 나에게 큰 암시와 숨은 동력을 제공해준 책이 루소의 <에밀>이다. 이 좁은 지면을 통해 <에밀>에 관한 얘기를 다 하는 것은 장황한 일일 것이나, 여기서는 간단히 그 핵심을 말하려 한다.

루소는 아동기(태어난 후 12세) 아이들에게 직접 손과 발과 눈과 귀(시각, 청각, 촉각)를 통해 아이들 스스로 세계를 인식하는 직관의 힘을 키우는 감각교육(감성교육), 지식이나 관념을 가르치기 위한 지적 사유를 유도하는 것을 절제하는 교육, 아이들의 천품이나 잠재성이 절로 드러나도록 기다려주는 교육, 자연 속에서 자연성이 드러나도록 그냥 놀게 하는 자유로운 방목의 교육을 아이들을 위한 가장 좋은 교육이라고 하였다.

루소에 의하면 아이들의 양심이나 선행은 가르쳐서 생기는 것이 아니라, 충분한 감성교육을 받으면 아이들 맘속에 양심이 저절로 생긴다는 것이다. 그는, 아동기 아이들 교육은 인지적인 지성이나 이성의 촉수를 자극하는 교육보다는 자연스럽게 자연과 교감하고 그곳에서 저절로 감각이 열리는 기다림과 아름다운 방목의 교육이어야 한다는 것이다.

혹, 250여 년 전 루소는 오늘날 이 나라 교육(?)을 예감하였을까. 자녀를 잘 교육하고 잘 키우고 싶은 부모라면 그의 담론에 귀 기울여야 한다. 자연은 천편일률적인 우리의 교육환경과 전혀 딴판이다. 자연은 각기 다른 생명체들이 타고난 천성대로 살아가는 세계이다.

자연은 누구를 부러워하지도 않고 누구를 무시하거나 핀잔하지도 않는다. 자연은 각기 고유한 기질대로 살아가며 존재한다. 누구를 해치지도 않고 누구를 막무가내로 따라가지도 않는다. 결코, 뱁새는 황새를 따라 하거나 부러워하지 않는다. 뱁새는 뱁새의 자연성대로, 황새는 타고난 성정에 따라 살아간다. 참새는 참새대로 독수리는 독수리대로 살면 그만이다. 참새는 독수리가 되겠다고 과외 받고 조기 외국어 교육을 받는 일은 전혀 하지 않는다.

루소가 말한 '자연으로 돌아가라.'는 말의 본뜻을 이제 잘 알 것이다. 나는 이 말의 함의를 오래전까지는 솔직히 잘 몰랐다. 이 경구를 들었을 때, 아무도 그 숨은 맥락을 짚어 말해준 사람이 없었기 때문이다. 한참 후, 나는 <에밀>을 읽고 나서야 이 경구 속에 담긴 루소의 교육 신념을 알 수 있었다.

사람이나 자연이나 각각 개별 존재는 서로 다른 움벨트7)를 가졌다. 개별 존재의 고유한 움벨트를 인정하는 것이 교육이다. 그 개별적 차이를 무시한 획일적인 훈육과 교육은 오히려 아이들의 성장을 해칠 수 있다. 그러기 때문에 어느 분야에서 우리 아이가 조금 뒤처진다고 해도 인내심을 가지고 아이의 발달에 맞춰 학습시켜주는 기다림이 필요한 것이다. 기다림과 아름다운 선한 방목은 교육의 가장 큰 힘이다.

(20090402. 삼규쌤의 '교단 일기'에서)

---

7) <동물과 인간 세계로의 산책>을 쓴 야곱 폰 윅스쿨은 동물이 경험하는 주변 생물 세계를 나타내기 위해 움벨트Umwelt라는 용어를 만들어 냈다. 움벨트는 모든 동물이 공유하는 경험이 아니라 개개의 동물에게 특별한 유기적 경험이 있는데, 모든 생명체에 의해 동시에 경험되는 세계는 존재하지 않는다. 우리는 동일한 환경에서 살고 있지만, 다양한 각기 다른 세계를 만들어 살고 있는 것이다. 이 책 뒤에 가면 <떡갈나무 바라보기>에서 더 자세히 알 수 있는 개념이다.

18

잠이 보약이다 __ 수면주기의 중요성과 멜라토닌의 효능

한때 '잠'에 대해 알기 위해 아들의 도움으로 잠에 관한 연구논문과 의학서적을 구해 읽고 이 글을 적어보았다. '잠'에 관한 '나의 것'을 적은 글이 아니라, 읽은 책과 연구논문 속에 들어있는 '타인의 것'을 거의 옮긴 것이라고 함이 옳을 것 같다. 하도 잠에 빠진 아이들이 많아서… 그때 종일 잠만 자던 아이들을 살뜰히 깨워주지 못한 나의 반성이 뒤늦게 밀려온다.

수면은 인간의 일생에서 가장 행복한 시간이다. 인간이 사는 동안 누리는 시간의 거의 삼분의 일을 수면에 쓴다 해도 크게 틀린 말이 아니다. 그만큼 수면은 인간의 삶에서 중요한 심신 활동이다. 이 수면의 중요성을 인식하고 '좋은 잠'을 위한 의학적 연구와 응용이 점점 늘고 있다. 다시 말하면 수면의 질을 높이려는 다양한 시도들이 이루어지고 있으며, 이를 실생활에 접목하려는 현대인들의 관심이 일고 있다. 이는 잠을 잘 자는 일이 삶의 질에 큰 작용을 하고 있음을 수긍하기 때문이다. 또한, 숙면('좋은 잠')은 하루 동안 쌓인 피로를 풀고 기력을 회복하는 데 매우 중요한 역할을 한다. 이는 수면이 인간의 심신의 기능과 활동을 균형 있게 조절하고 결정할 뿐 아니라, 개인의 사생활과 인간관계 등에 영향을 끼치기 때문이다. 특히, 성장기에 있는 청소년들에게 '좋은 잠'은 신체적으로나 정서적으로 아주 중요하다.

현대인은 '잠만 한 보약이 없다.'는 말이 오래된 빈말이 아님을 실감하며 살고 있다. 그러나, 많은 사람이 복잡한 갈등과 불안으로 보약인 잠을 온전하게 취하지 못한 채 살아가고 있다. 다시 말하면 일정한 수면 주기를 지속할 수 있는 안정된 심신의 환경을 지켜내지 못하고 있다. 많은 사람이 정상의 숙면을 하지 못하여 신체 대사, 심리, 행동, 정서 등 면역기능, 자율신경계에 이상異常을 초래하여 우울증과 불면증, 의욕 저하로 고통을 호소하는 일이 급증하고 있다. 이렇듯, 수면과 삶의 질의 인과관계를 파악하려는 경향이 의학계는 물론 사회 여러 분야에서 확산되고 있다. 수면장애는 오늘날 우리 주변에서 흔히 볼 수 있는 의학적 관심과 심각한 사회문제로 부상하고 있다. 전자기기의 남용이 점차 늘면서 SNS와 게임의 유혹에서 자유롭지 못한 많은 청소년은 뜬눈으로 밤을 보내고 학교에 나와서는 줄곧 엎드려 잠을 자며 허송한 지가 벌써 오래전이다.

최근 우리 사회는 인간 활동 시간의 급격한 이동과 변화로 인체의 수면 주기 조절기능에 극심한 영향을 받고 있다. 또, 직업의 다양화, 밤과 낮이 바뀐 삶의 행태, 음식 섭취의 급변화, 과도한 경쟁과 불확실한 미래에 대한 불안에서 오는 극도의 스트레스, 24시간 과도한 빛 공해, 환경 호르몬, 온라인 통신문화의 발달 등으로 수면을 조절하는 인체의 수면 주기가 제대로 작동하지 못하여 질환을 호소하는 사람들이 늘고 있기 때문이다. 수면주기의 불안정성으로 인해 우리 몸의 대사기능이나 항상성이 저하되고 수면호르몬인 멜라토닌의 분비가 부족하거나 제대로 충원되지 않아 불면증이나 우울증과 같은 수면장애로 고통을 호소하는 사람들이 급증하고 있다.

우리의 몸 안에는 자신의 수면리듬과 주기를 제어하는 수면 메커니즘이 있다. 따라서 자신의 수면 리듬을 정확히 파악해야 제대로 깨어있을 수 있고 효율적인 자기 주도적 삶을 살아갈 수 있다. 이렇듯 인간의 몸은 필요한 수면물질을 저절로 분비하여 일정한 규칙과 질서를 보이는데, 이를 '생체 리듬'이라고 한다. 이 생체 리듬을 만들어내는 마치 시계와 같은 메커니즘을 우리 몸 안의 시계, '체내시계'라고 말한다. 그렇다면 우리의 몸 안에는 여러 시계가 있는 셈이다. 이 체내시계가 있어서 중추신경과 말초신경계를 통해 감지한 체내외의 변화를 일정하게 유지하며 우리 몸의 항상성恒常性, homeostasis을 지켜내고 있는 것이다.

결국 멜라토닌은 계절의 변화 등에 따른 몸의 대사나 에너지 생성 등을 조율하는 호르몬인데, 최근 멜라토닌의 효능이 의학계에 큰 관심을 받으면서 수면장애와 수면주기의 파괴로 인한 현대인의 불면증과 우울증 치료에도 아주 적극적으로 활용되고 있다. 한편, 우리 인체의 수면

주기는 인체의 장기 및 조직체와 내분비기관들의 긴밀하고 복잡한 네트워크로 구성된 '마스터 클록master clock'과 '세컨더리 클록secondary clock'에 의해 조절된다. 따라서, 세라토닌과 멜라토닌 호르몬 치료를 통한 수면주기의 조절은 현대인의 불면증과 우울증 치료에 아주 적절하다고 할 수 있다. 그러므로 불면증과 우울증을 호소하는 현대인은 대부분은 멜라토닌 호르몬 기능이 떨어진 경우이거나 멜라토닌 호르몬이 정상적으로 분비되지 못한 경우에 해당한다고 할 수 있다. 우선, 수면 호르몬인 멜라토닌은 생활 리듬에 맞춰 낮에는 햇빛으로 인해 멜라토닌 분비가 감소하고, 밤에는 분비량이 늘어 수면을 촉진하는 등 인체의 수면주기를 조절하는 데 적극적으로 개입한다.

우리의 체내시계는 빛을 감지하는 순간부터 작동을 개시한다. 일정 시간이 경과하여 날이 저물면 사령부 격인 마스터 클록이 송과체에 멜라토닌을 분비하라고 명령한다. 송과체는 시교차상핵 뒤에 위치하고 있어서 반대로 해가 뜨면 빛을 감지한 마스터 클록이 송과체에 멜라토닌을 멈추라고 명령한다. 이때부터 체내시계의 하루는 다시 시작한다. 하루의 대부분을 어두운 곳에서 보낸다면 위상(位相: 우리 몸의 체내시계)을 조절하는 마스터 클록은 당연히 혼란에 빠질 것이다. 왜냐하면 우리 몸 안에는 말초 시계라 불리는 각기 다른 시계, '세컨더리 클록secondary clock'이 존재하기 때문이다. 우리 몸 안에서 멜라토닌이 분비되면 몸이 나른해지고 졸음이 쏟아지는 것은 이런 원리이다.

우리의 몸에는 다양한 생체 리듬이 존재한다. 이 중에는 수면과 특별히 관련이 깊은 리듬이 있는데, 햇빛이나 조명과 관계가 깊은 '멜라토닌 리듬'이 있다. 멜라토닌은 빛을 감지하면 감소하고 날이 어두워지면 급속도로 증가하여 수면을 유발하는 작용을 한다. 그러므로 질 좋은 깊은 잠을 통해 멜라토닌 호르몬의 원활한 생성을 위해서는 빛이 완전히 차단된 칠흑 같은 곳에서 수면을 취해야 한다. 그다음은, 수면을 유발하고 잠들기까지의 과정에 작용하는 '수면_각성 리듬'이 있는데, 이는 뇌간腦幹에서 수면을 유발하는 신경이 활동을 개시하면 대뇌가 잠들게 된다. 하루 중 가장 활발하게 활동하는 시간대는 기상한 지 8시간이 지난 후와 22시간이 지난 후, 총 두 번이다. 이 리듬은 아침에 빛을 감지하지 못해 하루의 시작이 늦어지면 이 리듬도 덩달아 흐트러지게 된다. 마지막으로 밥을 먹거나 운동을 할 때면 우리 몸의 온도가 올라간다. 몸의 내부온도가 변화하는 '심부체온 리듬'이라는 것이 있다. 이러한 몸의 생체 리듬의 붕괴를 '내적 비동조화'라고도 말한다. 최근 수면 연구에서, 수면 부족이 5대 생활 관습병(암, 뇌졸중, 심장병, 당뇨병, 정신질환)의 발병과 밀접한 관계가 있다는 사실이 밝혀져 수면 부족으로 인한 질환은 지금 당장보다는 향후 미래에 예측할 수 없는 재앙이 될 가능성이 높아가고 있다.

그리고, 수면주기를 회복시키는 일과 밀접한 관련을 맺고 있는 코티졸(부신 호르몬)은 우리 몸의 콩팥에서 분비되는 스트레스 호르몬인데, 코티졸의 조절을 잘못하게 되면 만병의 근원인 스트레스가 증대되고 집중력이 저하되며, 건망증과 우울증이 생기고 심신이 무기력해진다. 이 코티졸은 외부의 스트레스와 같은 자극에 맞서 몸이 에너지를 최대로 만들어내는 과정에서 분비되며 혈압과 포도당 수치를 높이는 역할을 수행하기도 한다. 그러므로 우리 인체는 항상 코티졸의 균형 있는 분비로 수면을 위한 에너지가 뇌에 적절히 공급되고 있으며, 심장기능과 혈압이 비정상적으로 상승하는 것을 막아주는 역할을 하기도 한다.

'행복한 수면 멜라토닌'이라는 호르몬이 우리 몸 안에서 원활하게 분비되기 위해서는 가장 우선해야 할 일은 밤 11시 이전에 반드시 잠자리에 들어야 하고, 완전히 소등하고 취침을 해야 한다는 것이다. 왜냐하면, 우리 인체에서 멜라토닌의 수준이 최고일 때인 새벽 2~3시 경에 우리 혈관 속을 순환하는 면역세포의 수가 현저히 증가하여 암, 바이러스 그리고 박테리아에 대한 우리 몸의 방어기능을 향상해 주는데, 이 중요한 일을 바로 멜라토닌이 수행하기 때문이다. 멜라토닌이 우리 몸의 항산화 기능을 강화하는 주요한 역할을 담당한다는 점이다. 송과선에서 분비되는 이 멜라토닌은 우리 몸의 신체 기관들이 정상적인 활동을 할 수 있도록 도와줌으로써 우리 몸을 건강하게 수호하는 아주 중요한 호르몬인 셈이다.

의료학회에 보고된 자료에 의하면, 2002년 덴마크 코펜하겐 암연구소는 7천여 명의 여성을 대상으로 조사한 결과, 야근한 여성의 경우 유방암 발병률이 50% 증가하며, 야간근무를 시작한 지 6개월부터 유방암 발생률이 증가하기 시작한다고 발표하였다. 야근이 수면장애와 수면 주기의 불규칙성으로 자율신경계의 혼란, 위궤양, 고혈압, 심근경색 등을 유발한 주요한 요인으로 작용한 것이다. 그만큼 질 좋은 수면이 중요함을 보여주는 사례이다.

멜라토닌은 우리 몸에 시간(생체시계)을 알려 줄 뿐만 아니라, 암을 일으킨다고 알려진 활성산소(유해산소)를 잡아먹는 항산화 기능까지 한다. 멜라토닌은 우리 몸속의 청소부 역할을 하며 스트레스 해소와 노화 억제 기능도 수행한다고 알려졌다. 우리의 인체는 수면, 체온, 호르몬 분비 등 중요한 생리 활동을 24시간 주기성을 가지고 행하고 있으며, 멜라토닌은 인체의 자연적인 리듬을 통제하여 인체의 시계를 조율하고 제어하는 역할을 하는 것으로 이미 공인되었다. 그러므로 사춘기와 청년기를 지나 노인으로 나이를 들어감에 따라 멜라토닌의 분비는 자연 감소하고, 이에 따라 다른 신체의 주기적 리듬이 깨지는 일이 빈번하게 발생한다. 더욱이 노인들이 밤잠이 줄고 새벽이면 자주 일찍 깨어나는 수면장애 때문에 고통을 받고 있는데, 이것도 멜라토닌 분비가 감소하는 것과 밀접한 연관이 있다.

우리 인생의 거의 삼 분의 일은 수면이라는 생체활동이다. 그만큼 우리의 인생에서 수면은 중요하다. 다시 말하면 수면은 신체_신경_정신건강에 대단히 중요한 역할을 한다고 할 수 있다. '좋은 수면'이란 수면의 질, 수면을 하는 시간대와 수면의 양에 불만족감이 없는 숙면을 말할 것이다. 이는 현대인들의 삶에 기쁨과 활력이 된다. 또, 모든 일의 성패와 성과를 좌우하는 기준이 되기도 한다. 우리 학생들도 생체활동을 잘 조절하고 정상적인 수면(11:00~03:00 사이에 멜라토닌 호르몬이 왕성하게 생성되는 시간이므로 이 시간대에 반드시 숙면하는 것)을 취하는 습관을 만드는 일이 중요하다.

따라서 우리는 수면 환경과 인체의 매카니즘을 유기적으로 균형 있게 조율하는 호르몬인 수면물질(수면촉진물질)을 확충하는 데 노력을 기울여야 한다. 특히, 불면증 치료와 숙면에 도움을 주는 멜라토닌을 많이 함유한 천연식품을 섭취하도록 해야 한다. 이 밖에도 잠들기 전 따뜻하게 데워 마시는 우유, 멜라토닌이 다량으로 함유되어있는 상추와 양파, 대뇌 조직세포의 신진대사를 촉진하는 호두와 바나나는 우리의 신경을 이완시키고 생체시간을 조율하여 잠을 잘 오게 하는 멜라토닌 성분을 함유하고 있다.

수면주기를 일정하고 고르게 유지하지 못하는 현대인들. 그로 인해 고통을 호소하는 우울증과 불면증 질환자들. 낮이면 학교 책상에 엎드려 잠을 자고 밤에는 깨어 낮과 밤이 바뀐 불규칙한 수면 습관으로 소모적인 생활을 하는 청소년들. 과도한 경쟁으로 초조하게 밤을 설치고 있는 취업준비생들과 직장인들과 수험생들. 그 원인은 모두 수면장애와 불규칙한 수면주기로 '행복한 좋은 잠'을 자지 못한 사람들이다. 밤을 밝힌 채 심신의 성장기를 보내고 있는 우리 청소년들이 걱정이다. 낮에는 학교에서 엎드려 자고, 밤에는 공부와 게임에 몰입하느라 '보약인 잠'을 자지 못하는 우리 청소년들이 점점 늘고 있다. 우리는 질 좋은 수면을 통해 인생의 왕성한 의욕을 회복하고, 체내시계와 생체 리듬을 활성화해줄 수 있다. 멜라토닌 호르몬의 분비를 증대시킬 수 있는 균형 잡힌 정상의 수면주기를 반드시 유지해야 할 것이다.

(20151215. 삼규쌤의 '교단 일기'에서)

19

낙타_사자_어린아이

현대 철학의 거장 니체(1844~1900)의 담론은 '인간의 힘'이다. '힘에의 의지'라고도 하는 니체가 말한 이 '힘'은 건강한 자기 긍정의 의지다. '나'를 지켜낼 수 있는 내 안에 존재하는 수많은 작은 힘. 이 작은 힘의 관계가 자기 초월을 이루는 '힘에의 의지'다. 니체가 말한 '힘'은 타인을 지배하려는 권력에 대한 욕망으로서의 힘과 전혀 다르다.

부단히 자기 자신을 상승시켜 자기 존재의 주체로 사는 인간. 자기를 극복하고, 자기를 상승시켜 긍정의 건강한 삶을 추구하는 '위버멘쉬', '초인의 의지'를 품은 자라야 결국 타인과 상생조화를 이루어내는 힘을 가진 사람이라는 것이다. 니체의 사상을 집약한 '위버멘쉬(초인사상)'는 그 인간을 향한 니체의 불타오르는 예찬의 명제다.

'위버멘쉬(초인)'는, 인간은 마땅히 자기 삶의 주인으로서 자유정신, 자기극복, 창조정신, 예술가적인 정신, 디오니소스적 긍정과 타인과의 상생조화의 관계를 통해 초인(자기 초월의 힘, 자기 상승 의지)의 힘을 발휘하여 타인의 삶도 고양하는 존재가 될 수 있다는 것이다.

그는 인간 정신의 발달 단계를 '낙타_사자_어린아이'의 단계로 구분하고 순진무구와 신성한 절대 긍정의 '어린아이'의 시기를 인간 최고의 단계라고 하였다. 자기 인생의 무거운 짐을 담당하고 사막을 향해 달려가는 '낙타'는 그 자신이 사막의 주인이고자 자유정신, 자유의지를 쟁취하는 '사자'로 변한다. 그리고 난 후 사자조차 할 수 없는 일을 '어린아이'는 할 수 있다고 하였다. 새로운 시작이요, 창조요, 자유요, 놀이요, 자기 긍정이요, (동양적으로 표현하면) 가식과 거짓이 없는 무위자연의 절정이요, 천진스러운 소박한 자연의 상태가 '어린아이'라는 것이다.

동네 놀이터를 가보면 오늘도 어린아이들은 어디를 가든 흙을 만지고 맨땅에서 뒹굴며 손이 닿는 곳이면 무엇이든 만지려 덤빈다. 물웅덩이를 보면 손을 담그고 두 발로 첨벙거리며, 개미와 흙과 처음 만난 또래 아이들과 어울리면 어색한 기색 없이 잘도 논다. 다칠 것, 옷이 젖을 것 전혀 걱정하지 않는다. 그 어떤 두려움도 망설임도 거짓도 남에 대한 시기심도 원망도 없는 어린아이. 어린아이는 특별한 교육을 받지 않고도 천진스럽게 놀면서 저절로 망각하고, 호불호의 감정이나 선입견, 선악이나 길고 짧음, 이해득실[8] 같은 것에 구애됨이 없이 늘 새로운 기분, 신선한 호기심을 갖고 새 가치를 창조하며 맘껏 노는 존재다. 생명

---

8) 이해득실(利害得失) 이익과 손해와 얻음과 잃음. • ~을 따지다.

의 고향인 대지와 자연과 스스로 허물없이 어울려 노닌다.

어른일지라도 어린아이처럼 천진한 마음을 소유한 사람은 세속의 욕망을 채우기보다는 흙과 물과 숲에 사는 모든 것들을 사랑하며 그 대지의 소리를 들을 줄 알고 자연과 사람과의 관계를 조화롭게 지켜낸다. 마음의 영일寧日을 더 즐기며 산다. 정신적 충일充溢을 더 갈급해한다.

프랑스 철학자이며 문예 비평가인 가스통 바슐라르Gaston Bachelard는 <대지, 그리고 휴식의 몽상>에서 자연과 어린아이를 예찬하였는데, 흙과 물과 온갖 생명을 품고 있는 대지가 자연과 인간에 끼치는 놀라운 은택을 "대지를 접하면 마음이 평안해지고 순수 의지가 되살아난다. 나는 어린아이처럼 그 대지의 감각으로부터 전해오는 기쁨을 사랑한다." 고 고백한 바 있다.

인위적으로 조작된 '교육'보다 선행해야 할 진정한 교육은 우리 아이들에게 대지의 소리를 듣는 귀를 열어주는 것과 대지(자연)와 어울려 노는 것을 가르치는 것이 아닐까. 지나온 교단생활을 돌아보니 부끄러운 마음 끝이 없고 아이들한테 죄진 일이 많아 가슴만 막막하다.

(20210513. 삼규쌤 '교단 일기'를 적다)

20

'움벨트Umwelt' __ 잠시 우리 자신을 잊어야 한다

<동물과 인간 세계로의 산책>을 집필한 야곱 폰 윅스쿨(1864~1944)은 동물이 경험하는 주변의 생물 세계를 나타내기 위해 '움벨트Umwelt'라는 개념을 만들어냈다. 모든 생명체에 의해 동시에 동일하게 경험되는 세계는 존재하지 않는데, 이는 모든 생명체가 각기 다른 '움벨트'를 가졌기 때문이라는 것이다.

생명을 지닌 모든 존재는 서로 다른 '움벨트'로 살아가고 있다. 그러므로 우리는 나와 다른 세계(사람이든, 동물이든, 식물이든)에 다가갈 때면 조심스럽게 서서히 다가가야 한다. 자신의 선입견이나 생각을 내려놓아야 한다. 그러려면 인내와 침묵은 필수적이다. 우리는 서로가 다른 '움벨트'에서 살고 있기 때문이다.

윅스쿨은 움벨트가 다른 세계에 가까이 다가가려면 잠시 우리 자신을 잊어야 한다고 설득한다. 자신의 선입견이나 체험이나 판단을 유보해야 한다고, 자신의 편견이나 기준을 내려놓아야 한다고, 그래야 다른 세계를 이해할 수 있다고 말한다. 왜냐하면 우리의 감각으로는 우리와 감각기능과 크기가 다른 동물의 '움벨트'를 결코 제대로 이해하기 어렵다는 것이다. 그러므로 인간의 생각과 감각을 고수해서는 인간과 다른 동물의 세계를 설명할 수 없다고 단언한다. '움벨트'를 잘 이해하면 오늘날 우리 사회의 수많은 갈등과 반목의 원인이 무엇인지 금방 알게 될 것이다.

30여 년이 넘도록 아이들과 부단히 책을 읽으며 지내왔다. 해가 갈수록 책을 읽히는 일이 힘들지만 시지프스의 운명(?)을 생각하면서 그 지난한[9] 비탈길을 오늘도 포기하지 않고 오르기를 시도한다. 세상 풍조가 어떻게 변할지라도 책은 학생들의 가장 확실한 멘토다. 사람은 책을 만들고, 책은 다시 사람을 만든다, 는 잠언은 만고불변의 진리이다.

이번 학기는 <떡갈나무 바라보기>(주디스 콜 지음/이승숙 역/최재천 감수)를 우리 아이들과 다시 읽으며 '독서 여정'(36년)의 마지막을 마치려고 한다. 청소년에게 시대를 초월하여 절실히 필요한 학습 덕목은 '읽는 힘', '생각하는 힘', '글 쓰는 힘'을 배양하는 것이라 확신하기 때문이다. 이 신념을 실행하려 노력해온 길이 나의 교단 여정이었다.

'책을 읽는 일'은 '생각하는 일'이요, '소통을 잘하는 일'이다. 적절한 언

---

9) 지난(至難) 지극히 매우 어렵고 힘들다.

어 구사 능력과 글을 잘 쓰는 힘과 스토리텔링storytelling의 힘은 모두 책을 '읽는 힘'에서 나온다.

(20210311. 삼규쌤 '교단 일기'를 적다)

21

글로벌 시대를 향한 우리의 자세

인류가 지금까지 추구해온 가치와 삶의 방식은 심각한 저항에 직면하고 있다. 산업화 이후 현대사회를 주도한 인간중심의 기계론적 세계관은 인간의 물질적 욕망을 충족하는 데는 어느 정도 부응하였을 줄 모르나 자연 생태계의 파괴와 환경오염이라는 끔찍한 재앙을 초래하였다. 그리고 힘의 논리로 재편되는 강자 위주의 세계 경제질서는 이념에 의한 냉전 질서를 종식하였으나 세계시장의 개방과 자유로운 무한경쟁을 정당화하는 세계화 시대를 열어놓았다. 그 결과, 세계는 지구의 온난화로 인한 환경변화와 빈부의 양극화, 인간성 상실, 피할 수 없는 신자유주의 대세에 휩쓸려 인종, 종교 간 충돌이라는 정체성의 위기에 직면하였다. 이러한 위기를 극복하고 세계화 시대를 축복으로 맞이하기 위해 인류는 과거의 삶과 사유 방식에 대한 냉철한 성찰과 미래에 대한 투철한 전망이 있어야 한다. 그렇다면 세계화가 전 인류에게 새로운 기회의 장이 되고 축복이 되게 하려면 글로벌 시대를 향해가는 우리가 지녀야 할 올바른 태도는 무엇이고, 우리가 추구해야 할 가치는 어떠해야 할까?

우선, 우리는 교육의 중요성을 다른 어느 세기보다도 소중하게 인식하는 마인드를 갖추어야 한다. 인류는 지난 세기의 과오로 인해서 야기된 전 지구적인 문제들을 슬기롭게 해결하고 새로운 행복한 사회를 맞이해야 하는 중대한 과제를 안고 있다. 따라서 인간이 만들어낸 정치, 경제적 불평등과 불안전성, 환경문제와 지구온난화 등의 재난을 극복하고 유한한 재화와 바닥을 드러낸 자연자본을 지혜롭게 활용해 지속 가능한 사회를 만들어가기 위해서는 인재를 양성하는 교육의 역할이 막대해졌다.

얼마 전 한국경제신문사에서 주관한 '글로벌 인적자원(HR)포럼' 개막 기조연설에서 미국의 전직 대통령 빌 클린턴은 "강한 교육이 강한 국가를 만든다."고 역설하였다. 글로벌시대를 전 인류의 흥미진진한 삶의 현장으로 만들기 위해서는 교육의 역할이 중요하고 사람의 가치에 대한 재발견이 있어야 한다는 것이다. 그렇다. 세계 석학의 언급에는 글로벌 시대를 살아가는 데 필요한 철학과 본질적인 성찰이 담겨 있다. 다른 어느 세기보다 인류는 교육이 중요한 시대에 살고 있다. 교육을 통해 인류가 안고 있는 심각한 문제를 해결할 수 있는 훌륭한 인재를 양성해야 한다. 자본과 과학기술을 절대시하는 약육강식의 지배의 논리를 극복하고, 전 인류가 함께 행복한 삶을 영위할 수 있는 호혜적 평등주의를 열어나갈 지혜와 감성을 지닌 인재를 발굴하고 육성해야 한다. 그리고 인간과 자연이 자본과 과학기계 문명의 도구로 예속되는 일을 막아야 한다. 또 문명사의 진보와 발전에 대한 한계와 과연 무엇이

발전인가에 대한 회의적 인식을 널리 확산하는 일도 교육이 담당해야 할 중요한 사명이다.

인류의 이런 난제를 해결할 21세기에 맞는 인재를 효과적으로 양성할 수 있으려면 경쟁 중심의 서열을 중시하는 교육시스템을 고쳐야 한다. 그리고 '붕어빵'식의 판에 박힌 사고의 틀을 강요하는 획일화한 교육 내용과 과정을 소홀히 한 채 출세 지향의 수단으로 교육을 바라보는, 돈과 결과만을 중시하는 사회적 통념을 바로잡아야 한다. 이러한 혁신 적인 교육환경에서 양성된 학생들이라야 우리나라와 세계 인류가 안 고 있는 문제를 통찰할 수 있고, 그 해결책을 창조적으로 만들어 낼 수 있을 것이다. 따라서 이러한 역량과 지혜를 겸비한 인재를 양성하는 교육의 책무를 인식하는 강한 의지가 절실하다.

둘째, 사회생태주의social ecology적 세계관의 회복과 실천이 중요하다. 사회생태주의란 사회주의와 생태주의가 결합된 말이다. 사회생태주의는 오로지 자연만을 찬미하고 보호하는 소극적 태도만으로는 인류가 직면한 위기를 극복할 수 없다고 전망한다. 다시 말해, 지구적 삶의 환경은 아무것도 달라지지 않는다는 것이다. 그래서 우리 인간이 해야 할 가장 중요한 것은 자연을 지키기 위한 전제 조건으로서의 사회 시스템의 변화가 있어야 하고, 이를 위해 인간의 의식과 가치가 변해야 한다는 것이다. 글로벌시대에 전 인류가 겸허하게 깨우쳐야 할 덕목은 인간 중심의 배타적 가치를 버리고 지구상의 모든 살아있는 것들을 포용하고 그 생명성의 숭고함을 존중하는 태도를 회복하는 일이다. 인류는 더 이상 자연자본(화석에너지, 나무, 돌, 광석, 물, 흙…)을 인간의 삶을 유지하고 인간의 물질적 욕망을 채우는 수단이나 희생물로 간주해서는 안 될 것이다. 인간이 노력하여 공장에서 생산해낸 생산품처럼 자연자본을 취급해서는 안 된다는 말이다. 자연자본은 공장에서 끊임없이 만들어지고 있는 물건이 아니다, 는 생각을 가져야 한다.

그리고 자연을 착취하고, 자연에 의지해서 이루어온 현대 문명사가 지속 가능한 발전(?)을 이루려면 화석에너지에만 의존하는 기계적 삶을 바꿔나가야 한다. 우리가 추구하는 물질 중심적 삶의 태도를 냉철하게 성찰하는 지혜를 터득하여야 할 시점이다. 왜냐하면 지구가 보존한 자연자본은 그 총량에 한계가 있다. 우리의 에너지 의존적인 삶과 자연을 무한한 생산재로 생각하는 오만한 태도는 엔트로피의 극대화를 가속화 할 것이며, 그 결과로 초래될 에너지 고갈 위기를 경고하는 보고서가 현재 세계 곳곳에서 쏟아지고 있다. 또한 최근 언론 매체를 통해서 연일 보도되고 있는 국제 유가의 상승은 세계 경제의 침체를 부추기고 있고, 대체에너지의 개발을 위해 엄청난 재정적 부담을 서둘러 집행해야 한다는 위기의식을 확산시키고 있다. 이젠 인류가 온전히 살기 위해서도 자연과 공존하는 화해의 삶을 모색하는 일은 당면한 과제가 되었다. 이것은 자연만을 지키는 일이 아니라, 물질적 탐욕을 채우려는 이기적인 삶의 태도를 청산하고 에너지 의존적인 기존의 삶의 방식을 점차 수정하고 억제할 때 가능할 것이다. 그리고 인간을 포함하여 모든 생명체를 자신의 목숨처럼 소중히 여기는 생명 존중 의식이 실천적으로 행해질 때 미래는 희망이 될 것이다. 개발 위주의 경제성장만이 잘 사는 길이라는 천박한 생각을 고쳐야 사회생태주의적 세계관은 이념이 아닌 생존의 전제가 될 수 있다.

셋째, 우리는 차별을 뛰어넘어 차이를 존중할 줄 아는 열린 사고를 지녀야 한다. 다시 말하면 다문화, 다인종, 다언어 사회를 존중하는 상대주의 가치관을 확립해야 한다. 세계는 자유경제 자본주의 흐름에 따라 새로운 힘의 판도가 형성되어 가고 있다. 서구 유럽의 선진국이 만들어 낸 가치와 문화의 기준은 제3세계와 개발도상국의 문화적 다양성과 정체성을 위협하고 있으며, 아무런 비판과 성찰이 없이 서구의 과학 기계 문명을 보편적 진리로 절대시하는 경향까지 드러내고 있다. 예를 들어 미국이라는 거대한 자본주의 시장 질서가 세계 경제시장의 흐름을 주도하여 다양한 지역과 계층에 따른 문화적 특성을 획일화시키고 있으며 분쟁과 갈등을 조장하여 평화롭고 안정된 삶을 파괴하고 있다. 문화적, 언어적, 종교적, 인종적 차이를 인정하려 하지 않고 서구적 관점에서 차별을 조장하여 그들 문화의 우월성만을 고집하려 하고 있다.

이러한 태도는 우리의 사회에서도 예외가 아니다. 자신의 관점과 다른 타인의 존재를 인정하려 하지 않는 배타적 태도가 지역 간, 계층 간, 세대 간 갈등의 원인이 되고 있으며 구성원의 분열을 촉발시키고 있는 실정이다. 세계는 다양한 움벨트를 지닌 개체들이 모여서 화합을 이루어가는 체계이다. 자신의 판단으로만 사물과 세계를 바라보고 이해하려 한다면 세계의 다양한 현상을 폭넓은 의미로 재구성할 수 없을 것이다. 다양한 관점으로 차이를 존중할 수 있는 열린 아량과 지혜를 회복하는 일이 필요하다. 자신의 관점과 주장만을 절대시하는 아집을 버리고 상대주의의 가치관을 지녀야 할 것이다. 자신과 다른 차이를 너그럽게 관용할 수 있는 마음의 여유를 갖게 되면 반목과 질시, 전쟁과 쟁탈로 점철된 소모적 삶은 행복한 사회로 거듭날 것이다. 따라서 창조적이고 행복한 삶은 한 사람의 힘 있는 '빅브라더스'에 의해 지배되고 통제되는 사회가 아니라 구성원의 개별성이 존중되고 다양한 차이가 조화를 이루어가는 사회라야만 가능한 것이다.

넷째, 물신주의物神主義를 극복할 수 있는 지혜를 터득하고 감성과 인정을 인간성의 근본으로 삼아야 한다. 독일에서 철학을 강의하고 있는 송두율 교수는 21세기를 살아갈 인간에게 필요한 가장 중요한 덕목은 심미성審美性을 회복하는 일이라고 말한 적이 있다. 심미성이란 보이지 않지만 우리의 인식과 마음의 눈으로 발견할 수 있는 아름다움이라고 말할 수 있다. 아름다움을 보는 눈, 아름다움을 찾으려는 열망을 갖는 태도가 필요하다는 것이다. 현대문명의 영화를 꽃피울 수 있었던 이성과 합리성에 기초한 과학의 힘을 더 이상 절대적인 것으로 간주하지 말아야 한다. 물론 과학적 발견과 실현은 소중한 삶의 힘이다. 그러나 인간이 소중한 인간성을 외면하고 오직 물질의 양적 가치와 현실적 실용성만을 중시한다면 인간의 본질과 거리가 먼 삶을 사는 것이라고 할 수 있다. 인간의 물질적 탐욕은 끝이 없다. 우리는 진정한 인생의 의미를 통찰할 수 있는 명철한 지혜를 터득하고 아름다운 가치를 발견하여 존중할 줄 아는 정신적, 심미적 삶을 살아야 한다.

다섯째, 우리는 불평등으로 인한 심각한 양극화에 대해 고민할 수 있어야 한다. 특히, 경제, 교육, 보건의료 등에서 나타난 불평등과 그로 인한 심각한 사회적 갈등을 아프게 인식하는 태도를 지녀야 한다. 오늘날 자본주의 시장경제는 '정글의 법칙'을 닮아가고 있다. 흔히 말하는 '빈익빈, 부익부'의 논리를 당연하게 여기는 경향이 있다. 부와 신분이 대물림 되고, 신성한 교육의 기회와 생존권 차원의 의료혜택도 빈부의 차이에 따라 양분되는 이분화가 진행되고 있다. 그러나 사실 자연의 질서는 인간이 자기 유리하게 적당히 얼버무리고 마는 '정글의 법칙'이 지배하는 세계가 결코 아니다. 이제 21세기는 수평적 평등주의를 회복하는 사회가 되어야 한다. 지배와 피지배의 상하관계를 정당화하여 부와 권력을 축적하고 그 힘을 과시하는 형태의 정치질서는 근절되어야 한다. 인간이라는 하나의 조건만으로도 이 사회와 제도로부터 차별을 당하지 않는 수평적인 대동사회가 되어야 한다.

최근 우리의 마음을 어둡게 했던 학력 위조 파문의 경우도 한 개인의 도덕적인 윤리 문제로만 단언할 수 없다. 이 문제의 본질은 사회구조적인 문제와 양극화의 악습이 뿌리 깊이 우리 사회에 자생하고 있다는 데 있다. 학력과 학벌을 중시하고 그 차별적 관행들을 암암리 인정하는 맹목적 순응주의, 물질의 소유 정도와 출신 지역이나, 이념적 성향에 따라 사람을 평가하는 불평등한 양극화가 그 원인이다. 한편, 현대인이 겪는 소외와 집단적 따돌림 현상도 우리의 내면 깊숙이 체화된 불평등 의식이 추동하는 병리적 사회 현상이라고 말 할 수 있다.

끝으로, 글로벌시대를 사는 현대인이 갖추어야 할 중요한 덕목 중 하나는 자신의 정체성을 고수하려는 태도를 지녀야 한다는 점이다. 왜냐하면 자아의 정체성을 상실하는 일은 심각한 정신의 분열로 이어질 수 있는 시발점이기 때문이다. 최근 우리 사회는 명품을 선호하는 소비심리를 이용하여 '짝퉁'이 판을 치기도 하고, 소위 '루키즘lookism'이라 이르는 외모지상주의가 확산되고 있어 '위험한 사회'로 나아가는 징조를 보이고 있다. 영혼이나 정신, 감성과 지혜와 같은 본질적인 '큰' 가치보다는 외모나 상품의 브랜드, 이미지나, 일시적인 선입견 같은 일회적인 것에 따라 흔들리는 인식의 혼란을 겪고 있는 사람들을 어디서나 만날 수 있다. 이런 현상은 사회 곳곳에서 나타나는데, 도덕성이나 양심과 같은 소중한 덕목보다는 경제적인 능력이나 정치적 위상에 따라 인간관계를 결정하기도 하고, 원칙과 정의보다는 우상과 껍데기에만 관심을 보이는 사람들의 속물근성을 부추기고 있는 경우가 허다하다.

농경시대와 산업화 시대를 통과한 21세기는 첨단 과학 기계와 창의성이 문명의 흐름을 좌우하는 시대이다. 자유 자본주의 시장 질서 아래서 경쟁과 양적 성장만을 최상의 가치로 신봉하며 문명사의 흐름을 주도해 온 인류는 구시대의 질서와 사유의 방식에서 벗어나야 한다는 각성을 요구받고 있다. 이러한 상황에서 우리는 현명한 선택을 하여야 할 것이고, 우리의 선택이 자율적이고 통찰력 있는 선택이 되지 못한다면, 다시 말하여 지금까지의 삶의 방식과 사유의 틀을 고집하고 그 아집의 동굴에서 벗어나지 못한다면 우리는 밝은 미래를 기대할 수 없다는 점을 명심하여야 한다.

(20071107. 삼규쌤의 '교단 일기'에서)

22

칼 세이건의 〈코스모스〉 서문

"헤아릴 수 없이 넓은 공간과

셀 수 없이 긴 시간 속에서

지구라는 작은 행성과

찰나의 순간을

그대와 함께 보낼 수 있음은

나에겐 큰 기쁨이었다."

(공간의 광막함과 시간의 영겁에서

행성 하나와 찰나의 순간을 앤과 공유할 수 있었음은

나에게 하나의 큰 기쁨이었다.)

칼 세이건의 <코스모스 cosmos> 서문의 이 구절을 나는 늘 암송한다. 나에게 우주적 존재의 의의에 대해 최초로 눈뜨게 한 이 잠언을 잊을 수 없다. 가끔, 나는 '나'를 몹시 알고 싶을 때면, 내 존재의 허무와 한계에 마음이 흔들릴 때면 칼 세이건 '코스모스'를 읽는다.

그때면 '오늘도 촌음10), 일촌광음11)을 아껴 살아야지. 감사하며, 사랑하며, 용서하며, 겸손한 존재로 살아야지. 내가 이 대지 위에 사는 지금 이 순간은 기적이니까.' 하는 다짐이 선다. 지금, 오늘, 이 순간 나에게 주어진 모든 것들이 놀라운 기적이요, 넘치는 축복이라는 가슴 뭉클한 감동이 나를 감싸고 흐른다.

비록 나의 다짐은 번번이 허무하게도 무너질 때가 많지만 다시 나의 작은 존재의 의의와 소중한 인연들과 오롯한 나의 보람을 생각하며 순간 순간 나를 다잡아 다독이며 살곤 한다.

칼 세이건 사후, 그의 아내 앤 드루얀은 '가능한 세계들'이란 부제가 붙은 <코스모스>를 2020년 출판했다. 침묵하는 우주에 대한 호기심과 지적 모험은 끝없이 이어지고 있다. 우리의 영원한 질문, 우주!

(20200512. 삼규쌤의 '교단 일기'에서)

---

10) 촌음(寸陰) 얼마 안 되는 시간. 매우 짧은 시간. 촌각. 촌시. • ~을 아껴 쓰다.
11) 일촌광음(一寸光陰) 매우 짧은 시간. 촌음(寸陰). • ~도 아끼다.

23

거짓은 아름다운 진실이다

"진실은 태양의 빛과 같이 눈을 어둡게 한다.
반대로 거짓은 아름다운 저녁노을과 같이 모든 것을 아름답게 보이
게 한다."(알베르 카뮈, 1913~1960)

진실은 빛처럼 모든 것의 진실을 다 보여주므로, 그 하나도 감추거나
숨김없이 모두 다 보여주므로 진실의 빛 앞에서 우리의 눈은 다른 것을
보지 못한다. 진실에 가려진 또 다른 세계, 진실 이면의 또 다른 진실을,
복잡한 우주의 또 다른 얼굴을, 이 세계의 또 다른 보이지 않는 얼굴(진
실)을 보지 못하고 만다. 우리의 눈은 진실이라는 빛 앞에서 눈에 보이
는 진실 이면裏面의 또 다른 진실의 실체를 보지 못하고 마는 것이다.

아는 것을 신봉하지 말라. 앎의 감옥에 갇혀 앎 밖의 또 다른 세계에 대
한 눈먼 자가 되는 것을 경계한 말일 것이다. 그러나 거짓은 우리로 하
여금 진실을 보게 한다. 눈에 보이지 않는 또 다른 진실을 찾게 한다. 저
녁노을이 눈에 보이는 세계를 모두 불에 태워 검은 어둠을 불러오듯이

거짓은 모든 진실의 얼굴을 가리고 있는 가면과 같아서 우리는 거짓으로 가려진 숨은 진실의 다양한 얼굴에 관심 갖는다.

저녁노을은 빛 가운데서 눈에 보였던 세계를 태워 아름답게 장렬히 사라진다. 저녁노을의 붉은 불의 제전이 막을 내리면 세상은 어둠이다.

거짓은 우리로 하여금 아름다운 진실을 보도록 하기 위해 잠시 스스로를 태우는 저녁노을 같은 속죄양의 모습이다. 거짓은 숨은 진실을 감추고 있는, 수천의 진실을 가리고 있는 아름다운 얼굴이다. 우리로 하여금 진실을, 더 깊이 숨은 진실에 대해 눈 뜨게 하고, 상상하게 하며, 더 심오한 진실을 꿈꾸게 하는 '거짓'의 위대함. '거짓'은 때론 저녁노을처럼 찬연燦然하다. 숨은 진실에 눈 뜨게 하니까.

(20190605. 삼규쌤의 '교단 일기'에서)

☼ '쓸모 있음의 쓸모'만 알고 '쓸모없음의 쓸모'는 모른다

人皆知 有用之用 而 莫知無用之用也(인개지 유용지용 이 막지무용지용야)
"사람은 모두 '쓸모 있음의 쓸모'만 알고 '쓸모없음의 쓸모'는 모르는구나."란 말이 있다.

장자莊子의 <장자> 내편 '인간세人間世'에 나오는 구절인데, 장자의 이 대목을 읽을 때마다 그런대로 나에게 위로를 보낼 수 있는 구실을 찾는다.

책상에 장자와 노자와 경전과 몇 권의 고전과 철학서를 포개 두고 수시로 번갈아 읽으며 나를 경책을 하는 이유가 바로 여기에 있다. 전국시대 난세를 헤쳐 온 장자는 '길 잃은 세상'을 사는 지혜로 몇 가지 일화(우화)를 소개한다.

쓸모없어 오래 산 나무들 이야기, 아주 못생기고 쓸모없어 오히려 잘 사는 사람, '지리소'와 광인 '접여' 이야기에 이어 강자들의 쓸모로 죄 없이 죽어가는 전과자 이야기를 통해 당대가 얼마나 형벌이 난무한 시대였는지, 얼마나 사람을 겉모습만 보고 차별한 세상이었는지 신랄하게 당시를 비판한다. 그런데 이 난세에 세상에서는 쓸모없다고 차별 받는 사람들이 오히려 인간의 본래 모습을 그대로 지키며 오래 잘살고 있다는 것이다.

좋은 재목감이 먼저 벌목 당하듯 쓸모로만 판단하는 세상에서는 쓸모 있는 사람이 먼저 죽임을 당하게 된다는 것. 그래서 '마음을 굶어' '나'를 잊고, 마음을 비우며 '노니는 마음(유심 遊心)'을 길러 세상에 쓸모없이 보여야 본래 모습대로 오래 살 수 있다는 것이다. 난세를 사는 힘없는 자, 쓸모없는 자의 지혜요, 처세술이다.

쓸모없는 나무들이 장수하고, 못생긴 꼽추 지리소가 오래 잘 산 것처럼 세상에 쓸모가 없어 보이는 사람이 오히려 인간의 본래 모습, 본연의 성정대로 착하게 남한테 해 끼치지 않고 잘 살아간다는 이야기는 <장자>의 '인간세人間世'를 이어 '덕충부'(德充符, 본래 모습 그대로 살아가는 사람들의 이야기)와 외편 '산목山木'으로 이어진다.

(20210610. 삼규쌤의 '교단 일기'에서)

24

'나'의 마음을 굶겨라

겨우내 메말랐던 서울 하늘에 눈이 내린다. 한 이틀 펑펑 쏟아져 목마른 대지를 흡족히 적셔주었으면 좋겠다.

천자문12)은 천지현황天地玄黃, 이 네 구절로 시작한다. "하늘 천 땅지 검을 현 누른 황." 얼마나 많이 암송한 말인가. 하늘은 높은 데 있어 그 빛이 검고, 땅은 낮은 데 있어 그 빛이 누렇다는 뜻으로 풀이하는데 그 뜻은 아주 심오하다. 사자성어를 공부하다 보면 우주의 깊고 오묘함을 '4자'의 경구에 녹여낸 통달한 옛 석학의 명철 앞에 절로 머리를 조아리지 않을 수 없다.

장자의 <장자> '소요유' 편을 보면 대붕(큰새)이 높이 날아서 유유자적함을 즐길 때, 하늘 높은 데서 아래를 내려다보면 땅 위의 모든 것들은

---

12) 천자문(千字文) 중국 양(梁)나라의 주흥사(周興嗣)가 한자 천자를 모아 지은 책. 사언고시(四言古詩) 250구로 되어 있음. [속담][천자문도 못 읽고 인(印) 위조한다] 어리석고 무식한 주제에 남을 속이려는 경우를 비꼬는 말.

거의 대소大小, 고저高低가 구별되지 않고 똑같은 작은 점으로 보인다는 문장이 나온다. 바로 이것이 '가물가물한, 아득하고 고요하며 신묘하기 그지없는 깊은' '현玄'의 상태다. 이런 상태에 이르려면 멀리서 사물을 바라봐야 한다는 것이다.

이런 '현玄'의 상태에 이르면 존재를 구속하는 모든 것으로부터 자유로 워질 수 있다. 이는 인간의 감관작용感官作用13)과 심관작용心官作用이14) 작동할 수 없기 때문이다. 장자는 이 감관작용과 심관작용이 멈춘 상태로 나아가야 그윽한 '현'의 상태에 도달할 수 있다고 역설하였다. 여기서 감관은 인간의 오감각을, 심관은 오감을 통해 붙잡은 세계나 사물을 인식하고 판단하며 느끼는 모든 것을 말한다.

---

13) 감관작용(感官作用) 감각기와 그 지각 작용을 통틀어 이르는 말. 감관작용이란 눈 · 귀 · 코 · 혀 · 몸의 오관으로 이뤄지는 작용이다. 즉 눈을 통해 보고, 귀를 통해 듣고, 코를 통해 냄새 맡고, 혀를 통해 맛보고, 피부를 통해 느끼는 것이다.
14) 심관작용(心官作用)이란 오관을 통해 들어온 것들에 대해 마음에서 의미를 만들어 내는 작용이다. 예를 들어 빨간색을 보면 정열적이고, 키 작은 사람을 보면 왜소하고, 학벌이 좋으면 훌륭한 사람이라는 식으로 의미를 부여한다. 물론 이런 의미는 사실과 다를 수 있다. 인간은 어쩌면 뛰어난 감관작용과 심관작용으로 인해 만물의 영장이라는 위치에까지 오를 수 있었다. 그렇지만 지나친 감관 · 심관작용은 인간을 오히려 존재의 위험에 빠뜨릴 수 있다. 그런데 우리는 감관 · 심관작용을 부채질하는 데 여념이 없다. 아름다운데도 조금 더 아름다워지려고 얼굴을 뜯어 고치는 일이 다반사다. 또 조금 더 많은 재물을 모으기 위해, 조금 더 많은 권력을 쥐기 위해 영혼을 파는 일도 마다하지 않는다. 이 모든 일은 '나'라는 의식, 즉 아름다운 '나', 부자인 '나', 권력을 쥔 '나'라는 의식이 마음에 크게 자리 잡아서다. 그런데 이런 내(我)가 원래의 나(吾)를 압도하면서 이를 대체하는 전도현상마저 발생한다. 이런 사실을 이미 오래전에 간파했다는 데 장자의 위대함이 있다. 이에 장자는 감관작용과 심관작용을 멈추라고 우리에게 주문한다.

장자는 인간의 감관작용과 심관작용을 경계하는 말을 한다. 우리가 세계를 나의 생각이나 감각으로 인식하는 것 자체가 오류이므로 인간은 부단히 몸이 말라 죽은 고목이 되고(고목지형槁木之形), 마음이 죽어서 불 꺼진 재가 되어야(사회지심死灰之心), 알아도 모를 수 있고, 슬퍼도 슬퍼하지 않을 수 있고, 기뻐도 기뻐하지 않을 수 있다. 즉 희로애락의 고착화된 감정으로부터 벗어날 수 있다고 한다. 장자만의 인간 자유, 인간 해방을 선언한 것이다. 우리의 감각을 통한 인식과 판단이 '나'를 구속한다는 것이다.

고목지형과 사회지심은 불교의 공空 개념으로 설명할 수도 있다. '반야바라밀다심경'에서는 '색이 곧 공이요, 공이 곧 색이다(色則是空 空則是色)'고 말한다. 이 색色이 감관 및 심관작용을 통해 인식하는 대상의 모습이라면, 공空은 감관 및 심관작용이 작동하지 않고 멈춘 상태에서 인식하는 대상의 모습이다. 즉 감관·심관작용을 멈춰 몸과 마음이 말라죽은, 곧 '나무(몸)'와 '불 꺼진 재(마음)'가 되면 대상을 공空으로 파악하는 반면, 감관·심관작용이 활발히 작동하여 몸과 마음이 살아있으면 대상을 색色으로 인식한다는 말이 된다.

그러므로 감관·심관작용을 멈추지 않고 활용하면 색色만 드러나는 반면, 감관·심관작용이 정지하여 멈추면 색色과 공空이 다르지 않은, 즉 '색즉시공 공즉시색'의 상태가 된다고 말한다.

그러나 인간은 감관작용과 심관작용을 확대하여 대상을 가까이서 보려 애쓴다. 그러다보면 작은 차이도 크게 보이고, 심지어는 없는 차이까지 찾으려고 골몰한다. 이때 드러나는 것이 '천지현황'의 '황黃'의 상태다. 이런 작은 것들이 보이는 상태에서는 우리의 감관, 심관작용은 자기 존재를 스스로 구속하려 한다. 사람이 이 땅의 눈에 보이는 '모든 것'들에 묶여있는 것도 '황黃'의 상태에 머물러 있기 때문이다. 사람들이 세속의 아름다움이나, 재물, 권력, 이름 등에 종속되는 것도 다 이 때문인데, 티끌 많은 진세[15]의 그 어디에도 얽매임 없는 삶은 '대붕[16]'처럼 하늘을 날듯이 유유자적할 때 도달할 수 있다고 하였다. 즉 감관작용과 심관작용이 멈춰선 상태에서 도달할 수 있는 경지다.

또 장자는 '오상아吾喪我'에서, 만들어진 '나我'를 버리고, 껍데기에 불과한 '나我'를 버리고 본래의 '나吾'를 찾으라고 하였다. 자아를 구속하는 기존의 기준과 관점을 버리고, 나我를 비우고, 나我를 죽이고 진정한 본래의 '나吾'(본래면목[17])를 회복해야 한다고 설득하였다. 그러므로 '오상아'는 거짓으로 만들어진 자아我를 버리고 '참 나吾'를, 진정한 '본래의 나'를 되찾으라는 경구이다.

자, 이제 제정신을 붙잡아 부질없는 작은 것에 대한 집착('황')에서 벗어

---

15) 진세(塵世) 티끌세상.
16) 대붕(大鵬) 하루에 9만 리나 난다는 상상의 큰 새≪곤(鯤)이라는 물고기가 변해 대붕이 되었다고 함≫.
17) 본래면목(本來面目) ① 자기의 본디의 모습. ② 중생이 본디 지니고 있는, 인위가 조금도 섞이지 않은 순수한 심성.

나 대붕처럼 하늘을 날아볼 일이다.('현') '천지현황', '현'의 상태에서 통크게 호연지기의[18] 눈으로 멀리 천지를 볼 일이다. 지금까지 우리가 사는 동안 아등바등 욕심 채우려 했던 눈에 보이는 '황'의 세계에서 벗어날 일만 남았다. 나를 구속하고 짓눌렀던 존재의 감옥에서 벗어날 일이다.

자식으로서의 '나', 아들로서의 '나', 학생으로서의 '나', 남편으로서의 '나', 아빠로서의 '나', 선생님으로서의 '나', 어른으로서의 '나'…에서 벗어나는 날!

'나'를 에워싸고 있는 틀(감옥)에서 벗어나 감옥 밖의 새로운 세계를 열망하는 자유의 새가 되어 볼 때다. 지상의 어리석고 하찮은 작은 가치에 매이지 않고 초월자의 큰 뜻, 큰 포부를 품고 대붕大鵬으로 하늘을 날아볼 일이다.

(20150216. 삼규쌤의 '교단 일기'에서)

---

18) 호연지기(浩然之氣)
  ① 하늘과 땅 사이에 가득 찬 넓고 큰 원기(元氣).
  ② 도의에 뿌리를 박고 공명정대하여 조금도 부끄러울 바 없는 도덕적 용기.
  ③ 사물에서 해방되어 자유스럽고 유쾌한 마음. 호기(浩氣).

25

신촌 서당 고전 읽기 100선

조지 버나드 쇼(George Bernard Shaw, 1856~1950)는 부단히 자기 지성을 계발하고, 심미적 정서를 고양하며, 시와 음악과 회화와 불후의 고전(책)을 읽고 생각하고 감상하여 모두가 더불어 건강한 문화적 삶을 소비할 줄 아는 시민을 양산해 내야 한 나라와 인류 모두가 행복할 수 있다. 이 일은 결코 이상이 아니라고 생각한다. 인간의 결단과 의지면 충분히 도달할 수 있는 세계라 확신한다.

한 나라의 정치가 후진적이고, 한 나라의 지도자가 함량 미달인 것은 누구 탓일까. 억압하는 일과 억압당하는 일의 보이지 않는 경계와 그 사이에서 일어날 수많은 고통과 갈등과 비애를 알고 부정적인 힘의 행사를 중단할 수 있는 자. 이런 사람이 인간을 억압하지 않고 섬기는 아름다운 지도자가 아닐까.

이 지도자의 '힘'은 어디서 오는가. 책에서 나온다. 우리 사회에 문제가 있다면 지도자들이 책을 전혀 읽지 않았거나 읽으려 하지 않기 때문이다. 책의 의의와 놀라운 힘을 알지 못한 사람들 탓이다.

나는 이 땅의 지도급 인사들은 (대통령, 국무총리, 장관, 국회의원, 나라의 제도와 정책을 선택 결정하는 여타 정치인, 공.사기업 CEO, 법관, 검사, 교수, 교육감, 학교장, 지자체장…) 자신의 서가에 '신촌 서당 고전 읽기 100권', 아무리 인색할지라도 최소한, 정말 최소한 이 정도의 도서는 구비하고 있어야 한다고 믿는다. 그리고 지도자들은 틈틈이 (아니다!) 정말 틈만 나면 귀한 시간을 내서라도 이 정도의 책들은 열독하고 탐구하여 자신의 인식과 사유, 시대를 읽는 안목과 통찰의 지평과 깊이를 확장, 심화해야 한다, 고 나는 간절히 꿈꾸며 열망해 왔다.

'책 읽는' 정치 지도자와 국회의원, 검사들이 국사를 살피는 나라의 한 시민으로 살아봤으면 하는 꿈을 아직도 포기하지 못한다. 그들의 생각과 말이 나의 삶과 우리의 행복의 의미를 좌우하기 때문이다.

(20210516. 삼규쌤 '교단 일기'를 적다)

〈신촌서당 고전읽기 100권〉

1. 자산어보(정약전. 정명현. 서해문집)

2. 소크라테스의 변명(플라톤. 황문수. 문예출판사)

3. 데르수 우잘라(아르세니에프. 김욱. 갈라파고스)

4. 알래스카, 바람 같은 이야기(호시노 미치오. 이규원. 청어람미디어)

5. 논어, 사람을 길을 열다(공자. 배병삼. 사계절)

6. 파이돈(플라톤. 전헌상. 이제이북스)

7. 뜻으로 본 한국역사(함석헌. 한길사)

8. 아버지에게 드리는 편지(카프카. 이재황. 문학과지성사)

9. 나의 서양미술 순례(서경식. 박이엽. 창비)

10. 변방을 찾아서(신영복. 돌베개)

11. 장자(오강남. 현암사)

12. 도덕경(오강남. 현암사)

13. 아름다운 삶, 사랑 그리고 마무리(헬렌 니어링. 이석태. 보리)

14. 혼자만 잘살면 무슨 재민겨(전우익. 현암사)

15. 몽테뉴 수상록(몽테뉴. 손우성. 동서문화사)

16. 삼국유사(고운기. 현암사)

17. 당신들의 천국(이청준. 문학과지성사)

18. 백석 시집(백석. 고형진. 문학동네)

19. 산해경(정재서. 민음사)

20. 발터 벤야민의 모스크바 일기(발터 벤야민. 김남시. 그린비)

21. 돌베개(장준하. 돌베개)

22. 말레이 제도(앨프리드 러셀 월리스. 노승영. 지오북)

23. 외침(루쉰. 공상철. 그린비)

24. 이반 일리치의 죽음(톨스토이. 박은정. 펭귄클래식)

25. 화씨 451(레이 브래드버리. 박상준. 황금가지)

26. 토니오 크뢰거(토마스 만. 안삼환. 민음사)

27. 도덕 형이상학을 위한 기초 놓기(칸트. 이원봉. 책세상)

28. 공산당 선언(마르크스. 엥겔스. 이진우. 책세상)

29. 마음(나쓰메 소세키. 서석연. 범우사)

30. 풀베개(나쓰메 소세키. 송태욱. 현암사)

31. 인생이 왜 짧은가(세네카. 천병희)

32. 본회퍼의 옥중 서간(에버하르트 베트게. 고범서. 대한기독교서회)

33. 국가(플라톤. 박종현. 서광사)

34. 정치학(아리스토텔레스. 천병희. 숲)

35. 군주론(마키아벨리. 박상훈. 후마니타스)

36. 사회계약론(루소. 이환. 서울대학교출판사)

37. 도덕 감정론(아담 스미스. 박세일. 비봉출판사)

38. 법철학(헤겔. 임석진. 한길사)

61. 자유론(존 스튜어트 밀. 서병훈. 책세상)

62. 코스모스(칼 세이건. 홍승수. 사이언스북스)

63. 이기적 유전자(리처드 도킨스. 홍영남. 을유문화사)

64. 종의 기원(찰스 다윈. 김관선. 한길사)

65. 호밀밭의 파수꾼(샐린저. 공경희. 민음사)

66. 곶감과 수필(윤오영. 정민. 태학사)

67. 프로테스탄티즘의 윤리와 자본주의정신(베버. 박성수. 문예출판사)

68. 직업으로서의 학문(막스 베버. 이상률. 문예출판사)

69. 달밤(이태준. 맑은소리)

70. 월든(소로우. 강승영. 은행나무)

71. 오래된 미래(노르베르 호지. 양희승. 중앙북스)

72. 에밀(루소. 민희식. 육문사)

73. 간디 자서전(간디. 함석헌. 한길사)

74. 브루스 커밍스의 한국현대사(브루스 커밍스. 김동노 외. 창비)

75. 파우스트(괴테. 이인웅. 문학동네)

76. 윤동주 시집(윤동주. 범우사)

77. 개인적인 체험(오에 겐자부로. 서은혜. 을유문화사)

78. 무량수전 배흘림 기둥에 기대서서(최순우. 학고재)

79. 그들에 대하여(다니자키 준이치로. 고운기. 눌와)

80. 백 년 동안의 고독(마르케스. 안정효. 문학사상사)

81. 자전거 도둑(김소진. 문학동네)

82. 맹신자들(에릭 호퍼. 이민아. 궁리)

83. 그리스인 조르바(카잔차키스. 이윤기. 열린책들)

84. 바스커빌 가문의 개(코난 도일. 남명성. 펭귄클래식)

85. 당시 30수(유병례. 아이필드)

86. 민족 개조론(이광수. 우신사)

87. 서유기(오승은. 임홍빈. 김종민 문학과지성사)

88. 허클베리 핀의 모험(마크 트웨인. 김욱동. 민음사)

89. 필경사 바틀비(허먼 멜빌. 공진호. 문학동네)

90. 정신분석 강의(프로이트. 임홍빈. 열린책들)

91. 꿈의 노벨레(아르투어 슈니츨러. 백종유. 문학과지성사)

92. 타인의 고통(수잔 손택. 이재원. 이후)

93. 발자크 평전(츠바이크. 안인희. 푸른숲)

94. 예루살렘의 아이히만(한나 아렌트. 김선욱. 한길사)

95. 전태일 평전(조영래. 돌베개)

96. 생명의 느낌(이블린 폭스 켈러. 김재희. 양문)

97. 현대 세계의 일상성(앙리 르페브르. 박정자. 에크리)

98. 떡갈나무 바라보기(주디스 콜. 사계절)

99. 더블린 사람들(제임스 조이스. 한일동. 펭귄클래식)

100. 어린왕자(쌩 떽쥐베리. 열림)

26

비우면 채워지는 역설의 진리

혼히, 사람은 늘 자기연민이나 자기 애착에 빠져 산다. 달리 말하면 자기 자신에게 우선 집착하며 산다. 자기에게 지나치게 충성하며 오직 자신에게만 매달려 사는 셈이다. 따라서 자신의 감정이나 직관, 판단에 따라 민감하게 타인에게 반응한다. 나의 생각이나 느낌, 선지식이나 고정관념에 따라 사물이나 세계나 타인을 바라보고 해석하며 살기 때문이다.

그런데, 인간의 이런 자기중심적인 마음이나 태도가 자신을 옭아매는 굴레의 고통이 된다는 것을 기억하는 사람은 많지 않다. 자신의 마음을 오직 자신의 느낌이나 직관, 감정, 습관, 자신의 언어와 판단으로 채워 살아가다 보면 다른 사람의 세계나, 나와 다른 상대방의 생각이나 감정이 내 안에 들어올 틈이 생기지 않는다. 내 안에 여백이나 여유가 없기 때문이다. 내 안에 빈틈이 없기에 상대방을 담아낼 수가 없다. 내 안에 '내'가 가득하기 때문이다.

그래서 마음에 갈등이 생기고, 내 안에 번뇌와 고통이 조수처럼 밀려오는 것이다. 다른 사람 때문이 아니라, 내 마음 때문에 자기 자신을 괴롭히며 사는 어리석은 우를 범한다. 칼 포퍼는 <열린사회와 그 적들>에서 "내 주장이 틀릴 수도 있다"는 개방성을 가져야 개인도 가족도 사회도 행복해진다고 설득했다. 그는 자유롭게 토론하고 대화하면서 '내 안'의 오류를 점진적으로 수정해 가면 열린사회로 나아갈 수 있다고 하였다. 나를 고치는 일이 급선무라는 것이다.

우리는 '나'를 비우는 노력을 해야 한다. 나를 비울 때라야 내가 채워지는 역설의 진리는 지금도 유효하다. 나를 비울 때라야 나와 다른 세계와 사람이 함께 공존하는 기쁨을 맛보게 된다. 타인과 갈등이 사라지고 내 안에서 나를 힘들게 하는 미움과 반목과 분별심이 사라지는 것이다. 사랑과 관용과 연민의 감정이 싹터나기 시작한다. 사실, 내 안에 있는 자기중심적이고 배타적인 부정적 감정, '나'를 신神으로 받드는 완고한 우상숭배 의식이 나를 괴롭히는 주범이다.

이런 예화가 있다. 어느 날, 제자가 스승을 찾아가서 물었다. 스승님, 무엇을 가져야 행복하겠습니까, 스승이 말했다. 행복은 가져서 얻는 것이 아니고 버려서 얻는 것이다, 라고.

흔히, 사람들은 무엇을 많이 가지면 행복해지는 줄 안다. 그러나 어떤 면에서 행복은 얼마나 버리느냐에 달려있다. 내가 가지고 있는 욕심,

내가 가지고 있는 부정적인 감정, 미움, 열등감, 우월감, 교만, 내가 소유하고 있는 유무형의 것들을 하나씩 버릴 때마다 마음이 자유롭고 행복해지는 것이다.

우리는 우리 자신의 마음을 볼 수 있어야 한다. 그러려면 자꾸 내 안을 비워내야 한다. 그래야 다른 사람을 대할 때 그 사람의 마음을 읽어줄 수 있다. 나를 비워내야 다른 사람의 속 이야기를 들어줄 수 있다. 들어주는 것이 가장 큰 베풂이요, 들어주는 것이 타인의 마음을 얻는 일이다. 누군가를 사랑하는 일도 그 사람의 마음을 얻기 위함이 아니겠는가.

우리를 힘들게 하는 크고 작은 문제들의 중심에는 결국 우리의 마음에 문제의 원인이 도사리고 있다. 나 자신의 마음이 문제이다. 우리는 자신의 마음만 읽고, 자기 자신만을 신뢰하고 의지하며, 자신의 느낌만을 존중한다. 자신의 마음의 욕심과 집착을 냉철히 버릴 수 있어야 하는데 그렇지 못한다. 원인은 나다. 나의 마음이 행복과 불행을 결정하는 지렛대다.

노자는 <도덕경>에서, 심성(心性, 심정心淨, 심정心靜)은 오면 오는 대로 맞이하고, 가면 가는 대로 보내는 자연스러운 마음이라 하였다. 맑고 고요하여 억지가 없이 저절로 되어가는 명경지수와 같은 마음. 욕심이 없고 좋아하고 싫어함이 없는 자연스러운 마음의 상태를 지키는 것이 가장 즐겁게 사는 일이라 하였다.

그렇다. 나의 마음이라는 올무(욕심, 시비, 시기, 판단, 선악의 분별심 등)에서 벗어날 때 우리는 행복해질 것이고, 내 주변 사람들을 사랑하게 될 것이며, 관계를 회복할 수 있을 것이다.

(20180121. 삼규쌤의 '교단 일기'에서)

☼ 욕의 카타르시스

'욕의 카타르시스'(김열규 제)라는 저술도 있다. 임어당은 "욕은 어떤 언어 행위보다 뛰어난 언술이다."고 말했다. 글의 문맥에 맞는 욕은 수사학적으로 그 의미의 파장과 울림이 깊고 오래 간다. 그 함의가 분노와 서러움과 원한까지도 능히 풀어내고야 말 새 힘이 있다. 카타르시스와 통쾌한 감정의 극적 반전을 일으키는 힘이 있다. 우선 노자, 장자가 말한 무위의 격조가 있다. 실제의 상황에서는 대부분 사태를 악화시키기 일쑤지만 문학의 담론에서는 그 힘이 막강하다. 인위적으로 꾸미려는 말이 아니고 즉발적으로 분출하는 위력이 있다.

그렇다고 욕을 무조건 방임하자는 것은 아니다. 물 흐르듯 자연스러운 해학과 위트와 도량이 깊고 큰 그릇을 가진 사람이나 언어구사능력의 탁월한 인사가 아니고서는 도저히 욕은 사용할 수 없다. 그러므로 욕에는 생생한 야성의 자연이 있다. 번득이는 화술의 풍미가 넘친다. 언어 연금술사의 타고난 끼가 있어야 한다.

욕은 어떤 언어의 조탁과 수식이 없이 절로 가슴에서 샘솟는 생수와 같은 힘이 있는 것은 분명하다. 맥락이 있는 욕, 해학과 언어유희의 청량함이 있는 욕이라면 모두가 즐겁다. 욕은 그저 감정의 탈출구가 아닌 감정의 정화요, 웃음과 화해의 비상구다.

수십 년 전에는 전국 욕 대회가 일 년에 한 번씩 개최되기도 하였다. 삶의 애환을 달래기도 하고 고달픈 인생살이의 윤활유 같은 웃음과 폭소를 자아내기도 한 '욕의 힘'과 억눌린 감정을 발산하고 새 기운을 채우는 긍정적 카타르시스를 믿었던 것이다. 수수한 남녀 민초의 소박한 생활 정서를 지켜 이어가려는 뜻도 있었을 것이다.

김삿갓 김병연 시인을 알 것이다. 반복과 말장난 효과를 기대한 동음이의어의 한자어를 활용한 해학과 풍자의 한시로 일세의 유명을 떨쳤던 방랑시인. 그도 고도의 현학과 날카로운 수사의 비수를 동원한 욕의 노래를 남겼다. 장편 대하소설 '임꺽정'과 '태백산맥'과 '아리랑'에도 질박한 욕이 서사의 맛을 더해준다. 문학에서 욕에는 긴장이 있다. 소설을 읽는 독자의 답답한 가슴을 녹여주는 카타르시스의 힘이 있다. 자아화와 타자화가 동시에 달성되는 멋진 조화와 상생이 있다. 욕은 고도의 수사다. 언술의 맥락을 흐르는 피의 박동이다.

(20190317. 삼규쌤의 '교단 일기'에서)

칸트는 자신의 마음을 경이로 가득 차게 하는 것에는 두 가지가 있는데, 그 하나는 내 위에 있는 별이 빛나는 하늘이고, 다른 하나는 내 안에 있는 도덕률이라고 했다.

그런데 마음의 도덕률과 별을 보는 일 사이에는 수사적인 관계 이상의 것이 있을 성싶다. 별을 자주 보는 사람이 저절로 마음속의 별, 도덕률을 잘 인식할 수 있을 테니까. 적어도 마음속의 도덕률을 자각하는데 다른 사람보다 앞서지 않을까. 나는 여기서 한 사람의 마음의 도덕률은 그 사람의 어두운 마음을 밝혀주는 항성, 별이라 생각해 본다.

높은 데 있어 밤의 길을 비춰주는 별, 내 안의 어둠을 밝혀주는 도덕(률). 지상 저 너머에 있어서 숭고하기까지 한 아득한 별을 사모하는 마음. 그 마음이 우주 안에 있는 도덕률을 숭상하는 사람이 아닐까.

운동장 은행나무 그늘을 거닐며 동주의 '별을 헤는 마음'과 하늘과, 별과, 바람과, 시를 사랑한 윤동주의 시혼을 상상해 본다. 동주의 시를 읽으면 시인 윤동주의 도덕률과 양심과 엄격한 자아 인식과 자아 밖의 세계에 대한 사랑과 눈물과 명징한 동경을 곳곳에서 쉽게 볼 수 있다.

하늘의 별을 보며 가는 길은 지상의 도덕의 길을 찾아가기 위함이라는 칸트의 말이 생각난다.

(20180718. 삼규쌤의 '교단 일기'에서)

27

상선약수上善若水, 흐르는 물처럼

나는 흐르는 물을 좋아한다. 잠잠히 흐르는 강물이 그냥 좋았다. 그래서 지금도 눈뜨면 내 의식의 배면은 강물이 흐른다. 장흥군 장흥읍 탐진강. 나는 그 강가 작은 마을에서 태어났다. 그 맑은 물, 유약柔弱한 물, 어제도 오늘도 내 마음을 흐르고 있는 탐진강. 나의 존재 양식이 되어준 고마운 은혜의 강이 흐른다.

나의 유년 시절의 봄날, 자운영꽃 피고 청보리 봄바람에 너울너울 춤출 때면 장에 가신 아부지를 기다렸던 강 언덕에서 종일 바라봤던 강. 그 강둑에 앉아 무심無心히 흐르는 강을 보고 있으면 어느새 하늘과 바다와 강은 하나가 되어 있었다. 천지는 높고 낮음이, 시작도 끝이 없는 온통 푸른 하나의 세계로 보였다.

기약이 없이 아부지를 기다리다 심심하고 호젓할 때면 삐비의 여린 새순을 뽑아 먹었던 강 언덕. 버스가 풀풀 먼지를 날리며 지나가고 나면 틀림없이 아부지는 흰 두루마기를 날리며 강물 위로 징검다리를 건너 이쪽으로 걸어오고 계셨다. 그때 나는 눈에 익은 논두렁길로 숨차게 달려가 '아부지' 부르며 아부지 품에 안기곤 했었다.

바람이 강물 위를 스칠 때마다 물결치며 반짝이던 윤슬, 사인정 누각의 그림자 강물에 떠 흐르는 맑고 푸른 탐진강, 해거름이면 강과 바다가 만나는 구강포, 벌써 서쪽 하늘 붉게 타오르는 저녁노을에 나의 얼굴도 덩달아 붉게 탔었다.

가끔, 어린 나를 등에 업고 탐진강 징검다리를 건너 외갓집에 데려가셨던 우리 아부지의 강. 지금도 늘 내 맘을 흐르는 강. 내가 유난히 물을 좋아하고, 강물을 마음에 그리는 것은 어린 시절의 체험적 소산이라는 생각이 옳을 성싶다.

상선약수上善若水는 '가장 탁월한 것은 물이다'는 뜻이다. 노자老子의 <도덕경道德經> 81장 전편 곳곳에 나오는 말은 '물'이다. 그의 도덕경은 '물'이 흐르는 담론의 강이라고 해도 과언이 아니다. 나는 노자의 <도덕경>과 장자의 <장자>를 바로 손이 가는 곳에 두고 틈틈이 읽고 쓰며, 모르거나 기억나지 않은 한자를 옥편에서 찾고 암송하면서 지금까지 지내왔다. 대학원 공부할 때 서당에 나가면서부터 노자와 장자를 읽기 시작하였으니 이 책과의 교우가 '노붕우老朋友'처럼[19] 언제고

---

19) 노붕우(老朋友) 중국 옛말에 아주 오래된 친한 친구를 이르는 말.

이심전심,[20] 서로 서먹하지 않은 '책 벗'이 된 셈이다.

노자의 <도덕경> 8장 원문을 풀어 적으면 다음과 같다.

> "가장 좋은 것은 물과 같다. 물은 만물을 잘 이롭게 하고도 그 공을 다투지 않고, 모든 사람이 싫어하는 낮은 곳에 머물기를 잘한다. 그러므로 하늘의 도에 가깝다. 몸은 낮은 곳 땅에 두기를 좋아하고, 마음은 깊은 곳에 두기를 좋아하며, 베풂은 인仁에 맞게 하고, 말은 신의가 있게 한다. 정사政事는 잘 다스려지게 하고, 일은 능숙한 것을 좋다 하며, 행동은 때에 맞게 한다. 오직 그 공을 다투지 않으므로 허물이 없느니라."

<도덕경> 8장의 원문을 게재한다.

上善若水 水善利萬物而不爭 處衆人之所惡 故幾於道 居善地
心善淵 與善仁 言善信 正善治 事善能 動善時 夫唯不爭 故無尤

노자에게 있어서 인위人爲라는 것은 인지人知, 인욕人慾(사람의 앎, 사람의 욕망)을 가리키는 말인데, 인간 사회의 모든 갈등과 반목과 대립은 이의 소산이라고 주장한다. 따라서 인간의 싸움이 없는 화평한 사회를 이루려면 싸움의 근원인 인지人知, 인욕人慾을 억제하여, 흐르는 물과 같은 자연스러운 자연의 무위무심無爲無心, 무위자연無爲自然을 지향해야 한다

---

20) 이심전심 (以心傳心) 마음에서 마음으로 뜻이 통함. 심심상인(心心相印). • ~으로 우정이 싹트다.

고 노자는 역설한다. 인간이 '나'를 비우고 '나'를 죽이면 모든 것과 조화상생할 수 있다고 생각한 것이다. 물처럼 하나가 될 수 있다고.

노자의 <도덕경> 8장 내용을 후대 사람들은 인간이 가져야 할 올바른 덕목으로 보고 수유칠덕水有七德, 물에는 일곱 가지 덕이 있다, 고 하여 그 해석을 다시 풀어 정리하기도 한다.

1. 언제나 낮은 곳으로 향하는 겸손謙遜
2. 막히면 돌아가는 지혜智慧
3. 흙탕물과도 섞이는 포용력包容力
4. 어느 그릇에도 맞춰지는 융통성融通性, 군자불기君子不器21)
5. 바위도 뚫는 끈기와 인내忍耐
6. 폭포처럼 떨어지는 용기勇氣
7. 작은 물줄기가 큰 강을 이루고 결국 바다에 이르는 대의大義

(20201010. 삼규쌤의 '교단 일기'에서)

---

21) 군자불기(君子不器)『논어』'위정편'에서 공자는 '군자불기(君子不器)'라 하였다. 군자는 한 가지 용도로만 쓰이는 그릇과 같지 않다는 뜻으로, 학식과 덕망을 두루 갖춘 사람은 온갖 방면에 통함이 있음을 이르는 말.

28

우주에서 본 지구는 어떤 경계도 없다

우주에서 328일, 최장기 체류하며 여러 연구 과업을 수행한 미국 항공 우주국(NASA) 소속 우주 비행사 크리스티나 코흐가 돌아왔다. 코흐는 1년 가까이 우주에서 살면서 "(지구의) 흐르는 물, 음식, 달콤한 냄새, 얼굴에 부는 바람, 해변의 파도 소리 등 지구가 선사해 준 일상 속 자연의 감각이 그리웠다."고 했다.

한편, 그녀는 우주에서 이런 생각을 기록한 적이 있다. "우주에서 본 지구는 어떤 경계도 보이지 않는다. 우리는 모두 숨을 쉬고 적응하는 하나의 거대한 유기체의 일부분이다. 나는 1년 동안 이 관점을 경외하고 있다. 나는 지구로 돌아가서 위를 올려다보고 하늘을 가로지르는 우주 정거장을 보겠지. 내 친구들과 동료들이 나 없이 어떻게 저 위에서 지내고 있을지 궁금하다. 거의 20년 동안 인류는 우주에서 끊임없이 살아왔고, 또 일을 해왔고, 그 임무는 계속된다."고 우주 비행사 코흐가 우주에 살다가 1년 만에 지구로 돌아와 말한 몇 마디의 말은 나를 깊은 상념과 비애에 빠져들게 한다. "지구의 바람과 흐르는 물과 해변의 파도 소리, 달콤한 냄새 등 지구가 선사해준 자연의 감각이 그리웠다."는 그녀의 말이 오래 내 마음에 잔잔한 여운으로 흐른다.

자연의 소리와 향기와 자연의 다양한 빛, 그리고 맛있는 음식 냄새와 커피 향 등 지구별의 익숙한 일상의 감각적 체험이 그리웠을 것이다. 지구별에 있을 때는 몰랐던 일상의 감각들. 우리가 지금 살고있는 지구의 익숙한 그 감각인 소리와 냄새가 그리웠다는 그녀. 일상의 리듬으로부터 고립된 328일 간의 우주 체험은 그녀에게 지구에서 몰랐던 많은 것을 알게 한 것이다. 있을 때는 보지 못한 것들을 멀리 떨어진 곳에서 알게 된 것이다. 장기간의 고통스러운 침묵과 고립의 시간은 그녀에게 놀라운 재발견의 시간이었다.

"우주에서 본 지구는 그 어떤 경계도 보이지 않는다. 우리는 모두 숨을 쉬고 적응하는 하나의 거대한 유기체의 일부분이다."는 코흐의 말!

그런데 정작 지구에 사는 사람들은 지금, 어떻게 살고 있는가. 서로 등 돌리고 반목과 대립의 벽을 쌓고 선을 그어가며 사방으로 경계를 만들고 있다. 크리스티나 코흐, 그녀의 체험은 위대하다. 놀라운 깨달음이다. 정말 진실한 고백이다. 그녀의 체험이 우리 모두의 경험이 되고, 모두가 공감하는 깊은 울림이 되었으면 정말 좋겠다.

(20200208. 삼규 쌤의 '교단 일기'에서)

29

나의 〈공적내용〉을 적다

교육자의 길에 들어선 지 36년이 되어갈 즈음, 나의 '공적내용'에 대해 한참을 생각하다가, 내가 교단에 첫발을 딛는 순간부터 순일純一하게 나를 지탱해준 교육적 신념과 그에 따른 실천을 기록하겠다는 생각을 한다. 이 글을 적으면서 나는 주마등 같이 스쳐 간 십수 년의 교단생활을 담담하게 반추하게 될 것이다. 살아온 길에 어느 한순간인들 소중하지 않은 때가 없지만, 학교에서 보낸 내 인생의 긴 시간은 보람 가득한 축복이었고, 때로는 고독한 길이었으며 외로운 길이기도 하였다. 모든 생生의 길이 그러하듯 기쁨과 아쉬움이 교차한 길이었다.

교단생활 내내 나의 가장 큰 화두는 '나는 무엇을 가르칠 것인가', '진정한 가르침이란 무엇인가'였다. 이 화두를 묵상할 때마다, 나는 한국 교육의 현재와 미래에 대해 늘 생각하였다. 그리고 넓은 범주의 교육 주체로서 깊은 성찰과 고뇌를 하지 않을 수 없었다. 그렇지만 오늘 이 글에서는 교육의 중요한 한 축을 이루어 온 교사인 내가 한성고등학교에서 몸소 실천하였던 교육적 신념과 교육활동(학생들을 지도하고 가르치는 일) 및 학생, 학부모, 동료교사와 수시로 나눈 담론을 몇 항목으로 정리하려 한다. 지금 돌아보면 나의 교육활동은 부끄럽지 않다. 우리 아이들에게 유익한 경험이 되었을 것이라는 기쁨과 자부심을 갖는다. 물론 어려움도 많았다. 나만의 신념을 포기하고 인문계 고등학교에서 추구하는 대학 입시만을 위한 평범하고 단순한 길을 따라가고 싶은 순간이 많았음을 고백한다.

1. 교육은 지知 · 정情 · 의意를 고루 갖춘 전인적全人的 인격체를 길러내는 것이다.

> "세상을 이겨내는 최고의 지혜는 겸손이다. 항상 약자를 아끼고 편들어라."

교육은 우리 아이들을 변화시키는 일인데, 교단생활 내내 '나는 무엇을 가르칠 것인가', '진정한 가르침이란 무엇인가'를 스스로 질문하며 그 답을 찾아 실천하였다. 그 변화의 가장 중요한 축은 전인적全人的 인격체를 만드는 것이 핵심이라 생각하여 공부만 잘하는 아이보다는 지 · 정 · 의를 고루 갖추고 공부도 잘하는 아이들로 키우려 하였다. 비교적 공부 잘하는 아이들이면 학급 청소나 심부름도 더 많이 시켰고, 공부에 관심이 떨어지고 가정 형편이 복잡하거나 어려운 처지에 있는 아이들은 더 자주 면담하며 낙망하지 않도록 손을 잡아줬다. 담임을 하는 내내 나는 학급 교실 청소를 손수 하였다. 칠판 가루받이 걸레질이며 교탁과 교실 앞뒤 물걸레질은 항상 담임인 내가 하였다. 매시간 교과 선생님들에게 기분 좋은 상쾌함을 배려하고 싶었다. 환경 게시물은 조금 미비하였으나 교실은 항상 흙먼지 없이 청결하게 관리하였다. 교실에 자주 들어가 아이들에게 청결하고 정돈된 학습 환경을 조성해주고 싶었다. 또 반 아이들과 교감을 위해 시험이 끝날 때랄까, 방학이면 시내 분식점에 들러 단체로 즐거운 시간을 누렸고, 방학이나 개교기념일, 공휴일이면 청계산, 남한산, 인왕산, 남이섬, 석모도 등을 찾아 함께 거닐었다. 공부만 하는 아이들이 자칫 어긋나기 쉬운 원만한 인성을 채워주기 위함이었다.

그리고 나는 20여 년이 훌쩍 넘는 동안 진로상담실에 자리를 두고 있는데 나는 늘 이곳 교무실을 청소하는 일을 도맡아 해왔다. 내가 기쁘게 하는 일이라 바닥을 걸레질하고, 책상을 닦고, 세면대와 냉장고와 쓰레기통을 청소하고 나면 등줄기에서 한겨울에도 구슬땀이 흘러내리곤 했다. 마치 숲의 나무들이 서로 기대고 어울려 깊고 맑은 숲을 이루듯, 나라는 미미한 존재를 빛내주고 살아가게 한 고맙고 귀한 동료 선생님들이 조촐한 환경에서 더 행복할 수 있다면 더 바랄 것이 없다는 생각으로 지금도 꾸준히 실천하고 있다.

나를 말하는 일이 자칫하면 자랑하는 일이 되는 것이라서 조금은 부끄럽고 망설이지만 고백할 것이 있다. 나는 우리 학생들과 동료 교사들에게 낮은, 겸손한 내가 되고 싶었다. 최대한 낮아진 자세로 봉사하고 상대를 높이고 존중하는 작은 마음을 행동으로 늘 옮기려 하였다. 누가 되었든 그들 앞에 겸손한 사람이 되고 싶었다. '자세를 낮추고 무릎을 꿇으면 보이지 않던 것이 보인다.' '세상을 이겨내는 최고의 지혜는 겸손이다.' '항상 약자를 아끼고 편들어라.' 하고 입이 닳도록, 귀에 박히도록 말씀하셨던 생전 어머님의 가르침을 따르는 길이기도 하였고, 이런 신념을 기꺼이 행동으로 옮겨 나를 보고 배우는 우리 아이들한테 소박한 본을 직접 보여주고 싶었다.

2. 독서, 책을 읽는 일은 아이들 사고 활동을 확장하는 절호의 기회이다.

'읽는 힘은'은 '생각하는 힘'을 키운다. '읽는 힘' = '생각하는 힘' = '글 쓰는 힘'이 우리 아이들의 진정한 실력이다.

이 확고한 신념信念으로 학생들에게 항상 긍정의 질문을 할 수 있었고, 아이들은 변화의 기미를 보이기 시작하였다. 왜냐하면 교사는 신념이 없으면 긍정적인 질문을 학생에게 할 수 없다. 나의 긍정의 질문은 아이들에게 엄청난 변화의 촉매가 되었다. 학생의 뇌는 교사나 학생 스스로 질문하는 것에 따라 부단히 그 질문의 답에 집중하려는 경향을 보인다. 책이나 신문을 읽고 난 학생들에게 나는 항상 '책을 읽고 어떤 변화를 느꼈는가?' "책을 읽으니 행복한가?" "책을 읽고 있는 지금의 나는 책을 읽지 않았을 때의 나와 무엇이 달라졌는가?" "여러분은 이번 책과 신문을 읽고 무엇을 발견하였는가?" 나의 긍정적인 질문을 받은 아이들은 나의 질문에 답하기 위해 서로 경쟁하듯이 책과 신문을 읽기 시작하였다. 책이나 신문을 읽고 난 후 자신에게서 일어난 변화 중에서 선생님의 긍정적인 질문을 충족하는 대답을 자신에게서 발견하려 책 읽기에 더욱 집중하였다. 이렇게 변화한 학생들은 학교 시험이나 수능 문제 풀이에서 주어진 텍스트를 잘 읽는 사고력이 탁월한 아이가 되었고, 틀림없이 언어영역 고득점자가 되었다. 학교생활 전반에 걸쳐 아주 양호한 학습활동을 하였다. 또 신문을 잘 읽고 수불석권手不釋卷, 손에서 책을 놓지 않는 친구들은 글쓰기도 잘하고 어휘적 사고능력과 언어구사능력이 뛰어났다. 책의 주제에 대한 탐구활동의 결과를 보고서로 작성하여 발표하는 능력 또한 우수하였다. '읽는 힘'을 키워주는 일은 모든 교육활동과 사회활동의 초석이다. 우리 아이들이 '공부'를 잘하는 유일한 방법은 이것이다.

이 같은 능동적인 문제 해결 능력을 연마하는 가장 좋은 방법이 바로 독서이다. 이런 확고한 신념을 한성에서 재직하는 30년 넘는 동안 해마다 실천하였다. 일주일에 한 권씩, 다달이 세 권, 네 권씩 '책 읽기 운동'을 펼쳤다. 물론 학생들이 읽을 책은 교사인 내가 신중히 선택하여 공지하면 아이들은 교사를 신뢰하여 학교 앞 서점에서 바로 구입해 읽기 시작하였다. 가장 큰 교단의 보람이 아닐 수 없다.

3. '사람은 책을 만들고 다시 책은 사람을 만든다.'

> '읽고 −생각하는 힘'을 키워주는 일은 아이들에게 행복한 인생의
> 로또를 선물하는 일이다. '우리 아이들에게 진정 필요한 것이 무엇
> 인가?' 에 대해 깊은 고뇌와 통찰이 있어야 한다.

나는 우리 청소년에게 가장 중요한 학습 덕목은 생각하는 힘과 언어구
사능력을 연마하는 일이라고 믿는다. 이 믿음을 수업 현장에서 부단한
설득을 통해 실행한 경험이 있는데, 소중한 추억이다. 독서(신문읽기를 포
함한 모든 읽는 행위)의 근원적인 목적은 지식을 축적하고 그것을 활용하
여 창의적 사고력과 문제 해결 능력, 투철한 가치관과 건전한 인성 등
을 함양해 나아가는 데 있다. 이를 위해 교단에서 실천한 일 중에 숱한
어려움이 있었지만 보람 있었던 일은 '신문읽기 운동'이었다. 모든 학
생이 나를 따라 한 부, 두 부의 신문을 매일 읽었다.

지금과 달라서 8, 90년대와 2000년대 초반의 신문은 진영의 쏠림, 담론
의 편향성, 사실의 왜곡이 거의 없어서 세상에 대한 눈을 열어주는 매
체로서 신문만 한 것이 없었다. 더욱이 그 당시는 컴퓨터가 보편화되지
않았고 인터넷 활용도 학교활동에서 거의 많지 않았던 때라서 나의 '신
문읽기 운동'과 '책 읽기 운동'은 교사의 진정성을 이해한 학생이라면
그 어떤 학생도 소극적이지 않았다. 공부는 못해도 책과 신문은 읽자,
는 나의 이 말에 심지어 수업 시간에 자는 아이들조차도 신문이나 책은
꼭 읽었다. 심지어 어떤 교과 선생께서는 김삼규 선생이 신문 읽으라는

통에 폐휴지 처분하는 일이 늘었다, 수업 중 신문을 읽는 아이들이 많아 수업을 제대로 할 수 없다는 등, 불평을 하는 분도 계셨다.

일화 하나가 떠오른다. 90년대 초반 2학년을 지도하는 해였는데, '태백산맥' 10권(조정래), '아리랑' 12권(조정래), '토지' 16권(박경리)를 내가 담당한 학급 학생들이 모두 동참하여 읽기에 성공한 적이 있다. 그 기쁨은 지금도 행복하다. 왜, 이 도서를 읽어야 하는지, 이 장편 대하소설은 어떤 배경과 시대정신과 작가정신이 구현된 도서인가를 말해주면, 그때 학생들은 수긍하고 적극적으로 따라 읽었다. 자발적으로 학급 반장이 책을 읽겠다는 학생들을 조사하고 학생들로부터 책값을 모아 단체로 책을 구입해 달라고 나한테 찾아오면 학교 앞 서점과 출판사에 애기하여 책 구입을 도와주곤 했다. 하루는 수업 중이었는데 책을 싣고 온 트럭이 앞 운동장에 와 있는 것을 본 창가의 학생들이 "책 왔다!" 말하자 모든 학생이 수업 중이었는데도 달려간 적이 있었다. 서로 먼저 책을 받으려는 장면을 창가에서 내려다보며 얼마나 기뻤는지… 책을 읽겠다는 열망과 실천 의지를 우리 아이들에게 확인한 감동의 순간이었다. 그때 '책 읽기 운동'과 '신문 읽기 운동'의 물결은 제가 맡은 학급으로부터 점화되어 다른 학급으로 확산되었고, 잠만 자는 아이들도 책에 눈을 뜨기 시작하였다.

그 해 그 학생들은 수능 언어영역에서 아주 탁월한 고득점을 받은 것으로 기억한다. 그리고 대입 본고사와 논술에서도 발군拔群의 실력을 발휘한 것으로 알고 있다. 지금 그 아이들 중에는 해외와 국내에서 이름 있는 인사가 되어 우리 사회에 선한 영향을 끼치고 있는 친구들이 꽤 많다. '사람은 책을 만들고 다시 책은 사람을 만든다.'는 말을 증명한 '사건'이 된 것이다.

그리고 나는 어떤 학년, 무슨 교과를 맡든 상관없이 교과 수업을 병행하면서 항상 아이들에게 '꼭 읽어야 할 필독서'를 정하여 20여 권 이상의 도서를 해마다 읽혔다. 그중에는 '오래된 미래' '작은 것이 아름답다' '당신들의 천국' '어린왕자' '무소유' '역사란 무엇인가' '소유와 존재' '떡갈나무 바라보기' '코스모스' 등등… 이 책들을 읽은 제자들을 간혹 만나면 이구동성으로 그때 읽은 책들이 지금도 자신들의 인식과 사유의 지평을 확장해준 밑거름이 되었노라 자랑하곤 한다.

눈앞의 대학입시만이 학교생활의 전부라 생각하는 인문계 고등학교에서 나의 신념을 실행에 옮기는 일은 쉬운 일이 결코 아니었다. 끊임없이 아이들을 설득하여 신문과 책을 읽도록 해야 했고, 그러고 나면 뒤처진 교과서 진도를 따라가느라 잠시 쉴 틈이 없었다. '읽고 −생각하는 힘'이 모든 학습활동의 출발이며 졸업 후 확실한 '실력'은 바로 여기서 나온다는 확고한 신념이 있었기 때문이었다.

4. 창조적 자생력(=자화력自化力)은 실패와 인내와 방황을 통해서 길러진다. 확실한 앎은 인식의 주체인 학생이 직접 경험하는 과정에서 체화된 것이다.

자신의 인생을 아름답게 만들어가려고 노력하는 우리 청소년들이라면 방황과 실수와 시련과 같은 '노이즈'를 응당 받아들일 수 있도록 설득하였다. 사실, 오늘날 우리 아이들은 실패하고 실수할 틈이 없다. 넘어지고 좌절하면서 스스로를 일으켜 세울 최소한의 기회마저 잃고 만 지오래되었다. 외부에서 넣어주는 과잉의 교육적 보살핌이 넘쳐나는 세상을 살고 있기 때문이다. 아이들이 세계와 사물을 자기 자신의 눈으로보고 발견할 수 있는 기회를 부모와 교사는 제공하지 않는다. '설명이많은 가르침'과 타인에게 의존하려고만 하는 '배움'은 아이들의 통찰력과 상상력을 키워낼 수 없다. 아이들 곁에서 지켜보는 일이 중요하다. 농사일처럼 아이들 스스로 해결할 수 있도록 기다려줘야 강하게 성장한다. 지知, 정情, 의意를 고루 갖춘 아이로 자란다. 어떤 시련이나 난관이 있어도 넘어지지 않고, 설령 넘어질지라도 스스로 일어날 수 있는힘을 터득하게 된다.

5. 인간의 인식은 지속적인 관찰과 탐구에서 탄생한다.

오늘날 우리 아이들은 타인에 의한 과도한 배움과 가르침에 노출되어있다. 심지어 아이들이 배운 것을 스스로 되새김질하며 음미하고 소화시킬 여유마저 갖지 못한다. 지나치게 많이 먹게 한다. 아이들의 소화

기능은 생각하지 않고 무조건 '좋은 것'이면 억지로라도 입을 벌려 먹도록 한다. 그래서 요즘 우리 아이들은 '탈'이 자주 난다. 소화력이 떨어진 만성소화불량에 걸린 아이들이 많다. 교육에 종사하는 모든 사람은, 우리 아이들이 그들만의 '눈'을 가질 수 있도록, 자신의 촉수와 감성으로 세계와 만날 수 있도록 자유로운 방목의 시간을 허용해야 한다. 한 사물과 세계에 대한 인식은 지속적이고 반복되는 오랜 시간에 걸쳐서 형성된다.

6. 눈이 먼 사람은 길을 안내할 수 없다. 교사는 항상 책을 읽어야 한다.

올바른 가르침은 교육자가 항상 자기 자신을 이해하고 통념적으로 용인되고 있는 기존의 사고방식에서 벗어나 자유로울 수 있을 때라야 가능하다는 것을 명심해야 한다. 왜냐하면, 교육자가 보여주는 현재 그자신의 모습과 생각이 바로 교육이기 때문이다. 눈이 먼 사람은 길을 안내할 수 없다. 누군가를 안내하고자 하는 사람은 그 길을 알아야 하고, 길을 가는 목표가 분명해야 하는 것이다. 이런 신념에 따라 지금까지 동서고금의 고전에서 현대의 다양한 도서에 이르기까지 일만 여권이 넘는 책을 한성 교단에서 읽었다. 틈만 나면 책을 펼쳤다. 나의 독서 활동은 고스란히 아이들에게 파급되었고 가르치는 학습 내용을 풍성하게 해주었다. 남들이 가지 않는 길을 갈 수 있는 담대한 힘을 그 숱한 독서 체험에서 얻을 수 있었다.

7. 깊고 넓은 통찰력을 키워주는 교육이어야 한다.

몇 해 전 모 방송사에서 특집으로 핀란드 교육과 한국 교육을 집중 비교분석 조명한 적이 있었는데, 핀란드 교육의 핵심은 평가를 중시하지 않는 교육, 낙오자가 없는 교육, 고른 지식을 쌓기보다 깊은 통찰력을 키워주는 교육, 가르침과 배움이 많은 교육이 아니라 학생들이 스스로 탐구하고 서로 협력하는 경쟁이 없는 교육이었다. 교육자인 나에게 많은 것을 일깨워주었다. 그 후 아이들 입을 억지로 벌려 밥숟가락을 떠밀어 넣는 식의 경쟁과 평가 위주의 주입식 교육의 폐해를 극복하는 학습을 하도록 설득하였다. 독서를 강조한 것은 바로 이것이다. 이젠, 학생 스스로 생각해 지식을 쌓아가고 문제를 해결하는 능동성을 배양해야 하는 것이 중요하다. 오늘날 교육전문가들이 늘 강조하는 자기 주도적 학습도 이와 같은 맥락에서 제기되고 있는 것이다.

8. 교육은 가득 찬 머리보다는 잘 만들어진 머리를 만드는 것이다.

주어진 정보를 맹목적으로 수용하여 지식의 총량은 늘리는 교육은 진정한 교육이 아니다. 프랑스의 사상가이며 교육가인 몽테뉴는 "외우는 것은 아는 것이 아니다. 교육은 가득 찬 머리보다는 잘 만들어진 머리를 만드는 것이다"라고 했다. 이젠, 상세한 설명보다 아이들을 재촉하지 않고 기다려주는 가르침이 필요하다. 아이들 스스로 터득해가는 '과정의 교육'이어야 한다. 그리고 아이들의 실패와 '긍정의 방황'을 너그럽게 용인하고 기다려줘야 한다. "더 많은 실수를 할수록 더 빨리 익힐 수 있었다."는 어느 경영인의 말을 다시 음미해봐야 한다. 아이들은 부모의 욕망의 도구가 결코 아니다. '자연으로 돌아가라'를 외친 <에밀 Emile> 의 저자 루소를 기억할 것이다. 그는 이 책에서 과잉의 교육이 아이들의 잠재성과 본래의 천성을 해칠 수 있다는 것을 말하고 있다. 지知 · 정情 · 의의 조화를 이룬 아이들이 성장하여 세상의 선한 빛과 소금의 역할을 한다. 기성세대와 교사의 인식의 변화만이 교육의 변화를 가져올 수 있다.

정년퇴직을 위해서는 '공적내용'을 적어 교육부에 제출해야 한다. 나는 무슨 <공적내용>이 있을까, 망설이다가 지나온 교단생활에서 생각나는 것들을 몇 가지로 정리해 보았다. 과연 이 글이 <공적내용>이 될까, 의문이다. 이런 글을 처음 써보기에 어색하기만 하다. 그러나 긴 교단생활을 잠시 돌아볼 수 있어 감사한 마음이다. 내가 걸어온 교단의 길은 위에서 말한 교육적 신념의 실천, 시행착오와 보람이 버무린 고독한 길이었다. 그 길에 꽃이 피고 떨어지는 날들이 흐르고 흘렀다.

(20211030. 삼규쌤 '교단 일기'를 적다)

언어의 힘, 말의 힘

우리 인간들은 다른 사람의 마음을 직접 읽지 못한다.
반면에 우리는 다른 사람들이 하는 말,
글 행간에 숨겨진 뜻,
그들의 얼굴 표정과 눈빛,
그들의 행동을 설명해주는 가장 그럴듯한 이유 등으로부터
그들의 마음을 정확히 추측한다.
이것은 우리 종의 가장 놀라운 재능이다.

— 스티븐 핑커, <마음은 어떻게 작동하는가>에서

01

침묵의 말

옳은 말이라도 말할 때가 있다. 바른말이라도 말할 때가 있다. 흔히 옳은 말은 해도 되는 줄 안다. 옳은 말이나 바른말은 하면 좋은 줄 안다.

어느 학생이 한 말, "울 엄마와 학교 선생님의 공통점은 옳은 말을 기분 나쁘게 하는 것"이란다.

옳은 말이나 바른말이 꼭 옳은 사람을 만드는 게 아니다. 옳은 말만이 꼭 기분 좋은 말이 되지 않는다. 옳은 말이라도, 바른말이라도 말하지 않아야 할 때가 있다. 옳은 말이든 틀린 말이든 하지 말아야 할 때가 있다. 더욱이 옳은 말일지라도 해서는 안 될 때가 있다. 아무 말도 하지 않아야 할 때가 있다.

흔히 나는 목에 칼이 들어와도 할 말은 한다는 사람을 가끔 만난다. (그러나) 옳은 말 바른말 하는 그 사람으로 인해 관계가 끊어지고 문제가 더 어려워지는 일이 얼마나 많은가. 분열을 조장하고 다툼과 시비를 낳을 때가 얼마나 흔한가. 경전에 이르기를, 우리가 천사의 말을 할지라도 사랑이 없으면 옳은 말 바른말일지라도 그 말은 아무것도 아니다. 한낱 시끄러운 꽹과리 소리에 불과하다.

아무리 옳은 말일지라도 하지 말아야 할 때가 있다. 침묵만큼 아름다운 말은 없다. 침묵만큼 위대한 힘은 없기 때문이다. 외과 의사는 환우의 몸에 악성 종양이 있으면 칼로 단호히 자른다. 그러고 나서 반드시 치밀하게 꿰맨다. 봉합이 잘되도록 치료한다. 치료를 위해 붕대로 싸맨다.

우리가 부득이 말을 해야 할 때는 외과 의사와 같아야 한다. 서로를 살리는 말을 해야 한다. 말은 사람을 살리는 말일 때 바른말이요, 옳은 말이요, 관계를 증진하는 말이다.

(20201007. 삼규쌤의 '교단 일기'에서)

02

표도르 이바노비치 튜체프[1]의 〈침묵〉

침묵하라. 나를 드러내지 말고
내 감정과 꿈을 감추고
그들이 영혼 깊숙한 곳에서
밤하늘의 별처럼 고요히 일어나 걷도록 하라
별들을 고이 보듬고 침묵하라.

어찌 가슴이 자신을 표현할 수 있겠는가
어찌 다른 사람이 너를 이해할 수 있겠는가
당신이 무엇으로 살아가는지 어찌 알 수 있겠는가
말로 드러낸 생각은 모두 거짓일 뿐이다
샘물은 휘저으면 흐려지는 법,
다만 차가운 생수를 마셔라
그리고 침묵하라.

오직 너 혼자서 네 속에서 살 길을 찾아라
네 영혼 속에 완전한 세계가 있다

---

1) 표도르 이바노비치 튜체프(1803~1873) 러시아 서정시인.

신비롭고 환상적인 둥근 세상이 있다
바깥의 소음은 그들을 마비시킨다
낮의 빛은 그들을 쫓아내려 한다
그들의 노래에 귀 기울이고 그리고 침묵하라.

〈감상과 해설〉

'꽃은 웃어도 소리가 없고, 새는 울어도 눈물이 없다.'는 말이 있다. 가장 진솔한 말은 마음으로 듣는 울림이다. 마음속에 있는 말은 그 말이 입으로 나오지 않고 눈빛으로 먼저 드러난다. 그러므로 침묵은 우리 영혼의 가장 깊고 진실한 언어이다. 자신과의 대화에서도, 사람과 사람의 관계에서도 깨어있는 침묵은 가장 솔직하고 맑은 언어이다.

간혹 말은 모든 것을 파괴한다. 나와 너를 찌르는 비수가 된다. 말문을 닫고 생각을 비워야 오히려 생생히 들을 수 있는 침묵의 말. 말을 잊고 내면 깊이 침잠해야 들을 수 있는 나의 내면의 언어, 침묵. 침묵으로 나를 비우면 비로소 열리는 귀. 그 귀가 열려야 들을 수 있는 타인의 언어, 자연의 말, 내 안의 말.

(20190810. 삼규쌤의 '교단 일기'에서)

03

이미지 트레이닝, 말과 생각의 힘

마음속에 긍정의 이미지를 심으면 기분이 좋아지는 것은 물론이고 신체 감각까지 바뀐다.

심리학에서는 '이미지 트레이닝'이라 하는데, 집에서나 학교에서 가족들과 아이들에게 '깊은 숲속 나무가 된 것 같은 기분을 느껴보라, 타오르는 노을이 된 것 같은 기분을 가져보라, 고 만날 때마다 주문하곤 한다.

오늘, 나는 행복하다, 나는 잘 할 수 있다, 크게 외쳐보라 한다. '이미지 힘'은 '언어의 힘', '말의 힘', '생각의 힘'처럼 우리의 몸과 마음을 다스린다. 우리가 말한 대로 몸은 반응하니까.

마음에 늘 꿈을 품고 그 꿈을 바라보며 사는 일, 좋은 생각을 하며 사는 일, 기대 섞인 말을 하는 일, 남을 기분 좋게 하는 말은 우리의 마음 텃밭에 잘 여문 씨앗을 심는 일이다.

비 갠 아침 청신한 숲의 숨결과 새들의 명랑한 소리 흠뻑 호흡하며 교정을 산책한다. 오월 신록의 나무가 된 기분을 느껴보고, 새는 울어도 눈물이 없듯이 나의 심정心情의 어둡고 무거운 모든 것을 텅 비워가며 무심無心한 새들이 된 기분을 느껴보려 한다.

틀림없이 내 안에서는 청아한 새들의 노래가 들릴 것이며, 오월 신록의 나무는 춤을 추며 나를 흔들고 있을 것이다.

(20210528. 삼규쌤의 '교단 일기'에서)

04

끌어당김의 법칙 law of attraction

'끌어당김의 법칙 law of attraction, LOA'은 생각은 현실이 된다는 뜻이다.

'긍정적인 생각은 긍정적인 결과를, 부정적인 생각은 부정적인 결과를 낳는다.' '간절히 원하는 것을 머릿속에 그리면 이뤄진다.' 심리학이나 교육학에서 말하는 피그말리온효과와 로젠탈효과는 뇌 과학적 근거가 있는 주장이다.

사실, '끌어당김의 법칙'은 과학보다 신앙과 더 밀접하다. 석가모니는 "현재의 나는 내가 과거에 한 생각의 결과다. 나는 생각의 주춧돌 위에 생각의 벽돌을 쌓아 올린 집이다."라고 하여 '생각의 힘'의 위대함에 대해 진즉 설파한 바 있다.

예수도 <성경> '마태복음' '마가복음' 곳곳에서 긍정의 생각과 기대 섞인 자기암시와 믿음의 힘에 대해 비유를 통해 강조하였다. 간절함이 있으면 그 바라는 것은 반드시 이루어진다는 것이다.

이렇듯, 인간의 두뇌는 인간이 꿈꾸고 바라고 생각하고 말하는 모든 것에 반응하는 신경가소성의 힘을 발휘한다고 한다.

(20190903. 삼규쌤의 '교단 일기'에서)

05

말과 행복

현대인의 관심의 핵심은 행복에 있다. 그러나 그 행복이 어디서 오는지를 잘 알지 못한다. 돈과 명예만 얻으면 행복할 것으로 여기지만 그것은 정확한 답이라 할 수 없다.

행복은 '소유'보다 '관계'에서 온다. 에리히 프롬은 <소유냐 존재냐>에서 분명하게 말했다. 존재의 삶을 살아라, 눈에 보이지 않는 가치를 추구하라, 가족과 이웃과 직장동료와 횡적인 수평적 관계를 바르게 유지하며 살아야 행복할 수 있다, 고 말했다.

이 두 영역의 좋은 관계를 지속하기 위해 인간은 '언어의 힘'에 의지한다. 사람은 자신의 생각이나 감정을 언어로 드러내며 관계를 지속해 간다. 중요한 것은 어떤 언어(말)를 사용하느냐에 따라 그 사람의 인생과 관계의 의미망이 바뀐다는 것이다. 한 사람의 인생은 그 사람이 사용하는 언어에 의해 좌우된다. 그 언어의 질과 무늬에 따라 인생과 관계는 결정된다고 해도 과언이 아니다.

행복하기를 원한다면 제일 먼저 언어부터 바꿔야 한다. 긍정의 언어, 격려의 언어, 희망의 언어, 사랑의 언어, 믿음의 말, 위로의 말, 큰 말, 아름다운 말로 바꿔야 한다. 소통과 관계를 증진하고 지속하기 위한 가장 시급한 방편은 말이다. 생각이다. 태도다. 불평하고 짜증스러운 말보다는 감사의 말을 많이 사용해야 한다. 비판적이고 공격적인, 부정적 언어보다는 긍정의 말, 칭찬 섞인 말, 격려의 말, 소망과 기대가 담긴 말, 온유한 말을 항상 할 수 있어야 한다.

말의 습관, 언어습관, 긍정적인 생각의 습관을 어려서부터 길들일 일이다. 아무리 좋은 말이라도 말하는 이의 감정이 섞이거나 설득하여 납득시키려는 의도가 강하면 공격적인 말투로 변화하기 십상이다. 상대의 관심과 개성과 정체성을 존중하는 말을 많이 사용해야 한다. 이런 언어들이 '관계'를 증진시킨다. 이 관계에서라야 우리는 행복을 누린다.

행복은 일상의 말속에 들어 있다. 행복은, 우리가 사용하는 언어의 집에 피어나는 꽃이다. 가족과 이웃과 직장 동료와의 관계에서 감사하는 말과 긍정적인 말, 격려하는 말, 공감하는 말, 들어서 기분 좋은 말, 역지사지易地思之의 마음에서 천천히 나오는 배려의 말을 많이 사용하면 행복의 문은 항상 활짝 열린다. 행복한 인생은 자신의 마음에서 나오는 입술의 말에 달려있다.

(20180131. 삼규쌤의 '교단 일기'에서)

06

스티븐 핑커의 〈언어 본능〉

<언어 본능>(스티븐 핑커 지음)이라는 책을 읽으면 '언어의 힘'에 대해 실감하게 된다. 인지공학자요 <우리 본성의 선한 천사>란 방대한 역작을 남긴 스티븐 핑커는 이 책을 통해 인간의 언어적 본능을 인지심리학적 투시로 접근한다. 그가 역설한 것은 긍정의 언어습관이다.

언어 전공자가 아니면 이 책은 조금 어렵지만 여실히 '언어의 힘'을 수긍할 수 있다. 우리 각자가 습관적으로 자주 사용하는 일상의 언어가 우리의 운명과 인생을 만든다는 것을 금방 짐작할 수 있다. 다시 말하면 습관적으로 사용해 오던 말('언어습관')을 바꿈으로써 우리의 경험과 인식, 감정, 태도를 변화시킬 수 있다는 것이다.

우리가 사용하는 말은 신념을 형성하고 우리의 행동에 결정적인 영향을 끼친다는 사실을 인식하는 것이 중요하다. 특히, 의사의 말 한마디는 환자를 '＋' 방향으로든 '－' 쪽으로든 변화시킬 수 있는 강력한 힘이 있다는 것이다. 그래서 의사는 말로 환자를 먼저 치료한다는 통설을 '언어' 이론적으로 해명한다. 의사는 말이나 얼굴 표정(넓은 의미의 언어)을 통해 환자에게 긍정적인 생각, 낙관적인 기대, "반드시 나는 낫는다!"는 치료의 확신을 미리 말해준다고 한다. 그래서 환자를 진료할 때 의사의 말과 얼굴 표정은 매우 중요하다. 말과 표정을 통해 확신을 주는 일이 의사의 치료요, 중요한 역할이다.

어찌 의사에게만 국한할 일이겠는가. 이는 교육 현장에서도 마찬가지다. 교사의 말 한마디는 아이의 꿈의 씨앗이 되고 희망이 되기도 한다. 희망의 말! 긍정의 말! 확신의 말! 이 중요한 이유이다. 그 '언어의 힘'을 더 이상 강조하지 않아도 모두가 수긍할 것이다. 그런데 중요한 것은 언어습관이다. 이 언어습관은 우리의 지속적인 실천 의지가 아니면 만들어낼 수가 없기 때문이다.

인간의 뇌는 '언어'의 체계다. 전두엽, 후두엽, 측두엽, 해마 등. 뇌는 거의 모두 언어 기능을 수행하는 시냅스다. 그러므로 뇌는 말하는 대로, 생각하는 대로 우리 몸을 움직이고 지시하여 조율한다는 것을 알아야 한다. 그래서 학교 교사나 의사나 교도관은 인간의 감정이나 인식의 패턴을 바꿔주는 '변형어휘Transformational Vocabulary'를 사용하여 환자의 신념을 형성하고 행동에 영향을 끼쳐야 한다.

'변형어휘'란 말이나 언어가 인간의 감정이나 인식을 결정한다는 것인데, 긍정의 언어는 인간의 생각이나 정서에 밝고 명랑하고 희망적인 변화를 가져온다. 내가 하는 말은 나의 감정이나 인식의 상태를 변화시키는 힘이 있다는 것이다. 우리가 부정적인 감정의 말을 금하고 긍정적인 감정이나 생각의 말을 사용해야 하는 직접적인 이유가 여기에 있다.

이 '언어 힘'을 시험한 예를 한 번 들어보자. 사업 실패로 '우울증'이라는 말만 하는 친구에게 '우울증'이라는 말을 절대 사용하지 못하게 하고 그 말을 꼭 해야 할 상황이 생기면 좀 더 활력을 주는 밝은 말(+, 플러스 언어)로 의식적으로 바꿔서 사용해보라고 시켰다. 가령 '우울하다'는 말 대신에, 조금 기분이 처진다, 환경을 바꿔보는 중이야, 라는 말을 해보라고 한 것이다. 그다음은 어떤 변화가 일어났겠는가. 사용한 말의 단순한 변화가 그의 행동 패턴, 감정의 정도, 인식의 태도를 완전히 바꿔놓았다. 그 후 그 경영인은 어떤 상황에서도 '우울함'을 느끼지 못했는데, 이는 '우울증'이라는 말 자체를 사용하지 않았기 때문이다.

또 예를 들면, 심각한 상황에서 무척 화가 났을 때도 격노하거나 노발대발하지 않고, 감정에 속수무책 휘둘리지 않고, 약간 화가 나려고 하네, 조금 기분이 상하네, 심기가 약간 불편하네, 와 같은 변형어휘와 감정을 순화한 수식어('약간, 조금')를 사용하면 감정을 훨씬 더 부드럽게 조절할 수 있다는 것이다. 그리고 상대방에게도 말로 인한 상처를 크게 줄일 수 있다는 뜻이다. 말이나 언어 표현 하나하나가 우리의 인식 감정 행동 태도를 결정할 뿐 아니라, 상대방의 감정 행동 패턴까지도 바꿀 수 있다는 것을 입증하는 예증이다.

분명한 것은 '언어습관, 긍정의 언어습관, 긍정의 질문 습관, 말의 힘'이 우리 인생을 좌우한다는 사실이다. 말한 대로 우리의 뇌는 생각하고 행동한다는 것을 다시 명심하여 습관적으로 사용하는 말, 즉 삶의 감정을 드러내기 위해 빈번히 사용하는 부정적이고 침울한 언어습관을 바꿔야 한다. 이것만으로도 생각하는 방식, 느끼는 방식, 심지어 살아가는 방식까지 바꿀 수 있다는 놀라운 발견이다. '말의 힘', '언어의 힘'의 위대함이다.

(20210310. 삼규쌤 '교단 일기'를 적다)

07

무소유

장례식을 하지 마라, 수의도 짜지 마라, 평소 입던 무명옷 입혀라, 관도 짜지 마라, 오두막 대나무 평상 위에 내 몸 뉘고 다비해라, 사리도 찾지 마라, 남은 재는 오두막 뜰 꽃밭에 뿌려라, 이 맑은 무욕의 말

청정한 물의 길이다 무심한 이승의 산화다 찬란한 노을꽃이다 산 자의 혼불 밝히는, 잠든 영혼 깨우는, 얼음장 깨는 죽비다

바람의 새가 되어 훌훌, 적멸열반 입적하신 법정스님, 매화꽃 하늘하늘 떨어지듯, 무궁한 먼 길 홀로 사는 즐거움 찾아 영겁의 문전으로 향하였다[2]

가난한 삶, 무소유를 말 아닌 행함으로 길을 내시고, 아름다운 마무리

---

2) 2010.03.11. 법정(法頂)스님 열반에 드시다. 법정의 속명은 박재철(1932~2010). 전남 해남군 문래면 우수영 출신. 승려이자 수필가 다수의 저작을 남김. 특히 '무소유(無所有)'을 행함으로 유명함.

잘하시고, 당신의 흔적 다 버리시고 서 있는 사람들의 숲길을 영영 떠나셨다

법정이 떠난 오두막은 오두막 편지 몇 장의 흔적, 스님이 가꾼 길상 도장은 새들이 떠난 숲처럼 적막한 이승의 바람이 향불 앞에 흔들린다

이 시대 이 땅의 어른, 일체중생의 아픔을 자아의 것으로 내면화한 담박한 행동가, 푸른 양심을 소유한 지성인, 깨우친 무소유의 진리를 실천하신 자연인의 길

산에 들에 봄 꽃피듯 왔다가, 강에 바람 자듯 가신 길, 앞산 뒷산 새들이 운다 들에 산에 진달래꽃 뚝뚝 눈물만 흐른다 그대의 마음에도 꽃은 피는가

(20110312. 삼규쌤 '교단일기'를 적다)

08

긍정의 질문

누에고치가 제 입술에서 나온 실로 집을 만들어가듯 사람은 자신의 입술에서 나오는 말로 자기 존재의 집을 짓는다. 자신에게 하는 긍정적인 질문은 생각의 관점을 순식간에 변화시켜 '나'의 감정을 바꾼다. '나'의 감정을 다스린다. 신체적인 감각까지 바꾸는 힘이 있다.

이 긍정의 힘, 마음속에 긍정 이미지의 씨앗을 심으면 기분이 좋아진다는 '이미지 트레이닝'과 흡사하다. 심리학에서 스스로 하는 '긍정의 새 질문'은 인생의 벽, 관계의 벽, 관념의 감옥의 벽을 허무는 강력한 힘이 있다고 한다.

> 존재의 새 힘을 일으키는 긍정의 질문, 긍정의 말. "언제 어디서나 모든 것을 긍정적으로 생각하라. 그러면 그가 서 있는 자리마다 향기로운 꽃이 피어나리라." (백호 임제의 한시)

한 사람의 인생은 그 사람이 사용하는 말(언어)로 짜놓은 수틀이다. 일상의 작고 사소한 문제에 좀스럽게 집착하는 자신의 성벽이 스스로 부끄러울 때, 함량이 있는 큰 강의 가슴을 품은 '대인'으로 살고 싶을 때면 담대한 긍정의 말을 하자. 이 긍정의 말의 힘을 믿자.

(20210307. 삼규쌤의 '교단 일기'에서)

09

'아버지'란 말

"한 아버지가 열 아들은 키울 수 있어도 열 아들이 한 아버지를 봉양하기는 어렵다."는 독일 속담이 있다.

삶의 무게를 말없이 혼자 짊어진 채 가족과 일가친척과 이 사회의 착한 이웃들을 위해 묵묵히 헌신하는 이 땅의 수많은 아버지. 그 아버지의 고단한 나날과 진지한 사랑을 보여주는 '진심, 아버지를 읽다.' 사진 전시회가 열리고 있다.

순수한 가족애와 혈육의 유대감마저 점점 사라져가는 궁핍한 이 시대. '아버지'라는 이름만으로도 넉넉히 존중받아야 하지만 이 시대 우리 아버지들은 늘 외롭고 곁에 말벗마저 두지 못한 채 고독한 생을 외로이 살고 있다. 겉으로는 아무렇지 않은 모습이지만 속으로는 소리 없이 울고 계시는 아버지가 많다는 것을… 가족들에게 넉넉하게 베풀지 못해 늘 마음에 무거운 숙제를 내려놓지 못한 채 수심에 잠겨 지내는 이 시대 수많은 '아버지'.

전시회는 아버지를 주제로 한 5개의 테마관으로 구성. 시와 소설 속 아버지, 사진, 편지, 소품 등 다양한 수백여 점의 영상물을 전시하여 찾는 이들의 눈물샘을 부드럽게 자극한다. 전시관을 둘러보는 내내 흐르는 눈물을 훔쳐내며 '나의 아버지'를 느낄 수 있고 만날 수 있는 회한이 서린 사진을 전시하고 있어서다. 웃으면서 들어갔다 울면서 나온다는 전시회 방문객들의 구전에 편승해 가족들과 각계의 관람객이 줄을 잇고 있다고 한다.

엄격한 아버지의 얼굴만 보지 말고 그 쓸쓸한 뒷모습과 마음도 읽을 줄 아는 자녀 되기를, 급속한 세상의 변화에 따라오지 못한다고 '아버지'의 느린 걸음을 탓하지 말기를, 이 시대 수많은 '아버지'와 그 아우라를 이해하는 작은 계기가 되기를 마음으로 빈다.

(20190310. 삼규쌤 '교단 일기'를 적다)

10

니코스 카잔차키스의 '언어'을 암송하다

내 영혼의 스러지지 않을 등불, 태풍, 파도, 별빛, 이름.

청년 시절 나는 그를 만나 '나의 자유'를 찾아가는 길이 무엇인가를 탐색하기 시작하였다. 그 길에 늘 불빛이 되어주었고, 지칠 때면 쉬어가는 단비가 되어주었다. 칠흑의 지리산에서 나의 밤을 지켜준 별처럼, 막막한 검은 홍도 밤바다의 등대처럼 나의 의식을 오롯이 눈뜨게 하였다. 그는 내가 넘을 수 없는 장대한 준령이었지만 동경과 꿈처럼 내 안에서 부풀어갔다. 니코스 카잔차키스는 죽는 날까지 인간의 본질과 어떻게 살 것인가를 두고 고뇌하며 스러져간 '자유정신'의 화신이었다. 한 작가의 '말과 언어'의 힘이 얼마나 위대한가를 나에게 있어서만은 극명하게 보여준 증인이다.

독일의 니체와 프랑스의 소설가 알베르 카뮈는 카잔차키스를 추모하며 극찬을 아끼지 않았다고 한다. 카잔차키스든 카뮈나 니체의 글이든 이들의 글을 읽어내는 일은 그리 쉬운 일이 아니다. 그러나 낭만적 동경과 막연한 희열을 꿈꾸면서 다시 <영혼의 자서전 상,하>(니코스 카잔차키스, 열린책들 출판사)를 구입했다. 한동안 읽기를 망설이다가 사놓은 지 몇 달 만에 간신히 읽어 나갔다. 그의 자유혼이 써 내려간 맥락을 더듬는 일은 예나 지금이나 대단한 인내를 요구했다. 농경사회와 산업사회를 거치며 완고한 사유의 틀에 갇혀 벗어나지 못하고 있는 나에게 니코스 카잔차키스와 그의 '조르바'는 여전히 쉽게 극복할 수 없는 존재이기 때문이다.

그의 <그리스인 조르바>(문학과지성사) 생각이 다시 밀려온다. 대학에 들어간 후 막연한 호기심에 이끌려 나는 이 책을 얼마나 낯설고 난해한 심정으로 읽었던가. 추억의 숲길을 걷듯이 니코스의 영혼과 고뇌하는 삶의 흔적이 쌓인 길을 이 가을에 다시 한번 더듬어 걸어봐야겠다. 그의 <영혼의 자서전 상, 하>는 암송하고 싶은 잠언과 깨달음의 비유적 언어로 가득하다.

> "나는 행복했고 또 그것을 알고 있었다. 우리는 정작 행복한 순간에는 그게 행복이라는 것을 잘 느끼지 못한다. 오직 그 행복이 끝나버리고 먼 과거로 흘러간 다음에라야 비로소 갑작스럽게, 그리고 때로는 소스라치게 놀라면서 순간적으로 그때가 얼마나 행복했던가를 새삼 깨닫는다." <그리스인 조르바>에서.

> "너는 선하고 평화롭고 참아야 하며, 한쪽 뺨을 맞으면 다른 쪽 뺨을 내주어야 하며, 현세의 삶은 가치가 없으며, 참된 삶은 천국에서 찾아야 한다, 고 성서가 가르쳤다. 너는 강해야 하며, 포도주와 여자와 전쟁을 사랑하고, 인간의 존엄성과 자부심을 드높이기 위해 죽이고

죽어야 하며, 이 땅의 삶을 사랑하고, 하데스의 왕이 되느니 살아서 노예가 되라, 고 그리스의 할아버지인 호메로스가 말했다."<영혼의 자서전 1>에서.

"내 영혼을 처음으로 뒤흔든 것은 공포나 고통이 아니었고, 쾌감이나 장난도 아니었으며, 자유에 대한 열망이었다. 우선 터키인들로부터 찾아야 하는 자유, 그것이 첫 단계였고, 그 다음에는 내면의 터키인인 교만과 악의와 시기로부터, 공포와 게으름으로부터, 눈을 멀게 하는 헛된 사상으로부터, 그리고 마지막으로 가장 사랑과 흠모를 받는 대상들까지도 포함한 모든 우상으로부터 자유를 찾으려는 새로운 투쟁이 시작되었다."<영혼의 자서전1>에서.

"인간은 저마다 맞서 싸울 때 정체를 결정짓는다. 비록 그것이 파멸을 뜻할지언정, 나는 신과 싸우게 되어서 기뻤다. 그는 흙을 빚어 세상을 창조했고, 나는 어휘를 빚는다. 신은 지금처럼 땅 위를 기어 다니는 인간을 만들었고, 나는 꿈을 이루는 공기와 상상력으로 시간의 횡포에 항거하는 인간을, 보다 더 영적인 인간을 빚어내리라. 신의 인간은 죽지만, 내가 창조한 인간은 살리라 !"<영혼의 자서전1>에서.

카잔차키스는 74세의 나이로 생을 마감했다. 마지막 순간까지 그는 길 위를 걷고 있었다. 그의 묘비에는 생전에 그가 써두었던 묘비명을 그대로 새겼다고 한다. "나는 아무것도 바라지 않는다. 나는 아무것도 두려워하지 않는다. 나는 자유다."

(20211117. 삼규쌤 '교단 일기'를 적다)

11

얼굴의 미학, 〈눈먼 자들의 도시〉에 관한 단상

나는 일어나면 '얼굴'을 읽는다. 거울에 비친 나의 얼굴을 보며 내 안의 마음을 읽는다. 때로는 깊은 데서 아직도 일어나지 않은 꿈을 읽기도 하고, 지나간 어제와 오늘과 내일을 읽기도 한다. 바람처럼 스쳐 지나 갔으나 아직도 마음에 남아있는 타인의 얼굴 잔영을 읽기도 하고, 오랫 동안 함께 해온 무수한 벗들의 얼굴을 읽는다. 얼굴을 읽는 일은 나라 는 존재의 살아 있음이다. 얼굴을 읽으며 '나'와 관계 맺은 모든 인연의 이야기를 읽는다. 그리고 사람과 사람의 '관계'를 생각한다.

이렇듯, 나는 매일 아침 나의 얼굴을 읽으면서 비로소 하루를 시작한 다. 얼굴을 씻으며 하루를 시작해서 하루를 마감한 저녁이면 집에 돌아 와 다시 얼굴을 씻으며 하루를 매듭짓는다. 얼굴은 나와 내 안의 '나'를 이어주는 표징이요, 언어다. 보이지 않는 나의 깊은 내면을 한눈에 다 보여주는 상징이요, 메타포다. 얼굴은 의미심장한 바다요, 높고 고매한 하늘이다. 아니다. 흔들리는 마음 바다 위에 떠 있는 얼굴, 얼굴은 바다

위 작은 섬이다. 넓고 깊은 마음의 바다에 오롯이 뜬 섬이 맞을 것이다. 소우주인 나의 모든 것을 말하고 보여주는 얼굴. 얼굴은 나와 수많은 사람을 이어주는 관계의 연결점이다. 이 점의 노둣돌을 건너 우리는 무수한 다른 점에게로 건너간다.

한편 얼굴은 한 사람을 읽는 창이요, 몸과 마음을 진단하는 척도가 되기도 한다. 그리고 얼굴은 몸의 으뜸이요, '나'를 상징하는 정점이기도 하지만 영과 육의 존재로 살아가는 인간의 얼굴은 한 사람의 인격과 품성과 성정을 드러내는 거의 전부이다. 얼굴을 보는 관상을 알지 않는가. 한 개인의 생물학적 특징과 존재 전체를 상징하는 얼굴은 그 사람의 꽃이다. 한 사람에게로 들어가는 첫 관문이다. 너와 나를 구분하는, 내가 너와 다른 존재임을 최초로 확인해 주는 것도 얼굴이다. 나의 정체성을 드러내는 창, 얼굴이기 때문일 것이다. 오늘날 얼굴에 대한 관심을 '루키즘', '뷰티즘'이라는 외모지상주의 풍조로 성급하게 폄훼하려할 때면 조금만 뜸을 들이며 천천히 생각해봐야 할 지점이 바로 이 대목일 성싶다. 중층의 심오함을 감추고 있는 천의 얼굴. 자연 그대로의 얼굴을 곱게 맑게 소박하게 지켜내야 하리라.

우리가 '얼굴'이라는 개념의 파문을 간과할 수 없는 것은 거울 앞에서 본 나의 얼굴은 내 마음의 흐름을 있는 그대로 다 보여준다는 점이다. 심지어는 나의 몸의 건강 상태와 마음의 깊은 데까지도 비춰준다. 순박한 어린아이의 맑은 영혼으로 피어나는 꽃이었다가 오만 근심, 걱정과 분노, 격정까지 듬뿍 담긴 흉측한 야수의 얼굴이 되기도 한다. 얼굴을 잘 읽고 나의 마음을 곱게 잘 지켜야 할 이유가 여기에 있다. 그러므로 얼굴이 내 영혼의 '언어'요, 마음의 창이라는 것을 안다면 항상 마음에 긍정적이고 착하고 아름답고 사랑이 넘치는 말과 생각을 듬뿍 담고 살 일이다.

마음속 흐름을 그대로 드러내는 얼굴. 마음속 생각과 말이 그대로 얼굴을 이루는 빛깔과 무늬가 되기 때문이다. 얼굴은 입으로 말하지 않은 마음속 내밀한 상념이나 감정까지도 드러내는 진실한 언어요, 말이다. 그러므로 얼굴은 눈으로 보고 눈으로 읽는 꽃이다. 매 순간순간 천차만별 다른 빛깔로 반짝이는 별빛이다. 밤사이 마음의 뜬 부유물 다 가라앉아 맑은 어린아이의 눈빛을 회복한 우리의 영혼. 잔잔한 그 영혼의 물결을 아침이면 거울 앞에서 처음 만난다. '나'를 처음 만나는 순간이 나의 얼굴을 보는 거울 앞이다. 나와 얼굴의 언어.

얼굴을 보며 나를 읽고, 얼굴을 보며 아내와 아이를 읽는 일상의 삶. 아침 출근길은 수많은 얼굴을 읽는 싱그러운 하루의 출발이다. 사람과 사람의 관계를 이어주는 점의 시작인 언어. 얼굴은 나와 너를 연결해 주는 첫 눈길이다. 눈 맞춤이다. 얼굴은 사람과 사람을 이어주는, 사람과 사람을 건너는 노둣돌이다. '얼굴'의 언어! '언어'의 얼굴! 얼굴은 사람을 읽고 세상을 읽는 언어다. 그런데 어찌할 일인가. 이 얼굴을 읽을 수 없다. 얼굴이 없는 세상이다!

아침 출근하는 지하철, 수년 전에 읽은 포르투갈의 노벨 문학상 수상 작가, 주제 사라마구의 <눈먼 자들의 도시>라는 소설이 생각난다.

한 도시 시민 거의 모두가 알 수 없는 괴질로 인해 집단 실명에 처하게 되고, 이에 황급한 정부는 특별한 손을 쓸 수 없게 되자 실명한 자들을 정신병동에 강제 격리하면서 급작스럽게 도시가 슬럼화 되고 불안과 공포가 휩쓸며 무너져가는 도시를 그린 소설이다.

'사람의 얼굴이 사라진 서울.' 흰 복면(?)을 쓴 사람들이 거리마다, 지하철이나 버스마다 늘어나고 있다. 사람들의 얼굴을 볼 수 없게 된 것이다. 거리에 사람의 얼굴이 사라진 것이다. 서로의 얼굴을 읽을 수 없는 세상은 두렵다. 두 눈동자와 이마와 머리만 노출한 채 우리는 서로에게 뜬금없이 낯선 경계의 대상이 되어가고 있다. 미세먼지와 황사! 눈에 보이지 않는 이 작은 미물의 정체. 이 사소하고 작은 미립자가 인간을 겁에 떨게 하고 있다.

우리는 알게 모르게 서로의 얼굴을 보거나 읽으면서 많은 생각을 나누고 무언의 대화를 하며 살아가고 있다. 얼굴은 사람과 사람의 관계를 잇고 소통하는 처음 언어이다. 모르는 서로의 얼굴을 쳐다보며 시간을 읽고, 세상을 읽고, 계절을 읽는다. 심지어 속마음까지도, 그들의 고민과 하는 일까지도 읽고 짐작하며 위로와 격려를 맘속으로 주고받으며 공동체의 유대감을 형성하고 있다. 얼굴은 나의 생각이나 감정을 전하는 언어요 말이다. 그리고 타인의 얼굴은 나를 비춰보는 거울이다.

더욱이 시나 소설을 자주 읽거나 쓰는 사람들에게 이 세상 사람들의 얼굴은 아름다운 꽃이요, 세상을 읽는 거울이며, 아름다운 상상을 뿜어 올리는 상상의 보고다. 사람의 얼굴이 없는 도시를 우리는 지금 살고 있다. 자욱한 '무진의 안개'(김승옥)에 점령당한 도시는 흰 복면(?)을 쓴 '얼굴 없는 자들의 도시'로 변해가고 있다. 얼굴이 사라진 도시는 사람을 읽는 언어가 사라진 불통의 적막이다.

미증유의 초미세먼지, 황사!
불과 2, 3년 전만 해도 상상할 수 없었던 일인데, 세상은 미래학자나 과학자들이 예견한 재앙(?)이 실제 현실로 급작스럽게 서둘러 도래하고 있다. 물론 여러 징후와 암시, 과학자의 경고는 오래전부터 빈번히 있었다. '미세먼지 사태'가 우리가 사는 세상을, 다음 세대들이 살아갈 이 지구환경을 어떻게 변화시킬지 생각하면 두렵기만 하다. 가슴 두근거린다. 이것이 전 인류가 초래한 대재앙의 전조라면 어찌할까.

(학교 출근길 지하철에서, 20190306. 삼규쌤의 '교단 일기'에서)

Chapter V

굴레방다리 연가, 꽃은 웃어도 소리가 없고.

나는 무엇인지 그리워
이 많은 별빛이 내린 언덕 위에
내 이름자를 써 보고,
흙으로 덮어 버리었습니다.

딴은 밤을 새워 우는 벌레는
부끄러운 이름을 슬퍼하는 까닭입니다.

─윤동주, <하늘과 바람과 별과 詩>에서

01

굴레방다리 연가, 아직도 나는 부르고 있을까

한 점 작은 이 지구별은 초롱초롱한 땅의 별들이 찬란한 초목의 눈빛들과 어울려 끊임없이 반짝이고 있다

이 지구별에서 찰나의 순간을 머물다 떠날 나는 이곳 교정에서 반평생이 훌쩍 넘는 동안을 살아왔다 지금 생각하면 순간이지만, 마치 행복한 순간에는 그게 행복이라는 것을 잘 느끼지 못하는 것처럼, 그 순간순간들이 지금 생각하니 행복이었다, 벅찬 감동이었다 봄이면 날 불러주는 꽃들의 미소와 가을이면 가슴의 말들을 여미는 초목의 다독임 속에서 보낸 날들은 모든 순간이 기적 아닌 날이 없었다 꿈꾸며 노래하며 나의 집을 지어온 해 뜨고 해 지는 날들, 꽃 피고 꽃 지며 흘러온 날들 기적이 아니고서는 도저히 누릴 수 없는 축복이요, 이 순간순간의 점들이 이어진 선의 흐름, 이것이 나의 길이요, 나의 강이었다 그 길에 영원히 내가 부를 이름들이 함께 흐르고 있다

서울 서대문구 북아현로 1길 24. 봄여름, 가을 겨울의 무늬와 향기로 내보람과 영감의 텃밭을 경작해준 교정의 하늘과 구름, 아름드리 자란 나무들, 수많은 들꽃, 바람과 비와 비둘기와 초월의 의지를 품고 꿈을 향해 비상했던 알바트로스 새들, 청춘의 열망들, 우리 아이들의 찬연한 얼굴, 이름들, 나그네의 길 방황하며 비틀거릴 때마다 지탱해준 목련과 은행나무와 벗나무, 키 큰 플라타너스 한 아름

정다운 나의 벗들에게 손 내밀어 고백하고 싶은 말, 사람과 자연의 관계 맺음은 우리의 처음이요, 이 세상 끝날 때까지 이어지는 징검다리이니까, 그대에게 가까이 다가가 바라볼 때마다 그대는 항상 넓은 아량으로 안아주었노라고, 한사코 그늘 드리워 나의 쉼을 허락하였노라고, 나의 부끄러운 고백을 묵묵히 귀담아 들어주었노라고, 외로울 때도, 고독할 때도, 기쁠 때도 나에게 다가와 때를 잊고 나와 놀아주었노라고, 나를 위로해주었노라고

봄이 오면 들꽃의 미소로, 가을이면 노란 가을의 낙엽으로 찾아와 내 영혼의 명경明鏡을 가득 비춰준 노래들, 텅 빈 운동장에 별빛 쏟아져 내릴 때, 벤치에 앉아있는 아이들의 갈등과 아픔을 읽었을 때, 아이들의 책 읽는 소리와 풀벌레 우는 소리 깊어갈 때, 도서관 창가에서 안산鞍山 너머로 떨어지는 별똥별을 쳐다볼 때, 초겨울 북두칠성 성좌가 서북쪽으로 이동한 것을 보았을 때, 어김없이 삭풍이 교정의 담장 모퉁이를 배회할 때, 이 수많은 때의 점들이 흘러온 무상한 36년의 길

아직도 그 이름 부르고 있을까, 5월이면 나를 흔드는 자연의 울림, 그 많은 꽃들은 나의 기다림이었고, 나의 사랑이었고, 존재의 고독이었다 꽃들과 노닐다 보면 어느새 나의 마음은 꽃이 피고, 나는 그 꽃 속에서 나를 잊고 놀았다 교정 곳곳에 초롱꽃 핀 오월이 오면 비 오는 줄도 모르고 초롱꽃 따라가다 비에 젖어 돌아온 적도 있었다 어찌 기적이 아니고서야, 이 놀라운 오월의 맑은 인연의 강을 함께 흘러올 수 있었으랴, 천진무구한 꽃의 미소, 부드러운 봄의 얼굴, 철철이 때를 따라 소박한 축제의 장으로 나를 불러준 꽃들, 그 어디서 이 고귀한 천성, 천의무봉의 무늬,[1] 무위자연의 도덕을 만날 수 있으랴[2]

교정에서 만난 이름도 고운 이름을 다시 불러보노라, 진달래꽃, 산수유꽃, 목련화, 모과꽃, 벚꽃, 앙증맞은 박태기꽃, 아가의 눈망울 돌배나무꽃, 살구꽃, 매화꽃, 산수국, 노란괴불주머니꽃, 돌나물꽃, 개망초꽃, 초롱꽃, 천리향 쥐똥나무꽃, 민들레꽃, 라일락꽃, 앵두나무꽃, 소나무꽃 송화, 감꽃, 대추나무꽃, 노란 고들빼기꽃, 노란 씀바귀꽃, 토끼풀꽃, 개나리꽃, 봉평 메밀밭처럼 하얀 가을 등골나물꽃…어찌 그 이름 다 부르랴. 꽃은 피어 웃어도 소리를 내지 않음은 나의 마음속 떨리는 울림을 듣기 위함이었으리라, 아직도 부르는 눈에 익은 이름들,

---

1) 천의무봉(天衣無縫) ① 하늘의 직녀가 짜입은 옷은 솔기가 없다는 뜻으로, 시문(詩文) 등이 매우 자연스러워 조금도 꾸민 데가 없음을 이름. ② 완전무결해 흠이 없음을 이르는 말.
2) 무위자연(無爲自然) ① 자연에 맡겨 덧없는 행동은 하지 않음. ② 사람의 힘을 들이지 않은 본디 그대로의 자연.

낙엽이 내려 쌓이는 벚나무와 은행나무의 가을 그늘, 교정의 뒤뜰은 벌써 그리움이 자욱할 때, 담쟁이덩굴 타고 오르는 벚나무에 가을이 처음 찾아올 때, 피멍 든 가을 단풍이 담담한 표정으로 내 영혼 안의 가을 손님처럼 찾아왔을 때, 나도 이젠 이 가을 속 고운 가을이 되고 싶다는 생각이 밀려올 때, 차마 다 읽지 못한 가을의 음절들을 밟고 총총히 길 건너가는 가을을 바라볼 때,

가을과 겨울 사이, 서쪽으로 가는 희미한 낮달이 교정의 뒤뜰 굴뚝 위를 막 지나려 할 때, 휑한 운동장에 그 발걸음이 한참을 머물러 있을 때, 한 해를 돌이켜보며 별을 그리는 겨울을 기다릴 때, 성큼 다가온 묵연한 겨울은 교정의 돌계단을 오르고, 앙상한 수목의 등걸 위로 함박눈이 흩날릴 때, 교정 담장 너머 경의선 열차의 느린 경적이 송년을 기다리는 가슴 깊은 곳까지 스며들 때, 이 우수의 계절을 어찌 기적이 아니고서야 누릴 수 있었겠는가, 아직도 부르는 또렷한 이름들,

아현동阿峴, 대현동大峴 큰 고갯길 명수우물, 너븐바위 물 좋고 전망 좋은 반석 튼실한 터, 사람을 경작하는 곳, 배움의 전당을 품에 안은 동네, 옛날 마방馬房이 있던 터라고 하여 늑교勒橋라 부르던 굴레방다리. 마포나루 건너온 마파람도 쉬어 가는 곳, 복주골 복사꽃 바람에 상춘賞春 풍류 흥건한 곳, 능안陵安 마을 지나 가파른 고갯길 오르면 숲이 깊어 호랑이도 살았다는 금화장金花場 고개, 멀리 남산까지 일망무제[3] 굽어보는

---

3) 일망무제(一望無際) 아득하게 멀고 넓어서 끝이 없음. 일망무애. • ~의 벌판.

교정의 옛 조망眺望들, 목멱산 아침노을의 장관을 볼 수 있는 곳, 어찌 교정 일대가 영묘한 육영의 명소가 아니랴,

아직도 그 이름 기다리고 있을까, 지금은 희미하게 멀어져가는 이름들, 하루하루 가슴에서 사라져가는 이름들, 사무친 그리움이 되어버린 희미해져 가는 얼굴들, 흔적들, 기억들, 그러나 나의 하늘에 반짝이는 별들, 그리고 마음속 흐르지 않는 세월들, 그 아득한 그리움들,

학교 교문 앞 한성 book 카페, 대영당 서점, 최인호의 '별들의 고향'의 산실 복수목욕탕 2층 좁은 길, 좁은 집, 황금정 갈비탕집 인정 푸짐한 할머니의 큰 손길, 옥상에 꽃들의 낙원을 일군 선한 장씨 어른의 주름살, 굴레방다리를 오가며 눈 맞췄던 눈에 익은 작은 사람들, 가난해도 가난을 모르는 박꽃 같은 얼굴들, 명수우물 올라가는 비탈길 양씨 아저씨, 한겨울 새벽 연탄재를 뿌려주던 천사의 사랑, 좁디좁은 골목길 키 작은 기와집 둥지들, 담장 너머로 들리는 도란도란 다정한 사람들의 소리, 차마 다 헤아리지 못할 이름들,

아름다운 이름들과 어울려 살아온 이 기막힌 한성 교정의 기억을, 지금 이름 다 부를 수 없는 벅찬 감동을, 나에게 허락한 이 놀라운 은혜의 세월들, 어느 것 하나 우연히 이뤄진 것 없었다 모든 것이 기적 아닌 것 하나 있으랴, 아직도 불러볼 이름을 품고 사는 것은 부요한 축복이요, 끝이 없는 광막한 시공, 고독한 나그네에게 벅찬 감동이다 과분한 사랑이

다 더더욱 작은 존재에게 '굴레방다리 연가'를, 가슴으로 부르게 할 내일의 수많은 설렘을, 아직도 부르고 있는 나의 당신들을, 이젠 가슴으로 부를 이름들을,

〈감상과 해설〉

이 고백을 할 줄이야, 이 순간이 올 줄이야 진즉 짐작은 하고 살았지만, 늘 흐르는 강물 위에 잠시 보금자리 친 무상無常한 존재라는 것을 알기에 심히 가슴 떨린다. 지금, 이 두근거리는 가슴을 표현할 수 있는 언어를 가진 존재라는 사실이 자칫 나의 연약함이요, 무지라는 핀잔을 들을지도 모르겠다. 그리할지라도 이 순간 벅찬 감동을 몇 줄 언어로 고백해 보았다. 나의 진실이니까.

시를 사모하며, 하늘과 별을 동경하며 살아온 나는 36년 내내 '굴레방다리 연가'를 쓰려 늘 뒤척였다. 이제야 굴레방다리, 정든 이곳을 떠날 때가 되어서야 짧은 노래 하나 남기게 되었다. 긴 기다림이었다. 나는 '굴레방다리 연가'를 곧 다시 쓸 것이다. 든 자리는 안 보여도 난 자리는 보이는 것이 인간의 짧은 길인 것을… 만남과 이별이 잦은 우리. 오랫동안 정든 교정을 떠나는 마음을 긴 호흡으로 담담히 담아 보았다.

(20210619. 삼규쌤의 '교정 일기'에서)

02

짧은 만남 긴 작별

다시, 세월의 빠름을 실감합니다. 목련의 환한 미소와 따스한 햇살을 받으며 여러분과 만난 3월의 봄날이 엊그제 같은데, 오늘 긴 겨울 삭풍이 부는 교정에서 여러분과 마지막 종례를 하게 되다니… 사뭇 세월의 무상함과 인생사의 별리別離의 아픔을 다시 알 성싶습니다.

나는 가끔 이런 자리에 서면, 여러분도 읽었던 조나단 바크의 "갈매기 조나단"과 헤밍웨이의 "노인과 바다"를 생각하며 몇 가지 교훈을 떠올립니다. 이 두 작품의 두드러진 공통점은 '바다'를 배경으로 주인공의 치열한 삶이 펼쳐지고 있다는 것과 두 주인공은 어떠한 시련과 위험에도 좌절하지 않고 자신이 꿈꾸는 삶의 목표를 향하여 끊임없이 나아간다는 점입니다. 그리고 또 하나 더 있지요. 이 두 작품은 경제 공항 이후 실의와 체념에 젖은 미국 시민을 일으켜 세우는데 일조한 문학적으로 극적인 승리를 맛본 명작이라는 것입니다. 나는 여러분이 위 작품의 '갈매기'와 '노인'처럼 실패와 좌절을 두려워하지 않고 끊임없이 가슴에 품은 뜻을 향해 정진하기를 기원합니다.

사랑하는 3학년 4반 친구들!

나는 여러분의 졸업을 진심으로 축하합니다. 그리고 뒤에 꽃다발을 품에 안고 계신 많은 학부모님께도 그동안 노고에 고생 많으셨다는 감사와 위로의 인사를 올립니다.

저는 오늘 평범한 사실을 다시 한번 강조하면서 여러분과 작별의 말을 나눌까 합니다. 저는 "꿈을 이루기 위해서라면 가치 있는 실패를 할 줄 알아야 한다."는 교훈을 위의 두 작품과 저의 짧은 인생 체험을 통해 깨닫고 소중하게 간직하며 살고 있습니다. 위 두 작품에서 배경이 되는 '바다'는 우리의 삶과 세상을 상징합니다. 한사코 바다처럼 흔들리고 위험이 도사리고 있는 세계가 우리의 인생 무대라는 것입니다. 한순간도 안주할 수 없고 머물러 있을 수 없는 곳이 바다입니다. 이런 인생의 바다에서 살아가기 위해서는 실패와 넘어지는 아픔, 다시 말하면 숱한 풍파를 경험하면서 항해하는 지혜를 터득해야 한다는 것입니다. 따라서 여러분은 인생의 바다에서 실패를 두려워하는 비겁한 겁쟁이가 되지 말고, 실패로부터 더 큰 의미를 거두는 사람이 되기를 바랍니다. 인생의 사전에는 '실패'란 말은 없다고 합니다. 왜냐하면 그 어떤 실패도 유익한 경험이요, 자아실현과 완성의 값진 체험이 되기 때문입니다. 실패와 고난의 시간을 통해 자신의 함량을 확장하는 큰 뜻, 큰 포부를 품은 사람이 되라고 간곡히 당부합니다.

오늘 이 자리에는 자신의 꿈과 희망을 향해 한 발짝 다가간 사람도 있을 것이고, 쓰라린 고배苦杯를 맛본 친구들도 있을 것입니다. 그러나 분명한 것은 우리가 누리는 지금의 기쁨과 슬픔은 항상 변한다는 것입니다. 기쁨이 더 큰 기쁨이 되기도 하고, 때로는 슬픔이 되기도 하며, 슬픔은 기쁨이 되어 돌아올 수도 있다는 것입니다. 그렇다면 어떻게 살아야 할까요. 이제는 남과 다르게 생각하고, 예전과 다른 관점으로 세상을 보고 자신을 판단하라는 것입니다. 지금까지 여러분을 옮아매었던 기존 관념의 틀에서 벗어나길 당부를 합니다. 더 이상 미루지 말고 다시 도전하고 땀을 쏟길 바랍니다. 꿈(희망, 이상)은 잠을 자는 동안에는 이루어지지 않습니다. 잠자는 동안은 꿈(夢)일 뿐입니다. 꿈을 이루려면 잠에서 깨어나야 합니다. 더욱이 나의 유일한 인생을 사랑하고 소중하게 여기는 자신이 되기를 간절히 소망합니다.

러시아의 문호 도스토예프스키는 습관이란 인간으로 하여금 그 어떤 일도 할 수 있게 만들어 준다,고 하였습니다. 지금부터라도 무엇이든 좋은 습관 하나를 만들어가는 여러분이 되기를 간절히 당부합니다. 여기, 저명한 몇 분의 습관을 소개할까 합니다. 한번 참고하여 여러분도 이들보다 더 좋은 습관을 지속적으로 지켜 인생에서 기쁨과 행복을 누리는 사람이 되기를 간절히 바랍니다.

☞ "다른 사람의 좋은 습관을 내 습관으로 만든다" — 빌 게이츠

명실상부 세계 최고 부자로 손꼽히는 빌 게이츠 마이크로소프트 회장

은 열린 마음의 소유자다. 언제나 새로운 생각, 새로운 도전 의식을 가진 사람들의 말을 귀담아듣고 그것을 자기 것으로 만드는 습관을 지닌 자다. 이는 결국 빌 게이츠가 갑부의 위치에 올라서도 교만하지 않은 채 세계 최고의 리더로 성장하는 발판이 됐다고 한다.

☞ "나는 보통 사람의 평균보다 5배 정도 더 읽는 것 같다" – 워렌 버핏

온전히 자력으로만 세계 부자 2위에 오른 워렌 버핏은 독서광으로 유명하다. 16살 때 이미 사업 관련 서적을 수백 권 독파했을 정도. 다음은 워렌 버핏의 유명한 하루 일과이다. "나는 아침에 일어나 사무실에 나가면 자리에 앉아 읽기 시작한다. 읽은 다음에는 여덟 시간 통화하고, 읽을거리를 가지고 집으로 돌아와 저녁에는 다시 또 읽는다." 정보 싸움이 곧 투자의 성공인 주식시장에서 워렌 버핏이 마이더스의 손으로 불릴 수 있었던 것은 바로 이같이 지독한 독서 습관을 지니고 있기 때문이다.

☞ "사람들과 쉽게 포옹하라" – 오프라 윈프리

오프라 윈프리의 유명한 어록 중엔 "나는 교황과도 쉽게 포옹할 수 있다."는 말이 있다. 그만큼 그녀는 사회적으로 지위가 높건 낮건 간에 쉽게 다가가 편하게 해주는 탁월한 능력을 지녔다는 얘기다. 특히 출연자들과의 포옹은 오프라 윈프리의 트레이드 마크. 토크로 풀 수 없는 정서적 커뮤니케이션을 가능하게 만들어 결국 그녀를 `토크쇼의 여왕` 자리에 올려놓았다. 특히 그녀의 "자신의 상처를 지혜로 바꿔라."는 말을 기억한다.

(1997년 2월 졸업을 앞두고 3학년 4반 학생들에게 당부할 글을 적어 석별의 정을 나누었다. 19970203. 삼규쌤의 '교단 일기'에서)

03

아듀, 2020!

손 내밀어 따뜻한 인정의 숲이 되어주신 모든 분의 은혜 감사합니다.
사랑합니다. 축복합니다.

> 사랑만이 겨울을 이기고
> 봄을 기다릴 줄 안다.
> 사랑만이 봄의 언덕에
> 한 그루의 나무를 심을 줄 안다.
> 사랑만이 인간의 사랑만이
> 사과 한 알 둘로 쪼개
> 나눠 가질 줄 안다.
>
> (김남주 시인의 '사랑'의 일절)

겨울 이 혹한에도 봄의 소망과 새날의 여명을 품으면 우리의 가슴은 뜨
겁게 꿈틀합니다. 그래서 겨울과 봄은 그 경중을, 그 시작과 끝을 나눌
수 없다고 합니다. 사는 일이 매듭과 매듭을 이어가는 것은 마치 대나
무의 매듭이 한 맺음이면서 새 출발의 디딤돌이 되는 맺음이기 때문이
겠지요.

나는 지리산 촛대봉에서 바라본 봄날 아침 일출의 장관과 가을 해거름 장터목에서 바라본 반야봉 저녁노을의 비장함과 숙연함을 잊지 못합니다. 이때면 한 해의 시작과 마침이 점과 점으로 이어진 아주 짧은 선에 불과하다는 생각을 합니다. 어디가 시작이요, 어디가 마침인지, 그 사이가 없다는 생각을 한 것이지요. 아침이 시작인지 저녁이 시작인지. 겨울이 시작인지 가을이 마침인지 분간할 수 없는 자연의 흐름.

바다에 다 와서 긴 일생을 마치는 강물. 그곳이 강물의 끝이 아니라 더 넓고 깊은 대양으로 나아가는 시작이듯이, 노을 속 작렬하는 일몰이 하루의 끝이 아니라 다시 새날의 시작이라는 역동적인 생각을 하면서 희망찬 삶을 기다릴 수 있다면. 오늘은 어제를 살다 간 누군가가 간절히 살기를 꿈꿨던 내일이요, 다가올 내일의 시작이라는 것을…

2020! 정말 수고 많으셨습니다. 강건하시고 화평하소서.
한결같이 베풀어주신 은혜 오래오래 기억하겠습니다.

(동고동락하며 아이들 교육의 무거운 사명을 함께 감당해온 동료에게 세모의 글을 보내다. 20201231. 삼규쌤 '교단 일기'를 적다)

04

섬

저 작은 갈망을
보라

저 푸른 점이
너와 나
나와 너의 고향

망망한 바람의 길에
쉼표 하나
작은 별
목마른 구원의 작은 별

눈뜨면 바라보는
나의 너
너의 나

별 하나

〈감상과 해설〉

밤하늘 은하 성좌는 무수한 섬의 바다요, 별들도 섬이다. 달이 섬이듯. 지구별 살아있는 모든 것들은 한 점 한 점의 섬이다. 한 사람 한 사람이 섬이다. 점 하나 작은 반점이다. 지구별은 점들의 바다. 바다에 뜬 작은 섬. 한 사람의 섬이 있다. 우리는 이 지상의 별이요, 섬이다. 눈뜨면 부르는 너의 나, 나의 너의 갈앙渴仰이다.

(20170910. 삼규쌤의 '교단 일기'에서)

05

목련

놀라워라
살아 있는
모든 것들은
봄을 노래할 자유가 있는
모든 것들은

저 아름다운
몸짓
순백의 울림
순결의
열망

벌 나비 아니어도
너의 심연으로
가라앉고
가라앉고
싶어라.

<감상과 해설>

몽실몽실한 봄 햇살 모여드는 교정 본관 앞 뜨락. 교정에 봄의 기별을 맨 먼저 알려준 것은 목련이다. 시나브로 목련꽃이 개화를 서두르기 시작하면 교정 구석구석에 뜨겁게 번지는 봄의 팡파르! 교정의 교향악은 드디어 걷잡을 수 없는 울림이다. 봄의 지축을 흔드는 준동蠢動이다. 목련은 봄 교향악의 총지휘자다. 온갖 초목들은 환호하듯 연주에 열정을 다 쏟는다.

교정은 비로소 봄이다. 봄의 선언이다. 봄의 화음 울려 퍼진다. 그윽한 봄의 정령은 호령 없이도 일순간 교정을 정복하고 만다. 먼 길을 달려온 봄은 우리 모두의 감탄이요, 영혼의 춤바람이다. 목련이 필 때면, 나는 온통 목련이요, 봄이다. 만물일여萬物一如의 봄 바다에 흠뻑 빠진 수련이다.[4]

(20210321. 삼규쌤의 '교단 일기'에서)

---

4) 만물일여(萬物一如) '유심론(唯心論)'은 우주의 본체를 정신적인 것으로 보며, 물질적인 현상도 정신적인 것의 발현으로 이해한다. 이 세상 모든 것은 하나다. 모든 생명체가 전부 하나의 생명체라는 사상. 내가 너이고 너는 나이다. 내가 나무이고 나무는 나이다. 교정의 꽃을 보면서 내가 꽃이 되면 꽃은 내가 된다. 꽃이 피는 소리가 내 안에 울림이 되듯. 꽃잎이 떨어지는 아픔이 내 몸에 아픔으로 고스란히 느껴지듯. 만물일여, 주객일여의 세계이기 때문이다.

06

가을은

홍역이다
통증이다
신열이다

온몸에
붉은 반점
참을 수 없는
피멍

끓는
절규의 단풍 길에
감탄과 설렘의 음절
날리는
작별

해 저문
노을 강
붉게 타는 갈망이다

(20091107. 삼규쌤의 '교단 일기'에서)

07

교정 일기 __ 이용길 선생님

이 교정의 숲에서 우리가 수십 년을 궁구하며 또 갈망하며 꿈꿔온 소망이 무엇이었으랴, 우리 아이들의 목숨 돌보며 아이들 몸 안에 혼불 오롯이 밝혀주는 일 아니었으랴, 각양각색의 수많은 꿈과 말과 생각이 피어나고 노래하며, 온갖 함성 물결치는 교정의 숲 동산은 생명의 숨결 뜨겁게 분출하는 늘 축제의 마당이었다

교육을 어찌 '교육'이란 그물망 안에 온전히 다 담을 수 있으랴, 어찌 교육이 우리 아이들 돌보는 일로만 국한할 일이랴, 이 세상 목숨이 있는 것들이 사람만이 아닌 것을, 사람의 목숨이나 들풀의 생명이나 새들의 숨결이 한데 어울려 살아야, 이 땅에 거대한 숲의 강 흐르는 것 아니랴, 한 그루 초목이나 한 줌 메꽃의 목숨도 우리가 다 지켜 길러내야 할 위대한 자연인 것을, 이 살아 있는 들풀과 나무와 꽃들이 아니고서야, 어찌 교육의 '환경'을 다 이뤘다고 말하랴, 어찌 교정의 아이들을 경작하는 교육이 동산의 초목을 외면한 채 꽃 피어날 수 있으랴,

초목이나 사람이나 그 생명의 경중輕重을 어찌 저울의 눈금으로 잴 수 있을까, 아이들 가슴에 품은 꿈의 무늬를 어찌 다 그려낼 수 있을까, 세상의 목숨들에게 공평하게 다가가는 길은 공평한 사랑과 기다림과 침묵 없이는 갈 수 없는 길인 것을, 개미와 나비와 초롱꽃에게 가까이 다가가 대화하려면, 잠시 인간의 생각과 앎을 내려놓고 저들의 소리에 귀 기울일 수 있어야 하듯이, 교정의 아이들을 읽으려면 우리도 우리의 굳은 생각과 아집을 비워야 하는 것 아니랴,

교정의 목숨이 아이들뿐이라면 얼마나 밋밋하랴, 작은 쥐똥나무 돌나물 씀바귀 산괴불주머니 노랑꽃도 향기로운 자연의 감동이요, 은유인 것을, 자연의 길이 사람의 길이요, 사람의 길이 자연의 길로 나아가는 것을 가르치는 일이 교육이 아니랴,

오늘도 주말을 호젓이 보낸 교정의 꽃들에게 다가가 물을 주고, 호미로 땅의 숨길 터주며 애지중지 마음 나누는 이용길 선생님, 살아있는 것들의 미소를 읽어주는 포근한 가슴이, 교정의 초목을 돌보는 알뜰한 손길이 맑은 숲의 교정을 흔드는 감동의 샘물이다 잔잔한 파동이 교정 사방으로 물결쳐 흐른다

교정의 꽃들에게 물을 주고 잡초를 솎아주는 일이나, 아이들 영혼의 밭을 경작하는 일이 어찌 다르랴만, 우리는 아이들을 가르친다는 명분으로 얼마나 필요 없는 약속들 함부로 하였을까, 얼마나 필요 없는 말 남

발하여 숭고한 생명의 숨결 함부로 억압하였을까, 자연이든 사람이든 생명이 있는 것들을 소중히 여기는 마음 심어주는 용길쌤, 그 마음, 그 발길과 손길이 진정한 교육인 것을 가르쳐주는 경건한 배움의 종소리, 아침마다 교정에 싱그럽게 울려 퍼진다 가슴에 노랗게 부서진다

〈감상과 해설〉

내가 몸담아 온 학교의 이용길 선생님은 매 학기마다 교실 환경정리를 위해 외부에서 사들인 화분의 화초를 잘도 돌보신다. 마음이 자연의 마음을 그대로 닮았다. 특히 환경심사가 끝난 다음 시들어가는 화초를 잘도 살려내신다. 생명을 아끼고 사랑하는 마음이 극진하다. 관심이 소홀하여 시들해져 가는 화초의 목숨을 안타까워하는 마음이 부럽다. 교정 곳곳에 버려진 빈 화분을 교정의 한가한 구석에 한데 모아 분갈이할 때마다 사용하는 알뜰함 살림살이. 그 마음이 아이들을 돌보듯 지극한 사랑이다. 살아있는 것들의 목숨을 돌보는 일이나 우리 아이들을 키우는 일이 별반 다를 바 없으리라. 그분이 돌보는 화초들이 아침 햇살에 생기를 발하는 것을 볼 때마다 나의 마음은 경건해진다. 생기를 회복한다. 그분의 마음을 닮고 싶은 소박한 마음이 물결친다.

(20210709. 삼규쌤 '교단 일기'를 적다)

08

햇빛과 사랑의 힘

햇빛을 잘 받은 식물은 건강하게 잘 자라지만 햇빛을 잘 받지 못한 식물은 똑같은 환경에서도 잘 자라지 못한다. 햇빛은 광자라는 입자이기 때문에 그것이 식물의 세포에 흡수되면 몸에 소중한 에너지를 공급하기 때문이다. 지구상에 존재한 생명체는 햇빛의 영향을 받는다. 그런데 우리 몸속의 간세포나 뇌세포, 신장, 대장, 심장, 소화 기능을 담당하는 세포 등은 직접 햇빛을 받을 수 없다. 그러함에도 불구하고 이 세포에 자연계의 햇빛과 똑같은 역할을 하는 것이 있다. 그것이 바로 '사랑'이다. 사람과 사람 사이의 소통과 만남의 관계에서 사랑이 햇빛과 같은 작용을 한다는 말을 하는 이유다. 사랑도 햇빛처럼 우리 몸 안에서 중요한 에너지의 구실을 할 뿐만 아니라 입자로서 역할을 성실히 하여 인간 생명이 건강하게 존재하는 데 기여한다.

햇빛과 사랑은 세포에 에너지를 공급해준다는 의미에서는 같지만 깊은 속성을 들여다보면 전혀 다르다. 식물의 햇빛과의 관계는 주고받는 관계가 상호 인격적 관계가 아니다. 하지만 사랑이라는 에너지는 햇빛과는 달리 서로 주고받는 상관적 인격성을 가지고 있다. 내가 누군가를 먼저 사랑하면 그 사랑의 기운이 상대방에게 전달되어 그 사람의 세포와 마음에 에너지를 공급해주고, 사랑을 보낸 나의 마음에도 아름다운 생기가 샘솟아 오른다. 가족 안에서나 직장, 친구, 연인들 사이에서도 사랑이 상호작용하면 서로의 얼굴에 밝은 빛이 감돌아 아름다워지듯이. 또한 마음이 즐겁고 스트레스가 생길 수 없으며, 마음이 평안해지고 건강한 활력을 회복할 수 있다. 이것은 예사로운 일이 아니다. 즉, 사랑도 햇빛처럼 입자적인 성질을 띠고 있어서 구체적이고 물리적인 에너지를 통해 우리 몸이나 마음에 작용한다는 확실한 증거다. 진정한 사랑의 힘은 신비스러운 생물학적 작용을 한다.

사랑은 강한 힘이 있다. 사랑은 사람이 마땅히 가야 할 길이다. 그래서 사랑의 힘은 위대하다는 말이 회자膾炙하고 있다. 세포의 유전인자를 변화시킬 수 있는 신비로운 사랑의 힘보다 더 강한 힘을 가진 것은 이 세상 어디에도 존재하지 않는다고 한다. 우리가 살면서 흔히 경험할 수 있는 일이지만 누군가를 진정으로 사랑할 때면 '나'의 존재감은 커진다. 예를 들어, 나 자신이 가족이나 공동체 안에 반드시 필요한 존재라는 느낌은 나의 마음을 들뜨게 한다. 그 마음은 가족이나 공동체 구성원을 향한 극진한 사랑으로 고스란히 흘러간다. 가족 안에서 행복감이 커지는 이유다. '나'의 세포가 행복해지며 건강해지는 결정적 근거다.

그것은 과연 무엇 때문일까? 사랑의 힘이다. 가족에 대한 사랑이다. 내가 먼저 남을 진정으로 사랑하는 일이다. 그렇다. 내가 누군가를 사랑할 때 나는 그 사람에게 필요한 존재가 되는 것이다. 나보다 더 가난한 사람, 나보다 더 불행한 사람, 병들어 고통스러운 사람을 위해 사랑의 마음으로 기도할 수 있다면, 그 사람의 사랑의 힘은 상대방에게 소중한 에너지로 전달된다. 그뿐만 아니라, 상대방을 향한 사랑의 힘은 고스란히 사랑을 보낸 '나'의 몸과 마음에 그대로 다시 작용하여 나의 병든 세포를 치유하고 활성화하는 소중한 에너지가 된다. 그러므로 내가 타인을 사랑하는 일은 나의 에너지를 고갈시키는 일이 아니라, 오히려 내 안의 에너지를 충전하는 일이고 풍성하게 채우는 일이 되는 것이다. 누군가를 향해 쏟는 사랑은 고스란히 나에게로 다시 돌아오기 때문이다.

사랑이 세포의 유전인자에 긍정적인 영향을 끼친다는 사랑의 신비한 힘에 관한 연구는 아주 흔하다. 유럽이나 독일, 일본의 의학자 중에 식물이나 원숭이, 쥐를 활용한 실험 연구 논문의 결과를 보아도 알 수 있듯이 사랑의 힘은 유전인자를 조절한다는 분명한 사실을 발표하였다. 사랑의 힘은 스트레스 호르몬의 치료에 치명적으로 작용한다는 것이 이를 잘 보여준다. 사랑이 없으면 인생도, 가족도, 부부도, 그 어떤 것도 가치가 없다. 모든 사람의 관계는 사랑이 첨가되었을 때 소중한 의미를 갖는다. 사랑이 없으면 인생의 묘미는 사라진다. 샘솟는 생명력은 사랑에 의해서 분출한다. 가족의 사랑은 모두를 하나 되게 하고, 사랑은 모든 것을 아름답게 만들며, 사랑은 도모하는 모든 일에 의욕을 불러일으킨다. 사랑은 잠자고 있는 잠재력까지 깨워 춤추게 만든다. 심지어 사랑은 죽어가는 사람도 살아나게 하는 놀라운 힘을 가지고 있다.

특히 병원에서 일하는 의사는 의술로 환자를 치료하기보다는 인술, 사랑으로 환자를 치료해야 하는 것이다. 사랑의 힘은 신비한 기적을 일으킨다. 사랑이 담긴 의사의 눈빛이나 말 몇 마디에 환자는 벌써 치료가 진행된다고 한다. 임상적 논리나, 이성이나, 과학으로는 풀이할 수 없는 강한 영향력이 나타난다고 한다. 가족 안에서, 직장에서 서로서로 사랑하는 마음이 물결처럼 감돌아 흐른다면 그 가정, 그 직장은 행복한 동산이 된다. 그 행복한 곳에서 도모하는 모든 일은 잘될 수밖에 없을 것이다. 또 병든 유전자를 치유하는 신비한 힘을 지닌 사랑으로 인해 소중한 존재감을 느끼며 살 수 있을 것이다.

자연계나 인간의 생명은 햇빛과 사랑이 없으면 존재할 수 없다. 자연계의 생명과 영혼은 사랑과 밝은 빛과 함께 존재한다. 사랑의 신비한 힘은 조물주의 창조 힘이다. 대지 위의 초목을 깨워 움트게 하는 봄 햇살처럼 인간의 생명과 존재 의의를 지켜주는 사랑의 힘은 인간의 가장 강력한 힘이다. 사랑은 사람이 나아가야 할 가장 숭고한 길인 것이다.

(20190514. 삼규쌤의 '교단 일기'에서)

09

기다림은 그리움에게 가을을 보내왔다

해마다 교정의 가을은 다른 곳보다 늦은 걸음으로 다가온다. 늦게 와서 더 오래 머물다가 길을 총총 떠난다. 우리의 마음을 알았음일까. 단 하루라도 가을과 함께 할 수 있는 일이라면 행운이 아닐 수 없다. 교정에서 누리는 봄, 가을의 축복은 너무 감사하고 과분하다. 초목을 통해 계절의 변화를 가늠하는 우리에게 교정의 자연은 다채롭고 풍성하다. 가을이 다른 곳보다 늦게 오는 것은 교정이 크고 작은 고개에 둘러싸였기 때문이리라. 교정의 터가 암반 지대인 데다 명수우물 터를 지나면 큰 고개(대현동)가 병풍처럼 학교를 감싸주고 있어 가을이면 불어오는 찬 소슬바람을 막아준 덕분이다. 한편 마포나루에서 불어오는 동풍이 잘 통하는 명당이라는 속설도 있지만 도심 속에서 봄과 가을의 채색이 선명한 초목을 가졌다는 것은 풍요로운 자산이 아닐 수 없다. 가지가지 봄의 꽃들과 가을 단풍과 목멱산의 아침노을. 그리고 인왕산과 북악을 두른 하늘은 자연의 풍미를 더해주는 나의 교정이 갖는 그윽한 재치요, 멋이다.

교정 은행나무의 노란 단풍은 이번 주가 그 아름다움의 정점이 될 것 같다. 하루가 다르게 노랗게 물들어가는 은행나무의 가을을 보고 있으면, 옛 교문을 통과하여 오르는 아치 모양의 노란 은행나무 숲 터널(?) 길이 눈에 선하다. 수십 년의 수령을 가진 한 아름이 훌쩍 넘는 은행나무에서 하롱하롱 떨어진 은행잎을 밟으며 등교하는 우리 아이들의 가슴은 노란 가을의 아름다움으로 가을 내내 물들어갔다. 아침 창가는 노란 은행잎의 물결로 출렁였고, 정희성 시인의 '한 그리움이 다른 그리움에게'라는 시를 읽는 문학 수업은 자연스럽게 감동의 축제가 되었다. 샘에서 물이 절로 솟듯이 우리 아이들의 가슴에 시적 감흥이 절로 넘쳐나기 시작했다. 축제란 이렇듯 저절로 우러나는 울림인 것이다. 수업이 끝난 아이들은 점심시간도 잊고 학급 아이들과 삼삼오오 짝을 지어 사진을 찍어 잊을 수 없는 교정의 가을 추억을 담아두기도 하였다.

그러나 최근 몇 년 사이 급속한 입시 위주의 교육 탓과 아이들의 혼을 빼앗아 가버린 문명의 흐름은 학교 환경의 놀라운 변화를 가져왔다. 묵연한 자연의 흐름과 섭리를 보여주는 교정의 계절을 읽고 교감하는 아이들이 영영 다 사라져버린 것이다. 오직 시험에 매달린 아이들, 가고 오는 계절의 흐름에 애초부터 관심조차 없는 아이들, 학교 주변의 풍물이랄까 주변 환경에 눈먼 아이들, 책이라고는 읽지 않는 아이들, 심지어 학교의 시설물과 공간에 대해서도 전혀 관심이 없이 3년을 다니다 썰물처럼 빠져나가고 마는 아이들, 하루 종일 책상에 엎드려 잠을 자거나 오직 '수학 문제 풀이'에 여념이 없는 아이들, 쉴 짬이 생겼다 하면

스마트폰이나 게임에 전념하는 아이들을 보면 가슴이 찢어지는 안타까운 마음 금할 길이 없다. 어찌 아이들을 탓할 수 있으랴. 이 나라 교육 환경과 제도와 기성세대의 탓인 것을…

청소년기에 인생의 멘토를 만나는 일은 말할 수 없이 중요하다. 그 멘토는 동서양 불후不朽의 양서뿐만 아니라, 다양한 부류의 사람을 만나 소통하는 경험, 자연과 사회를 폭넓게 읽고 탐색하는 길에서라야 만날 수 있다. 그러나 요즘 아이들은 오직 학교 시험과 학원 공부와 대입에 골몰한 나머지 다양한 부류의 외부 사람들을 만나지 못한다. 그러다 보니 학교 밖 다양한 세계를 경험할 수도 없고, 자신의 함량을 자유로이 키울 수도 없이 빈약한 청소년기를 보내고 있는 것이 오늘의 교육 현실이다. 자연 친화적인 환경에서 감성과 사유의 문을 열어주고, 다양한 책과 사람을 만나 자신의 경험과 인식을 바꿔가며 심화하는 시간을 결코 갖지 못하고 있는 실정이다. 학생의 역량을 강화하고 자기 계발의 기회를 제공하려는 열린 학습이 주류를 이루고 있는 교육 선진국의 경향에 비춰보면 우리의 현실은 답답함을 떨칠 수 없다.

11월도 중순을 지나고 있다. 교정의 자연이 저절로 보여주는 무위無爲의 몸짓, 아름다운 자연의 빛깔은 작위적作爲的인 기계문명이 주도하는 삶의 흐름에 익숙한 아이들과 공부의 무게에 짓눌린 청소년에게는 더 큰 감동이 아닐 수 없다. 그렇지만 오늘날 우리의 청소년들이 점점 자연과 멀어지는 일은 분명 세속적인 잇속에 물들어 눈앞의 유익한 것에만 매몰되어가는 증좌임에 틀림없다. 우리의 마음은 두 가지를 동시에 탐닉할 수 없다. 한 가지에 몰입하면 다른 한쪽은 소홀할 수밖에 없는 것이 인간의 한계다. 자연에서 멀어지는 일은 인간 본래의 성정을 억압하는 일일 뿐만 아니라, 우리 안의 순수한 자연성을 잃어가는 불행한 징조가 아닐 수 없다. 거대한 자연의 섭리 가운데서 보면 인간은 자연의 일부이다. 자연의 아주 사소한 부분에 불과하다. 따라서 봄이면 들풀처럼 피어나는 미소가 되고 가을이면 가을 속 단풍처럼 자신의 영혼이 고운 빛으로 물드는 심미적 감성을 체험해야 되는 것이다. '자연의 길에'서 멀어지지 않고 사는 일이 '사람의 길'이요, '교육의 길'일 것인데, 작금의 우리 아이들을 생각하면 애잔한 마음 그지없다.

나목으로 서 있는 가을 은행나무 앞에서 우리가 낮아지고 겸손해져야 할 이유가 여기에 있다. 우리는 자연으로부터 많은 것을 읽고 저절로 터득하는 시간을 가져야 한다. 교정의 꽃과 녹음과 3.1 계단의 붉은 애기단풍을 보며 감탄하는 소리가 교정에 울릴 때 아이들의 맑은 영혼이 계절의 아름다움에 눈을 뜨고, 노란 가을을 닮아 대자연의 섭리에 동화할 때 교정은 비로소 축제의 장이 된다. 우주의 섭리에 순응하는 태연자약한[5] 자연의 모습. 우리는 가을을 살면서 저 노란 은행잎이 가는 길이나 우리 인간이 가는 길이나 한 가지 길이라는 무위자연의 무상한 흐름을 읽어야 하리라.

---

5) 태연자약(泰然自若) 마음에 어떠한 충동을 받아도 움직임이 없이 천연스러움.
　• ~을 가장하다. • 심한 욕설에도 ~하다.

자연은 영원히 우리의 위대한 스승이다. 자연은 그 자체로서 잠언이요, 불멸의 고전이다. 자연을 읽지 않는 교정의 아이들, 자연을 읽지 못하는 교정의 눈먼 아이들을 생각하면 아픔이 깊어진다.

벌써 교정의 벚나무와 느티나무는 서둘러 가을을 떠날 채비를 마쳤다. 앙상한 가지인 채로 겨울의 고독한 인고의 시간을 기다리고 있는 겸허한 모습이다. 은행나무도 주말을 지나면 밋밋한 실핏줄 같은 가지만 남아 텅 빈 푸른 하늘을 응시하는 현자의 눈빛을 닮아가리라.

(20161115. 삼규쌤의 '교단 일기'에서)

10

가을이면 생각나는 나의 옛사랑

가을이면, 1970년대 중반 고교학창시절을 보낸 나는 국어 교과서에 실렸던 서정적인 수필 한 편을 잊지 못한다. 해마다 가을이 오려 할 때면 가을보다 먼저 와서 나의 마음에 가을이 온다는 기별을 전해주는 글. 이 수필을 생각하며 가을 하늘을 바라볼 때면 나의 발걸음은 틀림없이 가을 햇살 소복이 피어난 교정의 양지바른 곳, 샛노란 산국을 보러가거나, 비교적 발길이 뜸한 붉은 애기단풍의 그림자 드리운 3.1계단을 오르고 있다.

어떤 글이나 음악이나, 심지어 사람까지도 때와 절기와 날씨와 장소에 따라 그 만남의 감흥이 다른 것은 인간의 본래 성정이 무척 심미적이라는 것을 반증한 것이리라. 비가 올 때 만나면 좋을 친구나 음악이 있고, 봄날 읽으면 더 좋을 시나 글이 있다. 그리고 가을의 우수가 흐르는 숲에서 만나면 더 좋을 친구와 추억이 또 있다. 이 수필은 가을, 우수의 그림자 자욱한 숲길에서 만나면 더욱 안성맞춤이다. 내가 이 글을 처음

읽었던 학창시절 교실 창가엔 화사한 가을 햇살과 교정의 노란 국화향
이 물씬하였다. 그러니 이 수필을 생각할 때마다 나는 나의 고교 학창
시절과 그때의 가을 햇살과 노란 국화가 눈부시게 찬란한 청춘의 가을
을 만나는 것은 어쩌면 당연한 행운일 것이다.

독일 작가 안톤 슈낙(Anton Schnack, 1892~1973)의 <우리를 슬프게 하는
것들>은 가을이면 맨 먼저 생각나는 나의 옛사랑이다. 아무리 세월이
흘러도 그 이름, 그 풋풋한 정감이 피어났던 시절과 '우리를 슬프게 하
는 것들'의 행간의 의미를 나는 결코 잊을 수 없다.

이 수필은 제목에서부터 일상의 평범한 소재에 이르기까지 첫눈에 나
의 여린 마음을 사로잡고 말았다. 얼마나 좋았던지. 나는 밤새 읽고 또
읽으며 암송했다. 그로부터 거의 50여 년이 흐른 지금도 가을만 되면
생생하게 떠오른다. 더욱이 가을 햇살이 푸근히 나를 감쌀 때, 가을 낙
엽이 수북이 쌓여 있을 때, 진주빛 창공의 가을 교정을 거닐 때면 눅눅
한 페이소스와 그리움이 나를 그 시절로 이끈다. 그 앞부분을 지금도
나는 외우곤 한다.

「울고 있는 아이의 모습은 우리를 슬프게 한다.
정원의 한 모퉁이에서 발견된 작은 새의 시체 위에 초가을의 따사로
운 햇살이 떨어져 있을 때, 대체로 가을은 우리를 슬프게 한다. 게다
가 가을비는 쓸쓸히 내리는데 사랑하는 이의 발길은 끊어져 거의 한
주일이나 혼자 있게 될 때…

숱한 세월이 흐른 후에 문득 발견된 돌아가신 아버지의 편지를 읽을 때. 편지에는 이런 사연이 쓰여 있었다. "사랑하는 아들아, 네 소행으로 인해 나는 얼마나 많은 밤을 잠 못 이루며 지새웠는지 모른다…"

동물원의 우리 안에 갇혀 초조하게 서성이는 한 마리 범의 모습 또한 우리를 슬프게 한다. 언제 보아도 철책 가를 왔다 갔다 하는 그 동물의 번쩍이는 눈, 무서운 분노, 괴로움에 찬 포효, 앞발에 서린 끝없는 절망감, 미친 듯 왔다 갔다 하는 순환, 이 모든 것은 우리를 더없이 슬프게 한다.」

우리가 살아가면서 마음으로 느낄 수 있는 애잔한 슬픔의 여운과 삶의 우수를 잘도 담았다. 모든 일상의 사물을 따뜻한 시선으로 바라보려는 연민의 정을 먼 이국異國의 작가는 서정시처럼 잔잔하게 풀어 놓았다.

가을이면 또 하나 생각나는 글이 더 있다. 서울대 철학과 교수를 지낸 김태길 선생의 <흐르지 않는 세월>이다. 마음에 남은 순수한 사랑과 애틋한 그리움은 아무리 격랑의 세월이 흘러도 마음에 잊히지 않고 그대로 멈춰 서 있다는 것이다. 유년의 추억과 수줍은 첫사랑의 꽃망울이 그렇고, 엄마 아빠와 가족에 대한 기억과 그리움, 옛 고향의 정경들, 묵연히 흐르는 고향 앞바다, 탐진강의 가을과 반짝이는 윤슬, 찔레꽃 향기를 떠 마셨던 우물, 솔숲으로 가는 동구 밖 키 큰 솟대… 대체로 이런 것들은 아무리 나이를 먹어도 떠나지 않고 나의 마음속에 고스란히 그대로 남아 지금의 나를 지켜주고 있다. 이런 것들은 '흐르지 않는 세월'

처럼 마음에 정지해 있다. 이 세상 끝 날까지 한 영혼과 동행하며 그 영혼이 흐르는 길을 등불 밝혀줄 것이다.

나는 인간의 가장 숭고한 언어인 '눈물'을 사랑한다. 눈물이 없는 사랑의 고백은 사랑이 아니라고 믿는다. 불쌍히 여기는 마음이 사랑의 눈물이다. 가을이면 생각나는 나의 옛사랑의 오솔길. 올해도 그 길에서 '우리를 슬프게 하는 것들'의 이름을 생각하며 '흐르지 않는 세월' 속 가을의 우수를 누려보는 특별한 즐거움을 맛보리라.

(20211105. 삼규쌤 '교단 일기'를 적다)

11

그 하찮은 것의 힘

아무것도 아닌
'그 하찮은 것'에 의해 흔들리는 인류.
그리고 무너지는 사회.
코로나 바이러스라 불리는
작은 미생물이 전 지구를 뒤집고 있다.

보이지 않는 어떤 것인가가 나타나서는
자신의 법칙을 고집하려 한다.
그것은 모든 것에 새로운 의문을 던지고
이미 고착된 규칙들을 다시 재배치한다.
다르게… 새롭게…

서방의 강국들이 시리아, 리비아, 예멘에서
얻어내지 못한 것들(휴전. 전투 중지)을
이 조그만 미생물은 해내고 말았다.
알제리군대가 못 막아내던 리프지역 시위에
종지부를 찍게 만들었다.

기업들이 못해냈던 일도 해냈다.

세금 낮추기 혹은 면제, 무이자, 투자기금 끌어오기,

전략적 원료가격 낮추기 등…

시위대와 조합들이 못 얻어낸 유류가격 낮추기,

사회보장강화 등등(프랑스 경우)도 단숨에 해냈다.

이 작은 미생물이 성취해 내었다.

순식간에 우리는 매연, 공기오염이 줄었음을 깨닫게 되었고

시간이 갑자기 생겨 뭘 할지 모르는 정도가 되었다.

부모들은 자신의 아이들에 대해 알아가기 시작했고,

아이들은 집에서 가족과 함께 하는 시간에 대해 배우기 시작했으며,

일은 이제 더 이상 삶에서 우선이 아니고,

여행도, 여가도 성공한 삶의 척도가 아님을 깨닫기 시작했다.

우리는 곧 침묵 속에서 스스로를 돌아보기 시작했으며,

'약함'과 '연대성'이란 단어의 가치에 대해 이해하기 시작했다.

우리는 가난하거나 부자이거나 모두 한배에 타고 있음을.

시장의 모든 물건을 맘껏 살 수도 없으며

병원은 만원으로 들어차 있고,

더 이상 돈으로 해결되는 문제가 아님을 깨닫게 되었다.

코로나바이러스 앞에서는 우린 모두 똑같이

연약한 존재일 뿐이라는 것도 알게 되었다.

외출할 수 없는 주인 때문에 차고 안에서

최고급 차들이 어두운 차고에서 잠자고 있으며,

단 며칠만의 바이러스 공포는 세상을

사회적 평등(이전에는 실현 불가능해 보였던)으로 바꿔놓았다.

공포가 모든 사람에게로 확산해갔다.

가난한 자로부터 부유하고 힘 있는 자들에게로

공포와 두려움은 자기 자리를 옮겼다.

우리가 한 인류임을 자각시키고 우리의 휴머니즘을 일깨우며,

화성에 가서 살고, 복제인간을 만들고,

영원히 살기를 바라던 우리 인류에게

그 한계를 깨닫게 해주었다.

하늘의 힘에 맞닿으려 했던 인간의 지적 열망,

그것이 얼마나 헛되고 덧없는가를 깨닫게 해주었다.

'그 하찮은 것'의 힘은 단 며칠이면 충분했다.

확신이 불확실로… 힘이 연약함으로,

권력의 우월감이 연대감과 협조로 변하는 데에는

단 며칠이면 충분했다. 이 하찮은 것의 위대한 힘.

아프리카가(코로나에) 안전한 대륙이 되는 것도,

많은 헛된 꿈들이 거짓말로 변하는 데도,

인간은 그저 숨 한 번, 한 톨 먼지일 뿐임을 깨닫는 것도

단 며칠이면 충분했다.

우리는 누구인가? 우리의 가치는 무엇이란 말인가?

이 코로나바이러스 앞에 우리는 무엇을 할 수 있는가?

하늘의 섭리가 우리에게 드리울 때를 기다리면서

스스로를 직시할 때다.

이 전 세계가 하나같이 직면한 코로나 바이러스 상황에서

우리의 휴머니티가 무엇인지 질문할 때다.

집에 들어앉아 이 유행병이 주는 여러 가지를 묵상해 보고

살아 있는 우리 자신을 사랑할 때다.

〈감상과 해설〉

오늘 아침, 아프리카 오지의 한 문인 무스타파 달렙의 글을 읽으며 깊은 묵상에 잠긴다. 이글은 공감하는 바가 크기도 하지만, 인류가 수천 년 동안 이루어 온 모든 것을 '문명'이라고 말할 수 있다면, 이 거대한 문명의 패러다임, 완고한 탐욕의 문법이 일순간 흔들려 허물어질 징후를 보인다는 사실 앞에 아연실색하지 않을 수 없다. 도저히 상상할 수 없는 이 큰 '변화'를 추동하는 아주 작은 것, 바이러스의 놀라운 혁명!

'그 하찮은 것'(코로나 바이러스)이 그동안 감히 아무도 할 수 없었던 일을 전 지구적으로 이루어내고 있다는 것이다. 이 '변화'는 르네상스보다도, 산업혁명보다도, 그 어떤 전쟁보다도 전 세계적, 전 인류적인 것이어서 불민한6) 나는 무엇이라 말문이 쉽게 열리지 않는다. 나의 상상과 미래에 대한 예감은 다시는 옛날로 돌아갈 수 없는 새로운 길로 이미 접어들고 말았다는 것. 다만 분명하게 내가 짐작하는 것은 이 놀라운 변화의 원인은 인간이라는 것이다. 코로나19로 인한 거대한 흐름의 전환은 인간에게 되돌아온 '부메랑'이라는 것이다. 지구상의 인간이 자초한 것이다는 확신이다. 좌우지간 뿌린 대로 거둔다는 옛말을 기억하자는 것이다.

시인의 글을 부분적으로 손질하여, 장구한 '문명'의 빛과 그림자가 덜

---

6) 불민(不敏) 어리석고 둔해 민첩하지 못하다. • 자신의 불민함을 탓하다. • 제가 불민하여 그리 되었습니다.

미친 아프리카 한 시인의 고뇌와 깊은 갈망을 정말 미안한 마음으로 읽어보려 한다.

(20200404. 삼규쌤의 '교단 일기'에서)

12

이런 시

내가 이다지도 사랑하는 그대여

내 한평생에 차마

그대를 잊을 수 없소이다.

내 차례에 못 올 사랑인 줄 알면서도

나 혼자는 꾸준히 생각하리다.

자, 그러면 내내 어여쁘소서.

— 이상

〈감상과 해설〉

이상(1910~1937)은 심한 결핵으로 장만영 시인이 소유 관리한 황해도 백천온천에서 긴 겨울을 휴양했다. 그때 만나 부부의 인연(?)으로 지낸 '금홍'과의 사랑을 적은 '봉별기逢別記'는 이상이 죽기 바로 전, 1936년에 <여성>지에 발표한 그의 자전적 소설이다. 소설의 마지막은 이렇게 끝난다. "속아도 꿈결 속여도 꿈결 굽이굽이 뜨내기 세상 그늘진 심정에 불질러 버려라 운운云云."

"속아도 꿈결 속여도 꿈결." 인간사 만나고 헤어지는 '봉별逢別'의 길이 누구도 피할 수 없는 다반사일 것이지만, 이상의 글과 시와 여타 신변잡기를 통해 알고 있는 이상의 삶을 회상할 때면 가슴 먹먹한 울음이다. 생각할수록 짠한 슬픔이다. "나 혼자는 꾸준히 생각하리이다." 이상의 뼛속을 흐르는 순정이 느껴진다.

내가 대학원 시절 장만영 시인(1914~1975)을 잠시 연구할 때다. 당시 마포구 망원동에 사셨던 장만영의 미망인 박영규 여사를 통해 전해들은, 황해도 예성강 건너 백천온천 요양 당시의 천재 시인 이상에 관한 이야기는 몹시 가슴 아려왔다. 나그네 여인숙 같은 인생. 격동의 파란만장한 생을 간결하게 종지부 지은 이상. 그의 짧은 일생을 생각하면 부평초 같은 인생의 허무와 회한이 더욱 깊어진다. 짧았지만 온몸을 뜨겁게 태우며 살다 가신 이상 시인의 명복을 빈다.

(20201209. 삼규쌤의 '교단 일기'에서)

13

문정희 시인의 〈돌아가는 길〉 읽고 감상하기

꽃 피고 꽃 지는 교정의 봄을 소요逍遙하며 문정희 시인의 '돌아가는 길'을
읽는다. 봄날의 흐름 위에 머물고 싶은 또 다른 강의 여울을 바라본다.

시의 언술은 오늘을 사는 우리 모두에게 삶의 생기를 회복하는 쉼이다.
시의 문을 열고 들어가면 넓고 깊은 숨결과 인생의 오묘한 진실을 만날
수 있다. 그 세계를 자신의 감관으로 체험하여 오감의 열락悅樂을 느끼
는 일이 시를 읽는 의의일 것이다.

다가서지 마라
눈과 코는 벌써 돌아가고
마지막 흔적만 남은 석불 한 분
지금 막 완성을 꾀하고 있다
부처를 버리고
다시 돌이 되고 있다
어느 인연의 시간이
눈과 코를 새긴 후
여기는 천년 인각사 뜨락
부처의 감옥은 깊고 성스러웠다
다시 한 송이 돌로 돌아가는

자연 앞에

시간은 아무 데도 없다

부질없이 두 손 모으지 마라

완성이라는 말도

다만 저 멀리 비켜서거라.

<문정희, '돌아가는 길' 전문인용>

문정희 시인의 '돌아가는 길'을 읽고 나면 잃어버린 참다운 자아의 원형을 되찾는 기쁨을 누리게 될 것이다. 그리고 시인이 빚어놓은 시의 집에서 우리는 지친 삶을 위로 받고 인간의 숙명적 한계 앞에서 유토피아를 꿈꾸는 자유로운 비상을 경험할 수 있다.

시는 '돌려 말하기'와 '생략'의 세계라고 말한다. 다시 말하면 시는, 시인이 모든 것을 다 말해 놓은 '완결된 세계'가 아니라 완성을 기다리는 '미완未完의 세계'이다. 따라서 시인은 독자의 상상의 문을 끊임없이 두드리면서 그 문이 열리기를 기다리고, 독자는 그 시의 문을 열고 들어가 시인이 낯설게 꾸며놓은 문학적 언술을 재구성하고 시적 의미를 탐색한다. 이때 낯선 '미완의 세계'는 시적 체험이 가능한 의미 있는 세계로 완성되어 가는 것이다.

문정희의 '돌아가는 길'의 시적 공간은 천년 고찰 인각사의 석불石佛이 있는 자리다. 그 인각사 뜨락의 돌부처, 코도 귀도 입도 천년 풍설에 다 닳아져 평범한 돌이 되어가는 돌부처에서 시적 상상의 울림은 시작하고 있다. 해탈을 꿈꾸는 자의 영혼을 가둬놓은 돌부처. 인간의 욕망이 스스로를 가둔 돌부처. 그 석불이 천년 세월이 흘러 돌이 되어가는 세월의 무상함 앞에서 인생과 우주에 대한 관조와 통찰의 상념을 언어의 마술로 형상해 놓은 시가 '돌아가는 길'이다.

자연의 무궁한 시간 앞에서 유한한 인간이 무슨 완성에 이를 수 있단 말인가? 어쩌면 우리가 바라는 모든 것들은 허망한 꿈, 일장춘몽, '구운몽'일 것이다. 인각사의 돌부처도 천년 세월 속에서 끝내 돌로 돌아가고 말 것인데, 살아봐야 한 백 년 산다고 하는 우리 인간들이 무엇을 더 욕망할 수 있겠는가⋯.'다시 한 송이 돌로 돌아가는/ 자연 앞에' 인간이 정하여 놓은 인위의 '시간은 아무 데도 없'을 뿐이라는 우리의 생과 세계에 대한 인식의 지평을 열어준 노래가 문정희의 '돌아가는 길'인 셈이다.

그러므로 문정희의 '돌아가는 길'을 읽으면 극히 보편적인 불교적 견성(見性 = 자기 본연의 천성을 깨달음)의 세계가 참신한 시의 빛깔로 우리의 내면 깊은 곳까지 밀려 들어옴을 느낄 수 있다. 온갖 잡념들로 가득한 비좁은 마음이 확 트인 하늘을 닮아가는 듯싶고, 끈질기게 질벅거리기만 하던 세상살이로부터 벗어나 새털처럼 가벼워진 자신을 회복할 것이다. 탐심의 감옥에 갇혀 자유와 해방의 기쁨을 모른 채 살아온 우리가 무소유와 오상아吾喪我의 참 진리를 터득하는 순간을 만나게 될 것이다.

(교정의 지고 피는 봄의 흐름 가운데서 또 다른 강의 여울을
굽어보며⋯ 20210406. 삼규쌤 '교단 일기'를 적다.)

14

넬슨 만델라

피 한 방울 흘린 사람 없이 백인 정권을 흑인 정권으로 교체하는데 크게 기여한 넬슨 만델라를 보면 케이프타운에서 바라다보이는 로벤섬 감옥 생각난다. 그의 사랑과 용서와 겸손과 인내의 힘이 수십 년간 영어圄圄 생활을 한 이 감옥에서 주조되었다니⋯ 만델라가 루빈섬 감옥 채석장에서 보낸 27년의 침묵과 시련의 세월이 떠오른다. 그곳은 흑인과 백인을 하나로 통합한 넬슨 만델라를 화해의 위대한 지도자로 정금처럼 담금질한 곳이었다.

전임 대통령 백인 클레이크는 선거에서 패배한 후, 흑인의 참정권을 백인과 동등하게 부여하기로 한 신임 만델라 남아프리카 공화국 대통령을 곧바로 도왔다. 백인 정권이 흑인 정권으로 순탄하게 이양할 수 있도록, 자신이 스스로 만델라 정부의 부통령을 자청하여 흑인 정부가 성공할 수 있도록, 만델라 정부의 순탄한 안정을 위해, 남아공의 성공적인 정권교체를 위해, 만델라와 흑인 정권을 헌신적으로 도왔다. 흑인도 백인도 아닌 남아공의 승리를 위해, 뿌리 깊은 인종차별과 인종 간 반목과 대립의 종지부를 찍기 위해, 남아공이 하나로 통합하는 혁명의 미래를 위해, 흑인과 백인 간의 정권교체도 현실이 될 수 있음을, 넬슨 만델라와 클레이크는 손을 잡고 끝내 보여주었다.

위대한 인종 간 정권교체. 노예와 종들이 주인의 자리를 찬탈하는 피흘림의 역사는, 주인이 노예와 종들을 억압하는 멸시와 천대의 피 흘림은 그 어떤 비명이나 아비규환의 학살 없이 남아프리카 공화국에서는 종식되었다. 전 세계인은 감동의 환호와 눈물로 저들을 지지하였다. 한 지도자의 위대한 큰 뜻이 이루어낸 것이다. 그 '힘'은 무엇인가.

넬슨 만델라는 그의 대통령 취임식장에 루벤섬 감옥에서 자신에게 27년간 혹독한 침묵을 강요한, 감시와 폭력으로 자신을 고문한 교도관 3명을, 귀빈석에 초대하여 정중히 3번이나 허리를 굽혀 절을 하고, 그 백인 교도관을 용서한다고, 존경한다고, 관용을 베풀겠다고 화해와 용서를 선언했다. 원래, 만델라는 감정을 절제할 줄 모르는 다혈질적이고 증오와 복수심으로 가득한, 피의 투쟁을 두려워하지 않는 악한 사람이었다. 그런 그가 27년의 채석장 노동으로 살과 뼈가 다 뭉개진 로벤섬 감옥생활을 통해 변화한 것이다. 그에게 감옥은 모질고 고통스러운 시간만은 아니었다. 만델라에게 감옥은 부활의 시간이었고 담대한 큰 용기를 빚는 용광로와 같은 곳이었다. 그는 그곳에서 감사와 관용과 온전한 사랑을 온 가슴으로 터득했다.

세계인은 이를 보며 흑백 인종 간 정권교체도 되는구나! 세계의 이목은 그와 공화국에 경탄을 보냈다. 그 후 만델라와 클레이크, 이들 두 사람은 나란히 노벨 평화상을 수상하여 전 세계인들로부터 박수와 환호를 받았다.

"인생에서 가장 큰 영광은 실패할 때마다 일어나는 것이다. 교육은 세상을 바꿀 수 있는 가장 강력한 무기다. 나는 말을 결코 가볍게 하지 않는다. 27년간의 감옥살이가 내게 준 것이 있다면 그것은 고독의 침묵을 통해 말이 얼마나 귀중하고, 말이 얼마나 타인에게 큰 영향을 끼치는지 알게 됐다는 것이다. 화해는 과거의 정의롭지 못한 유산을 고치기 위해 함께 노력하는 것을 의미한다."(만델라의 어록에서)

삶의 의미를 결정하는 중요한 것은 우리가 살아있다는 단순한 사실이 아니라, 다른 사람의 삶에 어떻게 지속적으로 선한 영향을 끼쳤는가, 이다.

(20171021. 삼규쌤의 '교단 일기'에서)

15

스티브 잡스

스티브 잡스는 "소크라테스와 함께 점심 식사를 할 수 있다면 우리 회사의 모든 기술과 바꾸겠다."고 했다. 그가 이런 말을 한 것은, 모든 기술의 원천은 인간에 대한 깊은 이해에서 비롯한다고 믿었기 때문이다.

독일의 철학가 발터 벤야민(Walter Benjamin, 1892~1940)은 기술 복제 시대의 예술작품에 일어난 결정적 변화를 '아우라의 붕괴'라고 주장한 바 있다. 사진이나 영화처럼 현존성을 상실한 작품은 아우라가 없다는 것이다. 독특한 개별성을 지닌 사물에서만 가능한 아우라는 복제품이나 대량 생산된 상품에서는 경험될 수 없다는 뜻이다.

스티브 잡스 역시 과학, 기술 못지않게 '인문학'과 '철학(미학)', 그리고 '예술적 심미안', 즉 아름다움을 향한 열망과 인간에 대한 깊은 이해의 필요성을 역설하였는데, 이 또한 기술 복제 시대에 대량 생산된 문명이

'아우라'의 붕괴를 초래할 수 있다는 신념에서 비롯한 것을 짐작할 수 있다.

인간이 여타 동물과 구별되는 점은 정신적, 심미적7)가치를 지향한다는 것이다. 즉 인간은 무엇이 참된 것인지, 어떤 것이 아름다운 삶인지 등을 숙고하면서 정신적 고양을 추구하는 존재이다. 아름다움에 대한 탐색과 심미적 감성의 눈이 보다 인간의 삶을 고양시킬 수 있다는 톨스토이의 언급이 생각난다. 이 시대, 우리가 '돈'보다 '인문학'과 '시'와 '예술'을 더 가까이해야 하는 이유이다.

(20201130. 삼규쌤의 '교단 일기'에서)

---

7) 심미적(審美的) 아름다움을 살펴 찾으려 하는 것.

16

편지 __ 제자 규진에게

나의 교정의 가을은 그대와 함께 온다 은행잎이 노랗게 물들 때면 어김없이 그대의 모습은 나의 골방 창가에 어른거린다 가을이 와서 어린왕자와 데미안을 읽을 때가 엊그제였는데, 그때가 우리의 가을이었는데, 아직도 노란 가을이 흐르는 교정을 거닐 때면, 가을 내내 그대의 이름 아직도 나는 부르고 있다

책 읽기를 좋아하고 책을 잘 읽을 줄 알았던 그대, 늘 책을 소개해 달라고 나에게 보챘던 날들, 나쁜 사마리아인들과 오래된 미래와 떡갈나무 바라보기, 당신들의 천국과 소유냐 존재냐와 사랑의 기술을 읽었던 그때, 가을이 다시 생생하게 나에게 온다

얼마나 그대의 영혼은 푸르고 맑았는지, 멋진 신세계를 읽을 때는, 신세계에 대한 호기심보다는 미래에 대한 두려움에 가슴이 떨린다, 했던 그대, 이청준의 당신들의 천국을 읽고 나서도 지배자와 피지배자의 갈

등 구조와 음흉한 '당신들'의 위선과 거짓에 소름이 끼친다며 세상 민낯을 보고 의아스러운 표정을 지었던 그대, 겨울 방학이 오면 부모님과 꼭 소록도에 가보겠다고 '이상욱'과 '조백헌'에 대해 늘 사색한다는 그대의 열망, 책 속에 길이 있다, 책은 사람을 만든다는 잠언의 진실을 가슴에 품고 꿈을 꽃 피워낸 그대

이제는 이 나라의 빛과 소금의 사명을 감당하는 큰길 당당하게 가고 있으니, 큰 뜻 큰 포부를 품고 살고 있으니, 힘 있는 자의 횡포와 오만을 걱정하던 나쁜 사마리아인들을 읽을 때의 발견과 아픔이 그대를 싱싱하게 지켜줄 것이라 믿는다네

가을이 와 그대를 생각할 때마다 이렇게 내 마음 곱게 물드는 것은 사람을 키우는 일을 과업으로 감당해온 나에게 큰 보람이요, 벅찬 자랑이라네, 이는 그대가 나에게 준 잊을 수 없는 선물이라네

나는 글을 짓는 일과 집을 짓는 일과 세상 인재와 자식을 농사짓는 일, 이 세 가지 '짓는 일'을 그 어떤 출세보다도 그 어떤 성공보다도 그 어떤 돈보다도 일생의 으뜸가는 귀한 일이라 믿고 가르쳐왔는데, 그대를 품고 사는 내 가난한 마음은 늘 달 떠올라 뿌듯함이 가득하다네

장무상망8)이란 말을 기억할 것이네, 세한9)의 기슭에 불어오는 북풍한

---

8) 장무상망(長毋相忘) 오래도록 서로 잊지 말자.

설10) 앞에서도 굽히지 않고 송백11)의 절조12)를 곧게 지켜낸 이상적과 추사 김정희의 우정을,13)흐르면서 맑아지는 물처럼, 흐르면서 깊어지는 강물처럼, 인생이 그렇게 흘러갈 수 있으면 얼마나 좋으랴, 기적 같은 인연의 물길을 맑게 하여 흘러갈 수 있다면 얼마나 좋으랴

올해도 어김없이 가을이 찾아왔다 가을 은행나무의 노란 물결이 온 교정을 감싸 흐르고 있다 이 가을이면 바로 눈앞에서 웃어주던 그대의 박꽃 피는 얼굴, 잔잔한 눈빛, 늘 책을 읽는 맑은 눈망울이 나의 눈앞에 어른거린다

가슴에 고이 품고 부르는 이름 몇이나 될까만, 아직도 서로 부르며 서로 그리며 가는 사람 어디 있을까만, 아무리 빈한한 길일지라도 꽃으로 피어난 이름, 그 이름 부르며 살 수 있다면 얼마나 부요하랴 호젓한 골

---

9) 세한(歲寒) 설 전후의 추위라는 뜻으로, 매우 심한 한겨울의 추위.
10) 북풍한설(北風寒雪) 북쪽에서 불어오는 찬바람과 차가운 눈.
11) 송백(松柏) ① 소나무와 잣나무. ② 껍질을 벗겨 솔잎에 꿴 잣.
12) 절조(節操) 절개와 지조(志操).
13) 세한도는 조선 후기에 화가인 추사 김정희가 그린 문인화이다. 10세기 이후 동아시아의 각 나라에서는 농업 생산량이 증가하였고 상공업이 발달하였다. 이에 따라 중국의 송, 원, 명과 우리나라의 조선에서는 사대부가, 일본에서는 무사 계급이 새로운 지배층으로 등장하였다. 이들은 문화와 예술에도 높은 관심을 가지고 있었다. 조선의 사대부는 시, 글, 그림에 능하였는데, 이들 사대부가 그린 그림을 문인화라고 하였다. 김정희는 1840년 윤상도의 옥사에 연루되어 지위와 권력을 박탈당하고 제주도로 유배를 가게 되었다. 김정희는 유배지에서 사제 간의 의리를 잊지 않고 두 번씩이나 북경에서 귀한 책을 구해다 준 제자인 역관 이상적에게 1844년 답례로 세한도를 그려주었다. 김정희는 세한도 그림에서 이상적의 인품을 날씨가 추워진 뒤에 가장 늦게 낙엽 지는 소나무와 잣나무의 지조에 비유하여 표현하였다.

방을 스며드는 햇살처럼, 내 영혼의 돌담 모퉁이 가을 채송화처럼, 연달아 피어난 그리움이면 얼마나 좋으랴

〈감상과 해설〉

지금은 jtbc 기자로 활동하는 제자를 그리며 쓴 편지다. 학교 다닐 때 책을 잘 읽고 책 읽기를 좋아하여 늘 읽을 책을 소개해 달라며 보챘던 나의 옛 친구. 이청준의 '당신들의 천국'과 장하준의 '나쁜 사마리아인들'을 한 번 읽고도 선생보다 더 행간의 깊이를 잘 파악했던 내 맘에 기쁨 가득 채워준 친구. 항상 겸손하고 해맑은 미소로 선생님과 친구들을 좋아해 준 맘씨 고운 친구. 갈수록 많이 보고 싶은 친구. 우연히 신문이나 티브이 뉴스를 볼 때면 꼭 그의 기사나 영상을 스크랩하여 저장해뒀다가 생각날 때마다 다시 보는 마음 오진 나의 제자. 가을이 오면 늘 창가에 어른거리는 얼굴. 언제 어디서 만나는 날 올지 몰라도 세상을 밝히고 맑히는 벼리가 되기를 응원한다. 제자에 대한 그리움과 함께 교정의 가을은 해마다 나에게 온다.

(20201112. 삼규쌤의 '교단 일기'에서)

17

편지 __ 허창호 선배님께

고개를 갸우뚱 흔들어 하늘을 보는 무심한 새들처럼, 말로 꾸미지 않고도 사랑을 하는 원앙처럼, 박새처럼, 직박구리처럼. 사랑을 사랑이라고 말하지 않는 새들의 노래. 우리가 말이 없는 새들처럼 사랑하며 살 수 있다면. 새는 울어도 눈물이 없다는 옛 경전의 말처럼 마음속에 있는 진솔한 말은 그 의미를 겉으로 드러내지 않아도 그 울림은 마음으로 들을 수 있다는 비유가 떠오릅니다.

선배께서 보내주신 영상을 보면서, 겨울과 나뭇가지의 선의 미학을 읽었다고 할까요. 영상은 앙상한 겨울 나뭇가지와 그 검은 선의 세계이지만 침묵과 고독과 무소유의 다양한 울림을 자아내는 사진 미학의 세계를 구축해 놓았습니다. 소재에 따라 약간의 차이가 있습니다만, 허 선배님의 사진과 영상은 대체로 인간 본연의 실존적 외로움과 존재의 고독, 누구나 혼자라는 존재론적 인식의 세계로 우리를 이끕니다.

단순함, 고고함, 청초함, 고독과 침묵의 고요함, 시공의 구분 없는 무한의 영속성, 무위자연의 세계에 대한 공감과 동경, 하늘을 배광으로 사물을 담아낸 구도의 안정감… 허선배님의 영상물을 볼 때마다 느끼는 말들인데, 그만큼 동양적인 무위의 세계에 더 가까이 다가간 것이 아닐까요.

과연 인간 존재는 그 쓸쓸함과 유한성 앞에서 얼마나 연약한 피조물인가, 무한한 우주의 시간 앞에서 인간은 얼마나 사소한 존재인가. 이런 근원적인 존재의 철학적 사유를 사진과 영상은 보는 사람에게 끊임없이 질문하고 답을 제공하는 세계라 생각합니다.

사실, 선배님의 사진을 오래 보다 보니 실체로서의 대상만을 보는 단계에서 벗어나 점점 몰입과 초월의 내면화와 카타르시스를 체험할 때가 자주 있답니다. 눈에 보이는 즉물적卽物的 감각과 형상을 초월하여 사진이 담고 있는 메타랭귀지(초언어)의 세계를 읽고 침잠하는 심미적 융합을 체험하고 있는 것이지요. 영상을 보고 있으면 나도 모르게 대상 속으로 몰입하는 나를 느낄 때가 있음은 그 확실한 증좌라 생각합니다.

사진은 실제적인 빛과 형상을 통해 의미를 구성하는 작업이지만 멈춰선 시간의 세계와 신비한 자연과 계절의 의미를 빛의 대비를 통해 형상화하여 사진 고유의 힘을 보여줍니다. 순간순간의 아름다움을 포착하기 위해 고도의 감각적인 순발력과 심미적 영감을 요구하는 사진 예술.

늘 일상의 사물을 새로운 미의 세계로 변용하는 창조의 열정이 머문 자리. 손끝의 황홀한 감촉을 새해에도 마음껏 향유하시길 기원합니다.

(20100103. 삼규쌤의 '교단 일기'에서)

사람, 한 사람 한 사람

— 행복으로 가는 길

| 초판 1쇄 인쇄일 | 2022년 2월 10일 |
| 초판 1쇄 발행일 | 2022년 2월 17일 |

지은이	김삼규
펴낸이	한선희
편집/디자인	우정민 우민지 김보선
마케팅	정찬용 정구형
영업관리	한선희 최정연
책임편집	우민지
펴낸곳	국학자료원 새미 (주)
	등록일 2005 03 15 제25100-2005-000008호
	경기도 고양시 일산동구 중앙로 1261번길 79 하이베라스 405호
	Tel 442-4623 Fax 6499-3082
	www.kookhak.co.kr
	kookhak2001@hanmail.net

| ISBN | 979-11-6797-036-7 *03810 |
| 가격 | 18,000원 |